빨강, 파랑 혹은 트라이앵글

─── 김영석 장편소설 ───

빨강, 파랑
혹은 트라이앵글

글누림

  예술적 소양이라는 말이 있다. 이제 작가의 반열에 이름을 올려놓은 김영석 씨는 미적 감정이 풍부한 작가다. 그의 책에서도 미적 묘사 부분이 상당 부분을 차지하고 있는 것처럼 일찍부터 예술에 눈을 떴다.

  경찰관으로 근무하던 시절 생뚱맞도록 거리가 먼 '공무원 미술 대전'에서 특선을 한 경험이 그것을 잘 증명해 주고 있다. 예술적 소양이 풍부한 사람이 언뜻 마음도 풍부해서 개성이 없을 것으로 보이지만 그 반대이다.

  개성이 뚜렷하지 않으면 예술적 소양이 풍부해 질 수가 없다. 개성이 강한 사람은 할 이야기가 많다. 그럴 수밖에 없는 것이 여느 사람들과는 분명 다른 이상과 사상이 있기 때문에 그것을 녹여 줄 만한 어떤 탈출구가 있어야 하기 때문이다.

  그런 측면에서 볼 때 김영석 작가는 언젠가 소설을 써야겠다는 생각을 분명 갖고 있었을 것이다. 그리고 지난해 10월에 그 탈출구의 문을 열고 탈출을 시도했다.

  혼자서가 아니다. 동행을 하는 청맥회 회원들의 맏형으로 작은 일까지 챙겨가면서 결국 한 권의 책을 완성했다.

  이 책이 김영석 작가의 전부라고는 절대로 말하고 싶지 않다. 이제 시작일 뿐일 것이다. 이 책을 거름 삼아서 내년에 발표하게 될 장편은 훨씬 향기 짙은 꽃을 피우게 되리라는 것을 예감하며 추천에 갈음한다.

소설가 **한만수**

차 례

빨강, 파랑
혹은
트라이앵글

고향이란 원심력

 차창에 드리운 하늘과 갓길을 스쳐 지나가는 차색이 같은 청색이다. 키 작은 활엽수는 찬바람에 열병을 앓고 있다. 앞에 길게 늘어진 브레이크 불빛과 혼합되어 더 붉어 보인다. 이따금씩 앞차와 벌어진 간격을 좁히다보니 손에 잡힌 핸들이 덜컹거린다. 앞 유리창 밖으로 보이는 하늘 끝에 뭉게구름이 걸려있다. 마치 푸른 하늘을 구름이 받치고 있는 것같이도 보인다.

 붉은 깃발이나 푸른 깃발이 어른거리던 어느 시대에도 뭉게구름은 떴었다.

 한참 지났는데도 앞 유리창에 들어온 솜뭉치처럼 생긴 구름모양이 그대로다. 구름도 차도 도로 위에 정지해 있는 것 같은 느낌이 든다.

 "오늘 안에 가겠지."

혼잣말로 중얼거리는 말에 아내는 대꾸가 없다. 차선을 바꾸는 바람에 차가 쏠려 아내가 눈을 뜬다.

"여보, 어디야?"

"코까지 골며 잘 자데요."

"내가요?"

"아직 멀었어요. 그렇게 피곤해요?"

아내는 대꾸하지 않고 다시 눈을 감는다. 길은 끝이 보이지 않게 직선으로 뻗어 있다. 수원, 서대전, 전주 표지판이 차 엔진소리에 뒤로 밀리면서 고속도로 끝점으로 달린다.

멀리 지평선 끝으로 노을이 아름답다. 노을은 저 혼자 붉고 푸르고 노란 얼굴로 지평선을 지켜보고 있다.

호남고속도로를 벗어났다. 어느 사이에 창밖으로 청색 어둠이 깔려있다. 도로를 달리는 라이트 불빛들이 산모퉁이 굽은 도로를 따라서 숨바꼭질을 하고 있다. 라이트 불빛이 벼논을 훑고 지나갈 때마다 누런 벼들이 마주 대다가 어둠속으로 사라진다. 영산강의 지류천들이 불빛을 받아서 깜짝깜짝 놀라 몸을 비트는 사이에 고향은 점점 내 앞으로 달려오고 있다.

눈꺼풀이 깔깔하다.

"어차피 늦어졌는데 눈 좀 붙이고 갈까요?"

"그러던 지요."

내가 묻는 말에 아내가 짧게 대답 한다. 안개도 핑곗거리가 된다. 안전해 보이는 차선 밖 가로수 가까이 차를 세웠다. 비상등 스위치를 눌렀다. 눈을 지그시 감자 고향의 모습이 파노라마처럼 펼쳐진다.

고향은 나에게 고통과 기쁨을 주는 기억의 산실이다. 명절에 외삼촌이 만원버스에 시달리며 들고 온 명절 선물을 떠올릴 때마다 저절로 웃음이 난다.

고향의 추억은 향긋한 것만이 있는 것은 아니다. 이번 고향 방문 중에 꼭 단서를 잡고 싶은 것이 있다.

달포 전 술을 드신 목소리로 아버지가 다짜고짜 전화하신 말씀이 아직도 귀에 쟁쟁하다.

"재민이 너 경찰생활 몇 년을 했냐. 강산도 바뀔 10년을 넘게 한 놈이 뭐냐. 제집 일도 못 풀어 놓고 남의 사건은 어떻게 해결 하것냐. 내가 답답해서 죽것다. 바쁘기도 하것지만 맹절에라도 겸사겸사 해서 내려와야지. 타지 간 사람들 고향에 올 때 물어봐야지. 티브이에서 수사할 때 알리바이도 물어보고 그러더라. 강제출이란 놈 쌍판을 보기만 해도 속이 꼬인다."

아버지는 거의 반백년 세월이 흘렀는데도 술만 드시면 기억이 과거를 더듬고 올라가서 울분을 토하신다.

강수정 아버지 강제출은 아버지 보다 두어 살 아래다. 우리 집과 강수정의 집은 대대로 줄곧 한동네에 살고 있다. 우리 집 마당에서 강수정의 집을 보면 집 측면이 거의 보인다. 강수정의 집을 조금 못 미쳐 아카시아 잡목이 우거진 작은 동산도 보인다.

강제출은 같은 나이 대에서 상대적으로 키가 크고, 골격은 화물선 곡물 하역 작업을 하기에 맞춤 체격이다. 시골 사람들이 대다수 햇

11

빛에 그을려 거무튀튀하지만, 그는 유난히 검은 얼굴에 개기름이 끼어 반들거린다.

아버지는 고모가 소리 지르지 못한 그날 밤 강제출이 걸어간 행적을 꼭 알고 싶어 하신다.

공무원이 정당한 이유 없이 해야 할 직무 수행을 거부하거나 그 직무를 포기하여 하지 않을 때에는 직무유기죄에 해당된다. 다만 직무집행과 관련하여 태만으로 인해 정당하지 않은 결과를 초래하였다하더라도 죄를 씌울 수는 없다. 나는 모든 규정을 떠나서 업무태만자란 별칭이 내 등 뒤에 붙는 것이 싫다.

내가 속한 강력반에 고향이 전주 근처인 팀원이 있다. 그는 타도 발령을 희망한지 1년 만에 발령을 받았다. 의례적인 송별식을 했다. 빠져 나간 인원만큼 인원충당을 받아야 하는데 그렇지 못했다. 대구 지하철 가스폭발 사고와 삼풍백화점 붕괴 사고가 2달 사이에 발생한 것으로 인해 상부에서 생활안전에 치중하라는 경력운영 규칙이 짜졌기 때문이다. 그로 인해 인원 충당이 미뤄졌다. 발령 간 형사의 담당 미제사건을 남은 반원들에게 분담시켰다.

살인교사죄로 기소중지된 잔용일 사건이 나에게 배분되었다. 개인적 면식관계를 평계로 분담업무를 거부할 수 없었다. 잔용일 사건은 사회 이목을 끌만한 중대한 사건이다. 이 사건은 중요 기소중지자 수사기록등본 보존에 관한 처리 지침에 의거 검찰 보고대상에 해당되는 사건이다. 규정대로 매월 수사보고서를 작성한다.

지난 추석에 잔용일이 우리 고향 마을에 왔다는 말을 아버지로부터 들었다. 강수정이 명절 때면 고향에 오리라는 기대 때문에 그녀를 만나러 내려간 것으로 보인다. 살인교사 사건 발생 후에도 왕래한 것으로 봐 이번에도 나타날 가능성이 있다.

형사 업무란 명절이라고 마냥 쉬는 부서 업무가 아니다.

"유 형사 이번 추석연휴에 하루 더 출장내서 시골 갔다 와."

"과장님 그래도 되겠습니까?"

과장이 추석 연휴에 하루를 더해 출장 처리를 해주면서 갔다 오라는 것이 나에게 부담이 됐다. 잔용일 수배사건을 담당하게 되면서 검거업무 압박도 생겼지만, 새로 부임한 형사과장이 기소중지자 검거기간에 맞춰 검거실적을 높이려는 포석이 깔려있다.

나는 수갑을 챙겨갔다. 만약 잔용일이 잡히면 긴급체포하여 경찰력지원 협조를 받아 장흥경찰서로 신병을 인계하면 된다.

이번 고향 행은 검은 책무 보따리와 금색 보자기로 싸맨 선물을 트렁크에 가득 싣고 가고 있다.

가을이면 고향 들녘의 황금빛은 포만감을 주는 축제의 색깔이다. 차창 밖에는 축제의 전야제가 꿈틀댄다. 2년 전만 해도 금모으기운동을 하며 온 나라가 휘청댔지만 이제 명절분위기가 난다. 쪼들리는 경제사정에 반해 풍년을 맞은 가을의 결실들을 보면 누구든 위안이 된다.

쭉 뻗은 둑길만 내질러 가면 고향 마을이다. 머리 위는 청명한 밤

하늘이 은빛으로 휘장을 쳤다. 은하수 물결은 폭포의 여운이 꺼지기 전 포말이다. 간수가 빠진 꽃소금을 뿌린 바닥을 엎드려 보는 느낌이다.

같은 하늘인데 서울은 하늘이 없다. 단지 고층아파트나 드높은 빌딩이 있어서만은 아니다. 그냥 하늘을 볼 기회가 없다. 운전을 할 때도 눈의 최고 고도는 신호등 높이다. 출퇴근에 많은 사람들이 지하철을 탄다. 보도를 걸을 때도 움직이는 것에 집중해야한다. 차, 사람 어깨 간격, 모이 쪼는 비둘기까지.

사람들은 아침이면 일터에 빨리 도착하려고 혼을 뺀다. 밤에 귀갓길도 엇비슷하다. 쫓기는 귀갓길에는 밤하늘이 없다.

은하수 강물이 흐르는 하늘을 보며 언덕이 휘는 절강 위를 지나친다. 길 우측에는 포항농장이, 좌측에는 관덕농장이 펼쳐있다. 나는 잠에서 깬 큰아이에게 정월대보름에 있었던 얘기를 들려준다.

"여기를 절강이라 부른단다. 아빠가 어렸을 때 이 언덕에서 보름날이면 방금 지나온 건너 동네와 불 싸움을 했었다. 여기 절강쯤은 늘 팽팽한 휴전선이었단다. 그곳에서 쥐불을 피우고 돌을 던지며 싸웠어. 그러나 다친 사람들은 없었다. 돌이 떨어지는 안전거리를 서로 범하지 않았거든. 그건 무언의 약속이었지. 겁주기 위한 것이었으니까. 짚불쏘시개로 가파른 경사지에 불을 붙여놓을 때 말이다. 마른잡풀에 불이 붙으면 장관이었지. 불이 위험하지는 않았어. 보름 전날부터 자기 마을 앞에서 불을 붙이기 시작하면 보름날 밤에 절강 지점인 여기쯤에서 서로 만난다. 정말 재미있었단다."

돌팔매질 때 그을은 손때가 묻었던 내가 던진 주먹돌도 어딘가에 있을 터인데.

아이는 독백에 가까운 내 말에 별로 흥미 없이 듣는 것 같았다. 내가 갖고 있는 감정의 깊이를 이해하길 기대하는 것은 무리겠지만. 어릴 적 추억 중에 불놀이는 재미난 놀잇거리였다.

내게 고향은 엄마 자궁속이다. 그 자궁 안에 할아버지의 죽음이 아직 풀리지 않은 매듭으로 내 머릿속에 똬리를 틀고 있다.

고모 인생을 흔들어 놓은 잔혹한 범인을 잡으려는 내 손은 고향을 찾을 때마다 손가락 마디마디가 쑤심증이 도지는 병으로 굳어졌다. 그 마디 통증에 손목까지 저려온다.

고향을 향해 장시간 운전을 할 때 언제나 나타나는 현상이다. 그러나 귀경길에는 같은 거리인데도 운전하는 손이 가볍다. 그래서 고향을 가는 발길은 무겁다는 생각이 들 때가 종종 있다. 서산방조제길에 접어들어서부터 가벼운 기쁨과 무거운 생각이 반복 연이어 교차된다.

마을 앞으로 서산방조제가 뻗어있다. 이 언둑은 일제강점기에 서산정식이라는 사람이 포항농장 간척사업 중에 만들었다. 당시 둑막이 공사가 12번째 만에 성공했다. 절강 지점에서 언둑은 휘어져 있다. 그곳에는 아픈 이야기가 숨겨져 있다.

그때만 해도 언막이가 육체노동으로 이루어졌는데 마지막 물막이를 하고나면 밀물이 쓸어내 버리는 것이었다. 둑막이가 거듭 실패하자 처녀를 제물로 삼았다는데 그것도 한꺼번에 2명을. 수문을 준공한 해가 1938년이니까. 지금처럼 중장비로 공사한 것도 아니고 혹자는 점심식사를 나르던 아가씨였다는 말이 있다. 그들은 공사장 지반이 무너지면서 몇 사람이 물에 휩쓸렸는데 그중 남자들만 살아났다는 말이 전해온다. 긴 세월이 밝혀내지 못한 것으로 볼 때 인명사고 사망위로금에 대한 몸값을 제물의 의미와 연관시켜 와전된 것일 수도 있다. 구전되는 과정에서 인당수에 빠져 죽은 심청전이 패러디되어 섞이게 됐는지도 모른다.

밀린 귀성 차량에 끼어 자정을 넘겨 고향 마을 앞에 이르렀다. 띄엄띄엄 가로등 불빛만이 사물의 껍질을 비추며 주변을 밝히고 있다. 안방에서 쌍여닫이문에 바른 창호지를 통해 새어나오는 불빛이 보인다. 마당을 비추는 갓 씌운 백열등 불빛이 주무시지 않는다는 것을 겨우 짐작할 정도로 약해 보인다. 내려온다고 미리 전화를 해둬서 부모님들이 아직 주무시지 않고 기다리고 계셨다.

"아침에 출발한다 연락해놓고 이제 오냐. 그래 오니라고 고생했다. 애들이 힘들다고 보채지는 않았냐."

어머니가 방문을 열고 나오면서 피곤한 기색으로 말했다.

"너무 밀린데다 안개까지 끼어서요."

"추석상은 치웠는데 뭣 좀 묵을래?"

차례 상을 우리 고향에서는 명절 전날 저녁에 차린다. 우리 마을에 내려오는 풍습이다. 옆 동네 회진리는 역사에서 만호가 관장하는 성 안에 있는 마을이었다. 성문을 열고 닫는 일출 일몰과 명절 차례를 지내는 시간과 관계가 있다고 들었다. 그래서 회진리 주변 마을도 똑같이 차례 지내는 시간이 같다. 밀리고 안 밀리고는 뒷전이고 어머니는 며느리가 늦은 것이 불만인 듯 목소리에 반가움 반, 불만 반이 섞여있다.

"조금 주세요 여보, 당신이 찾아와 봐요."

"애가 뭐가 어딨는지 어떻게 안다냐."

어머니 음식 솜씨는 일품이다. 그릇마다 담긴 음식이 내 입맛에 척척 맞은 것은 지금도 마찬가지다. 집사람의 손맛을 일품요리 기술로 만든 것은 엄마의 혀다. 간보는 것은 말할 것도 없고 음식 잔소리가 그렇게 만들었다. 집사람의 손맛을 내 혀 유두가 어머니와 비슷하게 만든 것도 같다.

안개를 핑계로 지체하여 늦어진 것에 미안한 생각이 들었다. 나는 부모님께 주무시라했다. 함께 내려온 가족들도 잠자리에 들었다.

피로감보다 오랜만에 고향에 왔다는 흥이 충동질해 잠을 못 이루고 밖으로 나갔다. 마당을 가로 질러 수문통으로 향했다. 잿빛 어둠이 깔린 고향 마을을 서너 개 가로등 불빛이 떠있는 어둠을 들고 있다.

동네가 한눈에 보이는 수문통 위에 서자 옛날 생각이 나기 시작했다. 가로등 불빛에 추억 속 속살이 비춰진다. 불빛이 닿지 않아 어두운 곳에 잠든 죽은듯한 기억들까지 더듬어진다. 어릴 때 추억 중에 밤과 관련된 생각들이 꼬리를 물었다.

예비군 참호는 엄호용 은폐호였다. 회진 쪽에서 오면 마을 초입 작은 산등에 있다. 달그림자가 산자락을 덮고 있어 검게 보이는 월재 쪽이다.

깊은 밤 수박서리를 모의한 날은 내 또래와 발 빠른 작은 애들도 합류했다. 수박은 한 명이 한 개씩 잘 선택해야 한다. 사실 밤이라 쉽지는 않지만 대략 자기가 들 수 있는 큰 것이면 된다. 익을 확률도 그런대로 맞추는 방법이다.

참호에 들어가 서리해온 수박을 중간 점검했다. 발 빠르다고 합류시킨 작은 아이가 내려놓은 수박은 뭔가 이상했다. 크기는 그런대로 괜찮고 둥글기도 수박과 비슷하다. 달빛에 어렴풋이 보이는 겉 무늬가 달랐다. 그 자리에서 깨 보려 하였으나 쉽게 깨지지도 않았다. 호박이다. 다시 가서 따오겠다는 말에 반반이 기다리겠다고 호응했다. 물론 본인이 다시 따러가겠다고 적극적이었다. 무서울 것 같다며 또래 아이가 동행했다.

그런데 왠지 돌아올 시간이 넘었는데도 호박이가 오지 않았다. 도란도란 수박 먹을 생각과 긴장이 버무려져 마른침을 삼킨다. 가는 고무줄로 묶어 놓은 것같이 초침이 느려 질대로 늘어졌다. 그러는 사이 장대 같은 사람이 달그림자와 함께 참호를 누른다. 두 아이 뒷덜미는 도망치다 잡힌 집토끼 꼴이다. 치켜들려 바동댄다.

"야, 이 새끼들아 뉘 새끼들이냐"

동시에 도망가자는 신호가 터지면서 후다닥 흩어진다.

"남 수박밭을 서리한 놈들 잡혀봐라."

나는 거기까지 엄포를 듣고 큰소리라는 것 외 더 이상은 알아듣지 못했다. 결국 붙잡힌 아이 때문에 집집마다 보리 한 가마씩 변상하라는 말을 부모들이 듣게 됐다. 그것으로 인해 아이들은 부모로부터 집에서 나가라는 막말을 들어야했다. 그날 밤 수박서리에 참여하지 않은 아이들한테는 산교육이 되어 버렸다.

참호가 있는 동네 어귀의 낮은 산은 옴팡진 추억의 창고다. 학교를 땡땡이친 것이 들켜 어두워질 때까지 집에 못 들어가고 숨은 곳이기도 하다.

그날 땡땡이는 이유가 없다. 그냥 놀고 싶어 한번 해본 것이다. 땡땡이 칠 때는 책가방이나 책보자기를 갖고 있으면 안 된다. 대부분 산에서 놀기 때문에 나무하러온 사람들과 마주칠 때 식물채집 하러온 것같이 해야 한다.

산에는 골짜기, 나무, 바위 등 비노출 안전장치가 많다. 그날도 책보자기는 밀가루포대를 쌓아서 낟가리 형태로 덮은 마람(이엉) 속에 넣었다. 책보자기를 쑥 넣어 두면 다른 사람들이 찾기 힘들다. 그러나 그 자리도 안전하지 않다. 어느 때이든 예고 없이 밀가루더미가 헐렸다. 더미는 당연히 임시저장방식이고 분배될 밀가루다. 미국에서 보낸 선교용 잉여농산물인데 간척사업 인건비 대용품으로 쓰다보니까 자주 쌓이고 헐린다. 한 아이는 밀가루더미가 헐려 책보자기를 잃어 버렸다가 겨우 찾은 적이 있다.

땡땡이 친 어느 날은 처음으로 큰골 뒷산까지 올라갔다. 큰골 아래 골짜기는 초분골이라 부른다. 큰골과 초분골 사이에서 한낮을 보냈다. 학교공부 안 하고 논다는 것은 별거 없다. 불안을 얹혀 사서 얻은 자유다. 그곳에는 별난 개미들이 있었다. 개미란 허리가 잘록한 것이 종에 관계없이 비슷하다. 초분골 위쪽 산허리에서 본 개미는 신기했다. 체구는 불개미보다 크고 이마에 뿔이 하나있다.

"형 이 개미는 이상해. 뿔에 찔리니까 아파. 이것은 무슨 개미야?"

나보다 나이가 작은 아이가 물었다.

"뿔이 있으면 뿔개미겠지. 개미허리를 잘라 개미 엉덩이 먹으면 허리가 안 아프다고 말들 하더라. 너 먹을래?"

"좋으면 형이나 먹어."

아이는 동백 까면서 묻은 기름기로 인해 뺀질뺀질한 손톱처럼 시쳇말로 뺀질이다. 형들 틈에 낀 존재가 유지되려면 뺀질끼가 있지 않고서야 라는 생각이 들기도 하지만.

그 개미는 전체적으로 붉은 빛이 감돌면서 마치 코뿔소 머리를 축소해놓은 것 같다. 나는 그때 이후 그곳을 다시 찾지 않은 것도 이유겠지만 그런 특종을 다시 보지 못했다.

할아버지의 할아버지 시신들은 초분골을 거쳤다. 그 초분골의 정확한 위치는 큰골과 덜미테 사이 산 아래쪽에 위치해있다. 초분골은 시신을 바로 땅에 매장하지 않고 시신이 들어있는 관을 땅이나 평평하게 쌓은 돌 위에 놓고 이엉으로 덮어서 1~3년 동안 두어 육탈시키는 장소다. 즉 풍장을 하는 장소다. 살이 썩어 육탈이 되면 뼈만을 추려 땅에 본 매장을 하기 전 단계다. 초분이라는 이름은 관을 짚으로 덮어 만든 무덤이라는 의미에서 붙어진 것이다. 아이들이 죽게 되면 망태기에 넣어 육탈이 되게 나무에 매달아 놨던 장소이기도 하다. 아이들은 육탈이 된 후나 또는 바로 독다물 형태로 매장했다. 그래서 초분골은 응달의 한기까지 품고 있어 누구든 가기를 꺼려한 곳이다. 남들이 접근을 꺼리는 곳이어서 땡땡이치기 좋은 맞춤 터다.

그날 땡땡이 친 것이 부모들 귀에 들어갔다는 말을 학교에 갔다 오는 아이들에게 들었다. 학교에 갔다 오는 것처럼 합류해서 오려고 하다가 만나서 듣게 됐다. 겁이 나서 집에 들어갈 수가 없었다. 아이들에게 우리들 못 봤다고 말하라며 일러두고, 동네 입구 산모퉁이 숲에 몸을 숨겼다.

산이 드리운 그림자가 동네로 들어가는 길을 점령했다. 황혼이 점점 어둠 속에 먹혀들어갔다. 초조감도 대지가 검어지는 만큼 짙어진다. 함께 있던 아이들 부모님이 부르는 불안한 목소리가 밤공기를 타고 들려왔다. 이때쯤 가면 야단맞는 것이 줄어들 거라는 생각은 적중했다. 공부, 공부하던 부모에게 땡땡이는 충격이었을 텐데 밤이 되면서 그보다 자식들이 어떻게 됐을까 하는 불안증이 커져서일까.

짠한 기억들이 긴 시간동안 묵혀지면서 변해 미지근한 웃음을 만든다. 기억은 가로등불이 닿지 않는 어둠속에서 산기슭을 더듬고 내려온다. 수정이 집으로 가는 골목은 길게 돌담이 있다. 돌담은 보물창고다. 아이들은 돌담 아래쪽을 창고로 쓴다.

아이들은 빤질빤질한 작은 돌을 주워와 돌 틈에 넣기도 하고, 구슬치기하고 나서 구슬 숨기는 장소로도 쓴다. 노는 것 싫어하는 부모님한테 구슬이 호주머니에 없으면 들키지 않아 안심이 되기 때문이다.

어른들은 아이들 손이 안 닿은 돌담 위쪽을 쓴다. 어른들은 이 빠진 낫을 넣기도 하고, 나무 손잡이가 망가지면 끼우기 전에 손잡이 없는 호미를 잠깐 숨기기도 한다. 여름장마로 인해 장에 못가면 돌담 틈에서 흘러내린 빗물을 맞고 낫과 호미는 녹이 슨다.

철이 산화하면서 나타나는 심홍색은 어디든지 묻으면 지워지지 않는다. 빨강과 파랑이 버무려진 느낌을 나는 좋아한다.

돌담은 다음 장날 땜질할 고무신을 숨기는데도 안성맞춤이다. 엿장사 가위소리에 군침 삼키는 아이들 눈을 피해 감춰둬야 살아있다.

수정이네 집이 저만치서 가로등 불빛을 어렴풋이 받고 있다. 수정이의 인형캐릭터같이 큰 눈과 갸름하면서도 너무 뾰족하지 않은 턱선에 긴 목이 떠올랐다. 수정이 어머니가 섬에서 뭍으로 시집온 새댁 중에 최고 미인이었다는 파다한 소문을 수정이 얼굴이 확인해 준다. 소나무 잎 사이를 스치는 솔바람소리를 닮기도 하고, 대나무 잎이 바람결에 비비는 합창소리 같이 울림이 깊은 수정이 목소리에 대한 기억이 역력했다.

수정이가 오빠라고 부르는 말이 폭신한 정감을 주었다는 생각. 거기까지 이어진 생각은 우리 집으로 시선이 옮겨지면서 수정이와 관련된 추억들이 뚝 끊겼다.

아버지가 말씀하신 수정이 집에 대한 의식이 끼어들어서다. 불쑥 끼어든 상념은 진실과 상상 사이를 억지 조합하여 덜렁거리는 것들이다.

할아버지 사망에 대한 아버지의 굳어진 의심과 고모 인생을 흔들어버린 사건에 대한 의문이 내 가슴에 항시 응어리져있다. 수정이집은 무거운 숙제장이다.

불쑥 찾아든 아침햇살이 잠결에 다가와서 창문에 기댄다. 방문을열자 어제 바닷물 속에 들어가 씻긴 해가 말갛게 떠올랐다.

고향에서 받는 햇살은 싱싱하다. 고향 땅에 초록이 싱싱하듯 초록을 만드는 햇살 또한 도시의 시멘트벽에 허비하는 그런 값싼 햇살이아니다. 피부에 독이 된다고 인식되는 버림받은 존재가 아닌, 겨울이면 언 살갗을 데우는 가치로 느끼는 귀한 햇살이다.

우리 조상들은 다른 나라와 마찬가지로 예로부터 태양을 신이라여겼다. 태양이 보낸 햇살을 감사해 했다. 꼬들꼬들하게 햇볕에 말린 포의 감칠맛도 태양이 없으면 못 볼 거라는 생각이 신앙처럼 굳어진 사람들이 이곳 마을에 살고 있다.

땔감을 말리는 것도 태양이다. 만약 태양이 땔감을 말려주지 않았다면 20세기 혹독한 겨울에 한반도는 제비처럼 따뜻한 곳을 찾아남으로 향하는 피난길이 생겼을 것이다.

시골 사람들은 버릇처럼 아침밥을 먹기 전에도 집이며 논을 한바퀴 돌아본다.

뭔가 익숙해진 행동으로 일어난 나는 수문통 앞에서 마을 구석구석을 비추는 아침 해를 허리에 받고 서있다. 기억의 통로가 선명하게 넓혀진다. 햇살이 추억의 잔해를 비춰 긴 잠에서 일으킨다.

삭풍을 막아주는 담벼락, 수문 시설이 있는 둑, 절개지 언덕은 겨울 추위에 웅크려진 몸을 펴는 장소였다. 햇빛이 데워놓은 공기를 머무르게 할 수 있는 조건이 되어서다. 마을 사람들이 모이는 곳은 온갖 정보를 귀에 담아가는 장소이다. 마을에 있는 아날로그적인 정보 터미널이다. 그곳에서는 먼 동네일에서부터 어떤 가정의 작은 일까지 정보를 실어 와서 서로 나눠간다. 삼삼오오 모여 입과 귀를 활발히 작동한다. 보통 선배들은 입을, 후배는 귀를 많이 쓴다.

선배들은 멘토로 손색이 없다. 보통 사람들은 남을 짓고 까부는 것에 재미있어 하는 경우가 많다. 그러나 이 동네에서는 다르다. 단언컨대 인생의 밑반찬이 될 만한 정보도 선배들의 입에서 나왔다. "화투도박에 미친 건너 동네 장씨라는 사람이 있었어야. 화투를 하지 않겠다고 화투장을 잡는 왼손가락을 작두에 대고 눌렀다데. 손가락 네 개가 잘려나갔다는디 1년도 못가서 몽땅한 손가락사이에 화투패를 끼고 노름을 했다는 거여. 결국에 홀랑 재산 날리고 섬으로 들어가 산다더라."

어떤 형이 말했는지는 생각이 나지 않지만 이야기는 똑똑히 내 몸 안에 살아있다.

이야기 중에 1965년에 도입되어 113에 신고만 하면 상금을 많이 탄다는 간첩 얘기도 당시 실상에 맞아 한몫했다. 뭔가 행색이나 행동거지가 이상한 것 같은 사람, 바지가 젖어 새벽에 산에서 내려오는 자라는 등 간첩식별교육을 따로 받을 필요가 없다. 마치 간첩을 잡아본 사람처럼 형들의 얘기는 현실감이 있었다.

　내가 어렸을 때 가물가물한 기억 속에 한 노파가 수문통 어귀에 나와 매번 웅크리고 앉아있는 모습이 맨땅 위에 투시된다. 그 노파의 눈빛은 쥐약 먹고 죽으려는 쥐의 눈빛이다. 쥐약 먹은 쥐를 잡아먹은 개가 좁은 마루 구석에 허리를 치켜들고 배를 조이며 몸을 말고 있을 때 눈빛이다. 그런 때 개 눈빛에는 마지막 생명을 지키려는 경계심이 또렷이 배어있다. 굴속, 바위틈, 책상 밑 같이 좁은 구석은 모태적 장소인 귀환하고 싶은 어머니 자궁속이다. 개가 죽음을 맞고 있는 장소도 구석이다. 그 노파가 입은 국방색 옷은 색이 조금도 틀리지 않고 일 년 내내 같았다. 양 어깨가 누르스름하게 탈색된 상태가 그렇다. 허름한 정도가 356일 같다. 아니 조금씩 낡아진다는 사실이 더 맞을 것이다. 그런 엄청난 가난은 그 시대 대다수 도민증 가진 자들의 공통분모 안에 있다.

　수문통 길 위로 동네 쪽에서 한 사람이 다가온다. 멀쑥한 옷차림이다. 아스팔트길에 익숙한 걸음걸이 같이 보폭은 작은데 빠르다. 반면에 시골 사람들은 보폭은 크고 걸음은 느린 편이다. 나를 만나러 오는 사람처럼 다가온다. 나보다 몇 살 위로 보이는데 얼른 누구인지 떠오르지 않았다. 서로 얼굴을 보다가 누가 먼저랄 것도 없이 악수를 했다.

　"용수형님이지요? 이거 몇 십 년만인가요"

　"영생이 자네 오랜만이네. 잘살고 있는가? 이번에 와서 들었는데 서울에서 경찰한다며?"

"감소형님 집에 오셨군요. 전에 듣기로는 여수 쪽에서 사신다는 말은 들은 것 같은데 어디서 사세요?"

"여수 옆 광양에서 사네."

내 기억으로는 초등학교를 졸업한 이후 처음 본 것 같다. 용수형은 말할 때 턱 끝을 뾰족하게 만들었다 폈다 한다. 특히 말을 강조할 때면 턱이 호미 끝이 된다. 옛 얼굴 모습이 남아있다.

용수형이 말한 역사물 같은 서산방조제 공사장에서 벌어진 얘기가 떠올랐다. 전에 들었을 때는 귀가 쫑긋했지만 지금 생각해보면 아픔덩어리다. 다른 누군가의 입을 건너 전해져 내려온 이야기다.

여름 날 서산방조제 공사장에 나온 아낙들은 동여맨 짧아진 치마 속에 밑 터진 고쟁이를 입고 작업했다. 너나할 것 없이 속곳을 갖춰 입을 수 없는 가난 때문이었다니. 가난, 그 뼈아픈 용어. 그때 가난은 바로 허기이고, 끝없는 어머니들의 끼니걱정이었다. 먹고 입을 것이 없다는 공포는 어땠을까. 밥을 지어야하는 아낙네들에게는 텅텅 소리만 내는 쌀독의 반응은 지독한 기아를 숨겨 뭔가 얻으려는 공갈이었을 게다.

치마 밑을 봤던 사내아이들의 눈은 아직 여물지 않아 호기심을 넘어 아프지 않았겠지만.

여름날 땀에 절인 가랑이 사이는 어둠이다. 중학교 다닐 때 옅은 어둠이 깔린 오후 늦은 시간 친구 집 부엌문 중간 보에서 봤던 회상이다. 못 박힌 보에 걸어 놓은 칫솔에 닳아 누운 파랑 칫솔모다. 이른 봄 솟아난 무더기 부추가 발에 밟힌 형태였다.

내가 커서 알게 된 용수형의 가랑이 사이 이야기를 회상할 때 떠오른 연상들이다.

이사 간 동네 사람들에 대해 서로 아는 대로 말을 나눴다. 가족들의 안부 인사를 마치고 헤어졌다.

겨울에 부는 높하늬바람과 낮 햇빛의 방향에 따라 고향동네 사람들은 모이는 장소가 달라진다. 바람이 세지면 바람구멍을 내주는 돌담은 완전히 막아주는 절개지나 높은 수문통 둑에 사람들을 뺏긴다. 한겨울에는 햇빛을 받는 벽이 햇빛과 직각에 가까운 장소로 사람들은 따라간다. 오전에는 대밭 밑 절개지가 모이는 장소가 되고, 점심을 먹고 나면 돌담 밑에 모인다.

춥고 바람이 살을 파고드는 날은 수문통 둑 아래가 제격이다. 그곳은 옆에 소가 있을 때가 많다. 추위를 피해 따스한 햇볕을 쬐도록 소를 생각해서 매놓은 것이다. 나는 소 주인이 못마땅하다. 사람들이 모여 있는 바로 옆에 소가 있으면 소 오줌과 소똥이 불쾌하다. 폭포수 같은 암소 오줌은 수소에 비해 낙차가 크다. 소 오줌 낙수소리는 얼마나 컸던지. 소 오줌줄기로 땅 밑이 움푹 파인다. 개미들이 홍수 났다고 도망친다. 재수 없는 놈은 직통으로 맞아 숨통이 찌그러진다. 다행인 것은 소를 매어둔 곳이 모래성질이 많은 사질토라 오줌을 금세 빨아들여 고슬고슬한 편이다. 소 주인은 햇빛을 소에게도 나눠받고 싶어서일 것이다. 수문통 둑 아래는 다른데 보다 더 좋은 놀이를 즐길 수 있어 사람들이 잘 모인다.

둑으로 싸놓은 견치 돌 맨 아래 것은 두 개가 빠졌다. 견치 돌끼리 엉켜있어 쉽게 빠지지도 않고, 빠졌다하여도 허물어지지 않는다. 누군가가 뺀 것은 사실일 텐데. 빠진 지점이 마치 아궁이 같다. 생각하면 마을 공동 벽난로인 셈이다.

주변에는 큰 소나무가 있어 솔방울이며 떨어진 솔가지와 솔잎이 있다. 불을 피우면 따뜻해서도 좋지만 종종 고구마도 가져와 구워 먹는다. 고구마 구워지는 냄새에 침을 삼키면 혀가 목구멍으로 같이 빨려든다. 거기서 나눠먹는 고구마 노란속살은 식은 입술을 순식간에 달궈버린다. 모락모락 나는 김 때문만은 아니다. 수문통 둑 아래는 남자들만이 거의 진을 친다. 나이에 관계없이 여자들은 오지 않는다.

불놀이를 하면 밤에 자면서 이불에다 오줌 싼다고 어른들은 아이들에게 말한다. 그때 그 말은 수도 없이 들었지만 불놀이하고 오줌 쌌던 적이 없고, 누가 오줌 쌌다는 말도 듣지 못했다. 생각해보면 재미있는 불놀이를 못하게 하려는 어른들의 방책으로 초가집에 불을 낼까봐 걱정되는 어른들의 마음이 이제 이해된다.

곡식을 털어내고 난 짚으로 덮은 초가는 자연을 이고 산다. 이엉은 적당히 걷고 새것을 입히는 것이 매년 반복된다. 가을이 지나면 새로운 시간이 초가 위에 내려앉는다. 초가지붕 이엉 켜 사이에는 참새들이 보금자리를 만든다. 집주인은 초가 뒤편을 참새들에게 내준다. 문지방 위 처마 밑은 제비들이 독차지한다. 제비가 논흙을 물어다가 지푸라기와 섞어 집을 짓고, 알을 교대로 품고, 먹이를 잡아다가 새끼들 입에 채울 때는 쉴 새 없이 재빠르게 움직인다. 물 찬 제비란 말처럼 날렵하여 모습을 읽어내기 어렵다.

강남 가려고 지지배배 집주인에게 제집을 부탁한다고 말하고, 빨랫줄에 주루루 앉아 갈 방법을 모의 할 때 턱 아래를 보라. 심홍색이 또렷하다. 새끼 때 희끄무레한 턱 색은 떠날 수 있는 완숙기가 되면서 심홍색으로 변한다.

구찌뽕나무는 마을 위쪽 언덕 위에 있다. 지금이야 구찌뽕나무 전체가 당뇨에 좋다고 난리치지만 그때는 어느 누구도 관심이 없었다. 나는 그때 구찌뽕열매를 맛 봤지만 텁텁한 맛이 관심을 꺼버렸다. 그러나 그 나무에 대한 동네 아이들 관심은 별났다. 구찌뽕나무에는 갈 때마다 거의 풍뎅이가 있다.

풍뎅이는 입이 적어 물지 않아 손으로 잡아도 된다. 손으로 잡을 때 감촉이 반갑지 않다. 손안에서 간질이는 움직임, 그러면서 껄끄러운 감촉 때문에 손바닥을 벌리면 날아가 버린다. 손에 잡히면 여섯 개 다리가 쉬지 않고 움직인다. 그래서 날개 있는 등 뒤쪽에서 몸통을 손가락으로 잡는다.

그렇게 잡고 전체 다리의 중간 매듭을 분질러 잘라낸다. 머리를 180도 돌린다. 한번 돌려놓은 머리는 되돌아가지 않고 그대로 있다. 그렇다고 머리가 떨어져 나가지도 않고 죽지도 않는다. 평평한 땅바닥에 배가 하늘을 향하도록 놓는다. 도망가려고 날개 짓을 하지만 날아가지 못하고 빙빙 돈다. 동네 남자 아이들이 유난히 흥미를 갖는 놀이다.

요즘 리모컨으로 작동하는 전동자동차 장난감에서 보는 생동감이다. 드론이 나는 날개를 보는 느낌에 가깝다. 풍뎅이는 아이들의 작은 손가락에 의해 추락한 엎어진 드론이 된다. 아이들이 풍뎅이 목을 비틀 때 눈 방향이 몸과 엇가게 만든다. 이는 뒤집혀 아파하는 눈을 보지 않으려 한 것은 아니다. 죽음에 직면한 충혈 된 눈은 분명 있었을 것이다. 너무 눈이 작아서 인식 못했을 뿐이다. 목을 비틀어 놔야만 방향을 잡지 못해 날아가지 않는다고 믿었다.

　상수리 열매로 구슬치기를 하다가 잘 안되면 밟아 깨트릴 때가 있다.

　이와 같이 생명체에 대해 소중하다는 생각은커녕 애잔한 인식조차 없었다. 아이들이 죄의식을 못 느끼는 것은 나이 때문이었을까. 잔인한 약육강식이라는 생존에 대한 잡식성이 내면에 유전적으로 각인된 탓일까. 나는 풍뎅이를 잡아 가지고 노는 놀이가 커가면서 시들해졌다. 사내가 풍뎅이 한 마리 못 다룬 계집아이 같다는 놀림을 참을 수 없어서 어려서는 사내아이들 틈에 끼어 묻어갔다. 아이들이랑 풍뎅이 놀이를 하면서 다리를 부러뜨리기 전에 부주의로 놓치기 일쑤다. 그냥 놓아두고 싶은 본심이 손놀림 신경을 억눌러 놓친 것은 아니었을까.

　관덕농장은 1968년도에 완공되었으니까 방조제는 농장완공보다 앞섰을 터다. 나는 초등학교 입학 때부터 간척지에 만든 수로 둑을 타고 학교에 다녔다.

　드넓은 간척지 개펄에는 행여라고 부르는 갯가 식물이 군락을 이

뤘다. 또 다른 이름 모른 풀은 초여름이면 연보라색으로 꽃이 피는데 유독 벌이 많이 날아들었다. 아마 꿀단지가 큰 풀꽃이었을 게다.

개펄은 제방을 막은 몇 년간은 최고 놀이터였다. 개펄은 부분적으로 낮게 파인 듯해 보이는 갯골이 형성되어 있는데 바둑판식으로 논둑을 만들면서 그 갯골에 물이 고인다.

한발이 넘는 갯지렁이가 살아서 나와 있는 것을 봤다. 징그러워 눈여겨보지 못했지만 갯지렁이 모양인 것은 분명했다. 특히 길이가 뻥튀기 기계에 튀어놓은 외형이었다. 그곳 개펄은 차츰 말라 굳어지면서 논이 되기 전까지 동네 아이들 운동장이 되었다. 그때 축구공이 있었더라면 얼마나 좋았을까.

내 기억이 가지고 있는 수문통은 익사자의 넋을 건져 올리는 넋건지기굿이 잊을만하면 벌어졌다. 이어서 망자 천도를 위해 혼을 달래는 씻김굿도 행해졌다.

혼건지기굿에는 살아있는 닭이 쓰인다. 양다리가 묶인 닭은 이승과 저승을 이어주는 옥양목 펴진 질베 위에 놓이자마자 미끄럼을 타고 바닷물에 내몰린다. 양 날개를 묶지 않아 바동거려 생동감이 넘친다. 파닥거리다가 끝판에는 펴진 날개 깃털사이로 바닷물이 침범한다. 더 이상 고개를 들 힘이 없을 때에 짠물을 가슴에 채우면서 혼을 용왕님께 내준다.

이 순간 징채를 잡은 무당의 손은 물리적 운동이 증가되고 모인 귀들은 혼절의 전 단계까지 간다. 이건 혼건지기굿이 아니라 생명바꾸기굿이라는 말이 더 현실적이다.

구경꾼들은 죽어가는 닭을 처연하게 본다. 어쩌면 오늘 굿 주인공도 저런 몸부림이 있지 않았을 까라는 생각이 든다. 보는 표정들에 살얼음이 낀다.

우리 민족문화의 저수조인 굿은 사설가락, 춤, 풍물소리가 어우러진 종합예술이다. 슬플 때는 사설을 통해 풀어주고, 기쁠 때는 함께 기뻐하는 것이 굿이다. 사람 힘으로 어찌할 수 없는 막막한 순간에 벌리는 무당굿은 굿의 일부일 뿐이다. 장례에서 상여소리인 만가를 불러 죽은 소리꾼과 남은 유족들의 슬픔을 달래려 운상 중에 춤판을 벌려 치유하고자했던 남도 지역 선조들의 지혜가 돋보인다. 이 상여굿 또한 굿의 범주에 포함된다.

씻김굿을 하는 당골네는 집당 자에 뼈골 자가 들어간다. 즉 한집 식구라는 의미다. 굿은 우리의 생활이고 문화였다.

무속, 미신, 자연의 힘, 플라세보효과, 하대, 못된 짓거리, 목사님의 통성기도, 극락왕생, 축원, 열두거리, 만신과 유일신의 편차 이 많은 것들의 혼돈을 두고 사람들은 쉽게 '말세다 말세'라 하는데 이 말세가 끝날 때쯤 되면 정명하게 정리될까?

일본은 일제강점기 때 농악이란 말을 붙여 농민들이나 하는 놀이 정도로 폄훼했다. 해방 후 사회학자들은 우리 전통을 비하시키려는 의도가 깔려있다고 봤다. 우리 굿 또한 같은 맥락으로 봤다는 건데 그들이 지금도 8만 개의 신사를 두고 신사참배라는 전통 종교의식을 고수하고 있으면서 남의 전통문화를 폄하하는 편견을 갖고 있다는 것인데… 내가 하면 로맨스고 남이 하면 불륜이란 식이다.

일제강점기 때 그들은 두려움의 대상인 민중의 굿판 중 하나인 무속행위 중심에 무당이 있다는 이유로 미신이라며 경멸의 대상으로 몰아붙였다. 한 술 더 떠 새마을운동 일환으로 구습타파라는 미명 아래 우리 스스로 당집을 부수는 것은 억지가 아녔을까.

우리에게 무속은 사라져 가는 풍습일 뿐이며 전통으로 현존시키고, 예술로까지 승화시키려는 것에 대해 많은 사람들은 긍정적인 편이다. 진도씻김굿이 프랑스 연출무대에서 기립박수를 받았다는 의미는 종교적 행위를 넘어선 더할 나위 없는 반증이다.

무당을 통해 신을 불러오게 하여 무당의 입을 통해 신을 이해시키려 드는 인간중심적이고 현세중심적인 것이 무당굿이라 하지 않는가. 무당굿을 종교의 범주에 넣고 평하는 그 자체가 싫다는 말에 상당수 사람들이 동조한다. 평하려 덤비는 것은 불필요하게 상처를 만져 성나게 하는 문제행동과 다를 바 없다고 본다.

남해안 씻김굿은 판소리와 산조에 쓰이는 시나위선율에 불규칙한 손굿장단에서부터 가장 느린 진양조, 제일 빠른 세마치장단에 이르기까지 광범위하게 사용된다. 씻김굿은 살풀이장단, 굿거리장단 할 것 없이 두루 접목하였는데 소리 중에 끊어 넘는 독특한 시김새에 한을 담은 육자배기가락이 주류를 이룬다.

굿이나 창을 할 때 얼씨구, 좋다, 잘 한다 이런 추임새를 우리 생활, 넓게는 사회전체가 실행하면 신명이 봇물처럼 퍼져 행복세상이 될 거라 기대된다.

씻김굿은 조왕부터 시작하여 종천에 이르는 열두거리로 진행된다. 이는 한 시인이 사람은 이승에 소풍 나와 저승으로 돌아가는 것이라는 시구처럼 망자의 넋이 저승으로 잘 가도록 인도하는 과정을 담았다. 씻김굿에는 남은 가족과 지인들의 아픔을 달래는 절차이면서 방법이 들어가 있다. 정화수와 향물로 영혼을 씻어주는 과정에서 씻김거리가 굿 이름이 되었다.

지전으로 만든 망자의 넋이 신칼(막대에 흰 종이인 지전을 매달아 손에 들고 춤사위 등에 흔드는 무구인데 칼을 형상화 시킨 것)에 붙으면 좋은 곳으로 간다고 하였다. 몇 번이고 붙을 듯 말 듯 하다가 계속 떨어지면 구경꾼 입에서 먼저 웃음이 나온다.

당골은 망자와 관계된 묵은 응어리를 되새김질하고 화해시켜 보내는 망자의 가족뿐만 아니라 굿판에 모인 사람들까지 동화시켜 씻겨낸다. 신에게 잘못을 비는 것은 곧 산사람 끼리 화해도 포함된다. 궁극은 산사람들이 평온을 찾기 위해 벌리는 것이 씻김굿이다.

이 굿의 목적은 긍정과 사랑의 호르몬인 세르토닌호르몬을 촉진시키고 기억력까지 감소시키는 스트레스 주범 코티졸호르몬을 억제시키는 현대의학에서 말하는 뇌가소성극대화와 부합된다.

한 시대 상처와 남은 이의 아픔을 달래려는 살풀이춤에서 붉은색 지전이 등장하는 것을 봤다. 젊은 대학생들이 둘러선 가운데 이한열을 기리려는 한은 지전의 색처럼 붉게 불타올라서 일까? 응원하는 치어리더가 양손에 쥐고 흔들어 대는 반짝이 응원도구는 무당 손에 든 지전에서 이어져 온 것일까?

무당들이 쓰는 징은 중징이다. 징은 직경에 비례하여 클수록 소리가 웅장하다. 꽹과리와 징 소리차이에서 짐작이 가는 이치다. 보통 직경이 38센티인 일반 징은 크기가 커서 가지고 다니기도 여간 힘들지 않겠는가? 일반 징 보다 작은 중징의 소리는 가까운 거리에서는 또렷하게 잘 들린다. 멀리서 들을 때 느낌은 여운이 올라갔다 내려갔다 하면서 파도처럼 흘러든다. 중징소리는 멀리서 들으면 거의 단조로운 오르내림으로 들린다. 울림통의 크기와 맥놀이는 비례하여 소리가 멀리 퍼진다. 무당이 치는 중징은 리듬이 강약으로 반복되면서 멀리까지는 듬성듬성 들린다.

한번은 동네 총각이 물에 빠져 죽었다. 고깃배도 안탔는데 말이다.

갯가 사람들은 날물에 김이나 자연산 미역을 채취하기도 한다. 물일 하러 나가는 것을 본 사람이 없는데 시체로 마을 앞 해안가에 밀려왔다. 혼건지기굿이 어김없이 벌어졌는데 구경꾼들 중에 한 처녀가 유난히 슬퍼보였다. 슬퍼 보인 그녀는 눈물을 보이지 않으려고 참는 모습이 역력했다. 그날 굿판에서 대나무로 된 혼대를 낯빛이 누런 망자의 집안 새댁이 잡았다. 무당의 징소리가 잦은 가락으로 고조되자 그녀는 무의식적으로 손을 흔들었다. 무당이 내뱉는 말보다 더 강렬한 행동을 했다.

무당 입에서 용왕님이 보낸 총각 혼이 돌아왔다는 말이 떨어지기가 무섭게 혼대를 들고 뛰었다. 뜀박질은 경주하는 속도였다. 순식간 동작은 굿판에 몰아치는 바람이었다. 혼대를 든 그녀 정수리가 돌담에 들락거리면서 망자집으로 향하는 것이 보였다.

내놓고 보이지 않은 신의 존재에 대해 강렬한 의문을 심었다. 황당한 동작이 굿의 진실을 호도한 것을 나무란듯했다. 아니 더 강렬하게 의미를 부여했다. 단지 그 광경을 보는 사람들에게 만 말이다.

어떤 사람의 영혼이 다른 사람에게 들어가면 행동과 말투가 영혼이 들어온 사람으로 바뀐다는 영혼의 침입을 겪는다. 영혼으로 들어온 사람이 좋아하는 사물이나 사람은 영혼을 받은 사람에게 그대로 나타난다. 얼굴이 누런 새댁은 굿판으로 다시 돌아와 슬퍼하는 처녀의 등을 가볍게 두드리는 행동을 보였다.

혼이 건져지면 씻김굿을 한다. 씻김굿은 건져온 혼이 무당의 입을 통해 혼대나무를 잡은 가족에게 한풀이를 한다. 씻김굿을 볼 때마다 쏟아놓은 서운한 말들이 한 소쿠리도 더된다. 정을 끊으려는 의식 같다. 무당의 손에 쥔 햇빛을 반사하는 칼날은 가족이란 인연의 정을 자른다. 무당 입에서 나오는 말은 망자가 마치 살아서 말하는 것 같은 목소리다. 매번 보는 비슷한 굿판이지만 신기했다. 물론 시늉일 수 있겠지만 섬뜩한 느낌이다.

귀신 말소리란 생각이 들자 등줄기가 서늘해졌다. 무당은 가족에게 망자의 입으로 변해 야단을 치는 경우가 많다. 씻김굿은 이와 거의 비슷하게 진행을 엮어간다.

굿을 하는 날 낚시질은 헛방치기일 때가 많다. 입질할 때 손맛이 소음과 잡다한 생각으로 휘저어져 챔질이 한 박자 늦기 쉽다. 늦게 챔질한 빈 낚시 바늘이 뒤에 있는 구경꾼의 코를 꿸 거라며 어른들은 말이 많아진다. 너무 세게 챔질하는 것을 경계하려고 만들어낸 말이 아닐까? 실제 코 꿰는 경우는 한 번도 보지 못했지만 채고 나면 지상의 존재들이 마구 걸린다. 높은 나뭇가지에 걸리면 제일 난감하고 낚시 바늘을 빼는데 여간 힘들지 않다.

굿이 벌어지면 어느 동네 사람이 죽었는가. 어쩌다가 죽은 사람인가 궁금증이 꼬리를 물어 낚시 줄을 물에 박고 가만있을 수가 없다. 물론 시끄러우면 고기도 안 물어서 그렇다.

그때는 봇돌(추)도 없어 어른 손톱만큼 둥그런 돌을 사용했다. 그런데 둥그런 돌은 빠지기 쉽다. 돌이야 지천에 깔려 있지만 돌도 종류에 따라 무게가 약간씩 다르다. 작고 무거워야하는데 색이 짙을수록 무거운 경우가 흔하다. 뿍스대(찌)는 수수깡이면 충분하다. 수수깡 끝을 맬 때는 갱심(낚싯줄)이 한번 수수깡 중간을 관통시키고 한 바퀴 돌려서 매어야만 줄이 빠지지 않는다. 수수깡 줄기는 겉이 상당히 미끄럽기 때문이다.

수문통 양쪽은 내륙 쪽에 경사면이 있다. 시멘트가 매끄럽게 발라져 미끄럼을 타면 위험하지만 스릴과 함께 재미가 있다, 바지가 닳아지고, 신발이 곧잘 닳아지지만 부모들 걱정을 아이들의 재미가 앞선다.

나는 거기서 미끄럼을 타다가 한 아이와 부딪쳤다. 상대 아이는 코에서 피가 나고, 나는 아래 앞니 일부가 깨져 허탈한 심정을 평생 느끼며 살고 있다. 영구치는 한번 깨지면 상처와 다르게 자라나서 회복되지 않는다는 사실을 알게 됐다. 눈으로 훑은 기억의 더듬이는 여간 재미가 있는 것이 아니다.

고향 마을 구석구석에 놓인 추억의 잔해가 눈 속에 들어와 내 속의 기억을 흔들어 연쇄반응을 일으킨다. 달콤한 기억들뿐만 아니라 쓴 것도 세월이 발효시켜 덤덤한 맛으로 배어있다.

아버지가 누누이 말씀하신 강수정의 집이 폭력적인 만행을 저질렀는지에 대한 입증을 어떻게든 찾아내야 할 텐데 도무지 꼬투리가 잡히지 않는다는 것이 너무 답답했다. 아버지는 말끝마다 원수 집이라고 말하신다. 그 이유를 내손으로 밝히고 싶어 했지만 끝내 알아내지 못하고 서울로 근무지를 옮겨간 것을 아버지가 못마땅해 하신 것도 이해는 된다. 그냥 할아버지와 고모가 당한 것이 강수정 집과 연관이 있지 않나 의심하는 정도에서 고착되고만 것이 내 능력에 대한 불만이다.

우리 집 앞 수로에는 올라가서 낚시질하면 물고기가 잘 무는 너럭바위가 있었다. 그런데 어디 땅속으로 들어가 버렸는지 보이지 않는다. 그 바위는 그다지 평평하지는 않지만 올라가서 낚시질할 정도는 된다. 문절망둥어를 우리 고장 사람들은 문절이라 한다. 지렁이 미끼를 친구들은 껀챙이라 한다. 너무 오랜만에 불러보는 단어라 입이 머들거린다.

미끼가 떨어지면 문절이 살을 잘라 써도 입질한다. 문절이는 먹탐이 청소기 흡입구다. 툭툭 쳐보지도 않고 물고 달음질친다. 늦게 채면 안 된다. 문절이는 고패질을 하면 입질이 빠르다. 고패질은 적극적인 낚시 방법인데 미끼가 살아서 도망가는 느낌을 주는 것이다. 낚싯대를 좌우로 이동하면서 적당히 움직여 문절이를 유인하는 식이다.

세월을 갈아엎다보면 낚싯대나 낚싯바늘이 골동품 취급을 받지 않을까 하는 생각이 든다. 인공지능을 가진 로봇이니 뭐니 4차 산업혁명을 앞에 둔 물고기 잡는 로봇에 대한 말이다. 어부로봇은 카메라와 어군탐지기 아니면 돌고래처럼 움직이는 음파탐지기능 등 바닷속 물고기동태를 환히 보는 감지장치를 갖춘다면 말이 된다. 로봇을 은밀한 이동장치와 작살, 투망 등 포획장비로 무장시킨다. 레포츠와 접목시키려면 포획 과정이나 탐지과정을 영상장치를 보고 조작하면서 즐기는 어부로봇 4차 산업혁명이 될 것 같다.

수문통 물줄기에서는 민물장어도 잡히는데 그놈이 물으면 낚싯줄을 비비꼬아 엉망으로 만든다. 그러나 큰 것이 물면 그날은 횡재다. 물고기가 흔하던 시절이라 지금보다는 귀한 감정이 적지만 장어가 보신에 좋다는 말은 그때도 마찬가지였다.

올라가 낚시질했던 우리 집 앞 너럭바위는 어른이 누운 키 정도되어 흐르는 물살이 갈라지다가 바윗돌을 지나면서 휘감긴다. 강바닥 물속에 박혀서 물살을 죽이는 바위는 물이끼에 반질거리지만 물위에 들락거린 부분은 이끼가 적게 끼어있어 바위로 오르는데 별 문제가 없다. 내려오는 물이 바위에 부딪혀 흐르는 물 반대편에는 물살이 죽는다. 물이 세게 내려올 때는 물살이 죽는 쪽이 낚시 포인트다. 그 바위는 가만 그 자리에 숨겨져 있을 것 같다. 물길이 없어진

허망은 그렇다손 치고, 그 바위마저 보이지 않아 황홀한 꿈을 꾸다가 눈이 떠지면서 아쉬운 기분이다.

바위틈에 끼어 허리를 굽혀 바다를 내다보는 소나무가 수문통 옆에 있었다. 그 소나무는 밀려나가는 썰물을 향해 손을 들어 다시 오라고 애타게 불렀다. 소나무는 솔잎 사이로 바람을 비벼 여러 소리를 낸다. 송뢰영운(松籟詠韻 소나무 잎이 부딪혀 내는 소리가 노래같이 들린다는 감정). 밀려오는 밀물에게는 가지를 흔들어 어서 오라고 손짓을 했다. 날마다 들고 있는 통통한 소나무 팔뚝은 그네를 매기에 더없이 좋았다. 왜 그 소나무가 없어졌는지 알지 못한다. 상당히 오래 전부터 보이지 않았다. 고사했을 수도 있지만 사나운 톱니가 발악을 했다면 톱을 든 손에게 묻고 싶다. 아깝고 서운한 목소리로 벤 이유를 묻고 싶다.

그 소나무는 몸통이 비스듬히 기울어져있어 오르기 쉽다. 그래서 굿을 할 때마다 꽃 댕기를 단다. 또렷한 오방색 천이 바란 천 사이에 새로 들어오면 새것이란 위세를 떠는 것 같다. 지나치려는 눈을 잡으니 말이다.

울긋불긋한 천이 보기 싫다며 잘라버리는 동네 형 때문에 그네만 매질 때도 있다. 그 형은 교회에 간간히 나간다. 기독교에서 말한 유일신이란 의미를 커서 알게 되어 어렸을 때 이해하지 못한 그 형 마음을 이해하게 되었다.

밑동도 없는 소나무에 대한 기억 속 존재는 도려낸 추억의 또 다른 상실이다. 송도갑문이라 쓰인 판석이 있는 자리까지 언둑이 파헤쳐졌다. 소나무섬이라는 송도란 연유는 그네를 맸던 소나무도 한몫 했을 성 싶다. 松島閘門(송도갑문)이라 깊게 파인 글자 한 획 한 획에 손가락을 넣어 써봤던 입체감은 내 손끝에 맺힌 캘리그래피의 역사 다. 내 속의 문화다. 송도갑문 석판이 어딘가에 숨어 내 손끝이 찾아 올까 고대하고 있는지 모르겠다. 기억을 못 받쳐주는 현실에서 부재 들은 고향을 찾을 때마다 허기지게 한다.

동네 어르신들이 기억 속 할아버지 얘기를 할 때면 나는 상대방 한테서 눈길을 거둔다. 초점을 먼 곳에 고정해버린다. 친구들끼리 할아버지 말을 할 때는 다른 얘기를 얼른 끼어 넣는다. 할아버지의 부재가 타인에 의해 저질러진 것이라는 아버지 생각은 내게 더 곤욕 스러웠다. 치유가 잘 안 되는 상처였다. 방해하려는 알박이 같은 존 재였다. 부재라는 것은 그리움이고 아픔이다. 바람이 잠든 날 아침 햇살을 투시하는 이슬보다 더 청청한 마을. 영혼을 씻김하고 현생 얼룩을 파내는 의식의 장소

단 몇 사람을 제외하고 여명 전이면 부스럭하는 작은 소리에도 놀라는 여린 본심을 가진 사람들의 터.

여기 어느 한 시기에 체제의 쏠림으로 발생한 집단화된 악의 힘 이 세 살 아이까지 몽둥이에 희생됐다는 말을 믿으란 말인가. 난무 한 발작성 폭력은 여운으로 이어져 1987년 12월 16일에 치룬 4파전 대통령 선거에서 광주, 전남지역에 황색바람을 일으킨 쏠림의 힘을 너는 봤지 않느냐. 그 쏠림의 에너지가 합체되면서 발생되는 괴기스

런 힘은 단순한 판단으로 전혀 예견 할 수 없다는 것을.

황색바람을 일으킨 집단행동을 어떻게 보느냐는 질문에 대해 답하라는 강요가 있다면, 나는 어떤 대답을 당신에게 해줘야할까. 물감의 삼원색 중 하나이면서 빨강과 파랑 사이에 끼어있는 부귀와 안전을 상징하는 노랑 색채의 효과라고. 부귀는 욕심의 결과물이고 안전은 주의의 부산물이다는 생각. 욕심과 안전이 혼합된 보수의 전형적인 구조물에 내재된 응고된 imagism.

이 모든 것이 이분법으로 가른 둘 사이 골바람에서 시작된 것은 아닐까. 골의 깊이에 따라 바람의 세기가 다르게 나타난다고 보고, 그 윤곽을 오감으로 더듬다보면 뭔가 잡힐 거란 막연한 기대가 생겨나는 것과 같이 나는 그 기대로 인해 헛발치기나 하는 것은 아닌지.

잔용일은 추석날을 넘기고 상경해야할 때가 되어도 고향 마을에 나타나지 않았다. 물론 강수정이도 오지 않았다. 들리는 소식에 강수정은 베트남에 가서 산다는 말이 있다. 그렇다면 잔용일이 그 사실을 알고 내려오지 않는다고도 볼 수 있다.

집 뒤꼍으로 가서 누릇누릇한 서산농장 들판을 본다. 빠른 추석 때문인지 벼논들이 아직 덜 누렇다. 우리 논배미가 있던 자리의 벼가 유난히 누렇게 익어 보인다. 찐 올벼쌀이 생각난다. 씹을수록 배어나는 단맛을 혀가 뇌 속 기억장치에 담아둬서 안다. 바람이 흔드는 들판은 누런 단맛을 턴다. 눈에서 입으로 흘러 머릿속에 단맛이 바람을 타고와 스며든다. 갑자기 예상에 없던 할아버지 신음소리가 바람소리 속에 숨어있다. 할아버지를 생각한 상상이 불어난다. 들판이 타들어간 임오년과 다음해 가을은 허연 쭉쟁이(쭉정이)에 낱알이 꼿꼿이 서서 들판색이 희누르둥둥한 색이였을 게다.

고조할아버지는 임오년 다음해 봄에 동네 몇 사람하고 김제로 쌀 팔러 갔다(쌀은 돈을 주고 사는 것을 '쌀팔러 간다' 하고, 돈을 받고 파는 것을 '쌀을 돈 사러 간다' 한다. 이는 먹고 사는 쌀이 돈보다 중심에 두고 빚어진 말이다)는 얘기를 들었다. 나는 다시 한 번 더 마을을 눈에 담았다가 내놓는다.

부고장 속에 없는 비밀

할아버지는 내가 세상에 나오려고 용을 쓰기도 전 저세상으로 돌아가셨다. 나는 수정이 집이 원수 집안이라고 단정한 아버지 말씀이 항시 기억장치에 자리를 잡고 있다. 그러나 수정이집과 연관된 관계의 진행은 물티슈를 달라는 말에 떨어졌다는 음식점 주인의 답변이 던진 감정이다. 그 말 뒤에 씻지 못한 땀 흘린 손으로 게장의 긴 집게발을 잡으면서 주인을 보는 느낌이다.

일제 강점기 대다수 이 땅 주인들이 그랬듯이 우리 집도 대대로 이어온 가업인 농사일을 해왔다. 아직도 농사일은 부모님의 손끝에 매달려있다. 임오년 그 해 전남지역 가뭄은 당시 농사꾼을 타죽기 직전까지 가마솥에 넣고 복아 댄 해였다. 연거푸 2년간 이어진 가뭄에 농업용수시설이 극히 미비한 당시로는 어쩔 수 없었을 것이다. 하늘만 쳐다보는 천수답은 오죽했겠는가.

1942년 임오년 8월 여름밤이었다. 가뭄에 물대기는 밤과 낮이 따로 없다. 가뭄을 겪고 있는 들판은 수로를 타고 온 물줄기를 나눠 목을 축인다. 용수로는 마치 인체 동맥의 혈관배치와 흡사하다. 들판의 가뭄 때 구조는 수로가 혈관이고 물은 영락없는 피다.

논바닥이 쩍쩍 갈라지면 똑같이 주인의 가슴도 찢어진다. 갈라진 논바닥은 물을 대면 상처가 바로 아물어 든다. 가문 논바닥에 물 들어간 소리는 생명의 소리다. 갈라진 논바닥에 물이 들어가면 처음에는 수수수하며 논흙이 물 받는 소리를 하고, 곧바로 뿌리가 빠는 소리를 낸다. 미세한 움직임이지만 강아지가 먹을 때 꼬리를 치듯이 힘이 빠져 늘어진 벼 잎이 좋아서 미세하게 꼬리를 친다.

논물이 들어가면서 벼 포기와 벌이는 물리적 작용인지는 분간하기 어렵지만.

그래서 가뭄 때면 서로 물줄기를 끄집어 오려고 안간힘을 쓴다. 갈라진 논바닥을 보고 형님 먼저 물 대라고 양보하는 농부는 예수님에 버금가는 고행자다. 아니면 노자의 도덕경을 아예 삶아먹어도 소화가 잘되는 특수 소화기관을 가지고 태어난 자다.

가뭄 때는 성정이 순한 사람도 생존 본능이 작동한다. 독살스럽게 된다. 가장에게는 가족이 굶어 죽을 수도 있다는 절박감이 물싸움을 충동질한다.

8월 그날 밤 할아버지는 수문통에 밤공기를 쐬러 온 사람들이 하나둘 집으로 향하기 시작한 늦은 시간에 삽을 들고 집을 나섰다. 고무신을 신은 발등을 스치는 풀이 마른 건불 같이 느껴졌다.

"언제 비가 올 건가 얼른 와야 될 건데 하늘이 도와주시오"

중얼거린 말속에 빌고 있는 절박한 심사가 스며있다. 언제 풀들이 촉촉하게 될까. 미급이라 가뭄 때 물대기가 여간 어려운 것이 아니다. 그래서 남들이 쉬는 밤을 이용한다. 할아버지는 용수로에서 내려온 물이 물꼬로 나눠지는 둠벙으로 가셨을 것이다.

우리 집 논은 마지막 미급이라 논 물꼬 앞은 자주 물을 퍼내 둠벙 (웅덩이)이 되어있다. 나는 그 둠벙에 대해 훤히 속속들이 알고 있다. 우리 큰 배미로 들어가는 물꼬 옆에는 논 아래 배미와 노력도가 집인 사람의 논에 물대는데 함께 쓰는 수통이 있다. 수통 입구의 외형틀은 네모이고, 판자 같은 것을 끼워 넣어 물이 들어가는 것을 막을 수 있도록 양쪽에 凹형 홈이 있다. 크기는 강아지가 들락날락하는데 등이 닿을까 말까할 정도 크기다. 그러니까 입구는 사각이고 수로는 원통이다.

큰 배미 앞 둠벙에는 용수로에서 내려오는 급수방향 반대편으로 빠진 물은 길쭉한 깊은 배미로 내려간다. 장마철에는 절강과 수문통이 이어지는 사이 수로로 모든 용수로 물꼬에서 차단된 물이 내려와 곧바로 흘러 들어간다. 초여름 장마가 시작되면서 엄지와 중지가 끝을 대고 둥글게 만 사이에 풋 접시감이 꽉 끼게 커지면 수로 빗물을 타고 붕어 떼가 줄지어 물을 거슬러 올라온다. 그럴 땐 우리 논 물꼬 앞 둠벙은 붕어 떼 정거장이다.

벼 수확을 끝낸 늦가을에는 용수로 물을 위쪽에서 돌려 막고 둠벙에 있는 물을 퍼내서 미꾸라지 수색작전을 한다. 개흙에 숨어있는 배가 누런 대물 미꾸라지를 잡을 땐 손이 무기다. 손끝에 힘을 주고 두 손을 나란히 펴서 삽날같이 만든다. 말랑말랑한 둠벙 바닥을 차근차근 파서 뒤집으면 영락없이 누르둥둥한 미꾸라지 몸이 보인다.

개흙이 한 뼘 조금 넘으면 더 깊이 들어가지 않는다. 개흙 아래는 이상하다할 만큼 딱딱하게 굳어져있다.

둠벙은 수서곤충들 천국이다. 가뭄 기간을 빼고 말이다. 붕어, 미꾸라지, 송사리, 소금쟁이, 물방개, 물자라 그 중에서 부성이 강한 수컷물자라는 등에 노란 알을 붙이고 다닌다. 사슴벌레 큰 집게 같이 집게가 달린 장구애비, 풀밭에 사는 사마귀와 닮은 게아재비, 물장군, 이름은 모르지만 물위에 떠다니며 크기는 흑미 만큼하고 윤기 난 검은색에 타원형이며 반경 10cm를 빙빙 돌기도 하는 그런 수서곤충들이 살았다.

소금쟁이는 앞쪽으로 더듬이 두 개가 있고, 더듬이 바로 아래 더듬이 크기와 비슷한 앞발이 두 개있다. 몸의 무게중심은 중간에 있는 긴 두 다리와 뒤쪽에 있는 같은 길이인 다리 두 개로 잡으며 헤엄칠 때 이 긴 네 다리를 사용한다. 물위를 걸어간다는 것보다 노를 저어 가는 모습으로 보인다. 아래몸통은 마치 배 밑창처럼 딱딱한 느낌이다. 몸통 전체 모양은 카약 축소판이다.

가을에 미꾸라지 수색작전이 시작되면 수서곤충의 천국이 난리난다. 난리 중에도 사는 사람이 있게 마련인데 여기 난리도 매한가지다. 용수로 위쪽에서 물길을 돌리고 물을 푼다. 사람 입에 들어갈 수 있는 것은 초토화된다. 막고 품는 방식이 미련해 보이지만 확실하다는 말이 여기서 나왔다.

더 무서운 핵폭탄급도 있다. 욕심이다. 둠벙 물속 수서곤충에서부터 논두렁에 기어 다니는 흔한 누룩뱀까지 전멸시킨 것은 인간의 욕심이다. 다수확을 위한 농민의 욕심을 부추기는 것은 농약회사 욕심통이 발원지다.

포항농장과 관덕농장을 휩쓸면서 뿜어 대는 헬기 공중살포, 이 장면은 베트남전에서 전술상 고엽제 살포와 다름없다. 방제적기에 대단위 방제효과를 일시에 보는 효과는 있겠지만 두 농장 안에 사는 생명체는 모두 제삿날이 같을 수밖에 없다. 물론 슬퍼하거나 제사지내줄 후손도 한꺼번에 없어지지만.

가면을 쓰고 작물 속에 숨은 섭생을 위협하는 잔류농약이란 의미에 붙여놓은 생각을 통해, 인간욕심의 단면을 이해하는데 쉬울듯하다.

쌀은 빼놓을 수 없는 우리의 주식이다. 벼농사는 수확을 늘리기 위해 볍씨 소독에서부터 농약과 접하기 시작한다. 여름이 되면서 논바닥은 번식한 벼 포기에 의해 녹색포장이 된다. 이때쯤 분무하는 농약을 피해 날아다니는 이화명충나방을 포획하려는 수많은 제비들의 바쁜 비상을 예전에는 늘 봤다. 농약 묻은 나방을 먹은 제비는 괜찮을까. 그 많던 제비는 어디로 갔을까. 혹시 그때 농약 후유증으로 생식기능에 이상이 생겨 수가 줄어든 것은 아닐까라는 의문이 꼬리를 단다.

고온다습한 여름 날 벼에 도열병이 반점을 찍기 시작하는 것을 보면 농부는 농약이라는 한 짐을 더 짊어지면서 더위를 탄다. 도열병 약으로 사용한 유기인계는 동물보다는 어류에 치명적이다. 살충제로 쓰이는 유기수은제는 1977년 12월에 사용을 금지하기 전까지만 해도 농민들이 많이 살포했다. 벼가 누릇누릇 익어가기 시작해도 벼멸구의 극성은 서 있는 벼 포기를 주저앉힐 정도로 끈질기다. 오죽하면 멸구는 섬에까지 따라와 먹는다했을까. 이런 상황이 되면 농부는 무농약과 유기농을 한다고 버티기가 쉽지 않을 것이다.

해충이 기승하는 고온다습한 2개월간의 여름과 유기물이 부족한 노후한 토양, 고소득을 위해 같은 작물을 연작할 수밖에 없는 하우스재배 같은 집약적 농업. 이런 열악한 재배환경이 농부의 무농약재배 의지를 꺾을 만하다.

농약은 사용면에서 살충제, 살균제, 제초제, 식물성장 조절제 등으로 분류된다. 농약은 대부분 합성물질로 이뤄져 있다. 살충제인 DDT와 제초제 계통은 토양 내에서 분해가 잘 안 되어 반감기가 길다. 그래서 요즘 저독성 농약을 사용한 관행농업을 하는 농민들이 더 합리적으로 보일 정도다. 일부 유기농의 허구성을 지적하는 경우 사람들이 맞장구칠 만도 하지만 결코 우리가 바라는 길이 아니다.

살포된 농약은 독성을 가진 농약성분이 농작물이나 하천, 토양 등에 잔류하여 결국 인체에 들어오게 되는 잔류농약이 문제다. 농약은 가루상태인 분제, 알갱이인 입제, 액상인 유제, 물에 타서 쓰는 수화제 등이 있다.

나는 이화명충나방에 살포되는 뿌연 분제 속에서 검은 제비들이 나방을 잡기위해 이리저리 날갯짓을 하는 장면이 눈에 선하다. 이렇게 살포된 모든 농약은 어떤 상태로든 농약의 독성성분이 작물에 이어서 식품에 잔류하거나 토양, 하천, 바다를 오염하게 된다. 결국은 인체 내부로 들어온 농약독성은 심각한 부작용을 낳는다.

유기인제 경우 강력한 살충력을 갖고 있어 농약으로 사용하기는 손쉬우나 인체에서는 중추신경, 척수신경, 교감신경, 부교감신경 자극으로 언어장애 등 각종 부작용이 따른다. 미군은 베트남전쟁 당시 '오렌지작전'(한국에서는 '고엽작전'이라 칭함)으로 적 게릴라전을 막고자 식물을 말라죽게 할 목적으로 엽록체를 파괴하는 제초제를 살포했었다.

당시 고엽제에는 2·4·5-T계와 2, 4-D계 제초제를 합성할 때 함유하는 극소량의 다이옥신이 함유되어 있다. 다이옥신은 인체에 들어가면 5∼10년이 지난 뒤 각종 암과 신경계 마비를 일으킨다는 동물실험결과를 밝히면서 미국은 1969년 이 약제사용을 전면 중지하였다.

고엽제 살포당시 헬기에서 살포 할 때 물이 시원하다며 일부러 맞았다는 무지가 더 가슴 아프게 한다. 엽록체를 파괴하여 광합성을 못하게 하는 비선택성 제초제에 들어가는 파라콰트성분은 인체 주요장기를 섬유화 시켜 제 구실을 못하게 하고 반감기 또한 2년으로 긴 편이다.

'잡초의 재발견' 조지프 코캐너가 쓴 책에서 보면 제초제 농법으로 높은 생산성을 유지하던 미국 어떤 농부의 과수원은 언제부턴가 흉년이 들었다. 문제는 제초제에 의해 토양이 망가진 데 있었다. 그 농부는 결국 과수원을 포기하고 제초작업을 중지했는데, 1년 뒤 잡초가 무성해진 밭에 나무들이 싱싱한 열매를 맺은 광경을 봤다. 저자는 잡초가 없었더라면 미국 평원 대부분의 목초 지역은 불모지가 되었을 것이라고 말한다. 미국 재배지 토양의 질이 나빠진 주요인은 자연이 내린 토양 개량 식물인 잡초와 야생초를 제멋대로 파괴한 데 있다고 말했다. 그의 결론은 인간이 잡초를 지혜롭게 이용할 때 잡초는 인간에게 친구가 된다고 봤다.

농약에 대한 개괄적인 면은 어느 정도 감을 잡았으리라는 전제 아래 내가 직면한 경험을 통해 농약의 문제점이 더 가슴에 와 닿을 것으로 기대한다.

1983년 늦은 여름 고향 지서에서 근무할 때 취급한 변사사건이다. 농약을 하러 간 남편이 점심때가 넘어서도 집에 오지 않자 논으로 가보니 쓰러져 있어 동네 사람들이 망자를 집에 옮겨 놓고 신고했다.

30대 후반 젊은 농부는 농약을 살포하고 나서 피사리를 하는 동안 휘발된 농약성분을 흡입하여 사망한 것이다. 울음바다가 된 망자의 집 담장 안은 농약이라는 사자가 몇 시간 사이에 만든 비통한 상황이 보는 모두를 힘들게 하였다.

서울 서북경찰서 직장동료가 집에 우환이 생겨 낙담하던 것을 지켜본 얘기다. 그 직원 부인이 중추신경이 마비되어 걷지 못하고 병원에 있는데 무엇보다도 호전되기가 힘들다는 의사 소견이 듣는 사람까지 답답하게 만들었다.

병의 원인은 섭생과정에서 농약성분인 수은이 체내에 쌓인 것인데 한 번 몸 안에 들어온 수은은 배출이나 체내에서 분해가 안 된다. 그때만 해도 유기수은제 농약살포가 많았던 때로 수은중독이라는 병원 측의 답변으로 보면 원인은 농약에 의했을 가능성이 높다. 한 가정을 농약이 먹 구름장 아래 억압하여 가둬둔 뼈아픈 사실이다.

1960년대 말에는 서산농장 일대에 헬기를 이용해서까지 농약살포가 많았던 때다. 수문통에는 숭어가 많았는데 숭어에 대한 이름을 보면 크기 정도에 따라 10cm 이하 새끼는 모치, 20cm 정도는 모뎅이, 30cm는 괴사리, 40cm는 참동어, 50cm는 누거리, 60cm는 댕가리나 눈부릅뜨기라고도 부른다.

참동어는 겨울에 참맛이 나는 고기란 뜻이고, 눈부릅뜨기란 사람들의 푸대접에 숭어가 눈을 부릅떴다고 해서 붙여진 별칭이다. 여기서 60년대 말 당시 등이 휘어 헤엄을 잘 못 치는 숭어가 상당수 발견되었는데 주로 모뎅이 급에서 발견되었다. 그때 등이 휜 숭어는 잡아먹지 않았던 기억이 역력하다.

장마철에는 서산저수지를 넘쳐난 물이 물줄기를 키워가며 덕산리 앞 수문을 지나 청정해역인 득량만으로 흘러가 풀어진다. 서산농장과 관덕농장에 살포된 농약이 득량만으로 나가기 전에 수로를 오염시키면서 숭어가 피해를 본 것이 육안으로 관찰된 것이다. 농약이 집중 살포되기 전인 1960년대 초반까지만 해도 등이 휜 그런 모뎅이는 볼 수 없었다.

2003년 2월 한양대구리병원에 입원하여 무릎검사를 받을 때다. 같은 병실에 40대 초반 남자 환자가 있었다. 고통스럽게 앓는 소리를 내어 무슨 병이냐고 말을 붙였는데 파킨슨병이라 했다. 왜 병에 걸리게 됐느냐는 물음에 그는 의사가 농약에 중독되어 걸린 병이라고 말했다한다. 그러면서 과수농사를 짓는데 농약살포가 반복되다 보니까 이런 병에 걸릴 수 있다고 말했다. 정부에서 가난한 농부환자에게 간병비용까지 부담해줘서 그나마 다행이다.

이탈리아 파비아의 IRCCS 대학병원과 밀라노 파킨슨 연구소 공동 연구팀이 전 세계에서 수행된 100여 건 파킨슨병에 대한 연구결과를 종합 분석하였다. 파킨슨병은 근육이 약해지면서 말하고 쓰기에 문제가 생기고 남의 도움이 없이는 걷기도 어렵게 되는 질환으로, 두뇌의 도파민 수치가 떨어져 발병한다.

연구팀은 각종 해충을 잡는 살충제와 파킨슨병 간의 상관관계를 다룬 연구결과를 분석했다. 그 결과 살충제에 노출되는 것이 파킨슨병 발병 위험을 33~80% 높이는 것으로 확인됐다. 또 제초제와 살균제는 파킨슨병 발병률을 2배가량 더 높이는 것으로 나타났다.

KBS2 추적60분 '두려운 진실'에서 드러난 사실을 보자. 2014. 3. 15부터 경북 성주군 하일환농장에서 2달 사이에 100여 마리 소가

정체 모를 병으로 거품을 흘리며 설사를 하다가 죽어갔다.

당시 전남 강진에서 축협이 운영하는 농가에서도 소 70여 마리가 앓고 9마리가 죽었다. 지역적으로 나타나는 한우폐사는 전염병에 의한 것이 아닌 미스터리한 죽음이었다.

그해 4월 검역본부에서는 3번의 검역결과를 발표하면서 원인을 볏짚에 묻은 농약이라 단정 지었다. 이유는 건초로 먹인 볏짚 시료 검사에서 12가지 농약성분이 검출되었는데 이런 농약성분은 거의 1년이 지나도 볏짚에 남아있다.

한우 피해지역은 2013년 여름에 벼멸구가 극심하여 지오릭스분제라는 멸구약을 평년의 배가량 살포한 것이 문제가 된 것 같다고 조사기관은 말했다. 볏짚이 문제된 쌀에서도 잔류농약이 검출되었다. 1,000여 가지의 농약을 사용하는 우리나라는 농산물 생산에서 너무 농약에 의존하지 않나 반문하게 된다. 국립농산물품질관리소는 전남에서 생산되는 친환경 쌀의 잔류농약검사에서 139건 중 40건에서 농약이 검출되고 9건은 허용치를 초과했다.

이처럼 잔류농약 문제는 크다. 농약으로부터 우리 몸을 지키는 방법은 농산물 표면이 거칠고, 크기가 작고, 볼품이 없는 유기농 농식품에 손이 먼저 가야할 것이다.

포도 등 과일과 채소는 잔류농약 40%가 표피에 묻어 있어 먹기 전에 5분정도 물에 담가두었다가 흐르는 물에 잘 씻어 먹으면 상당히 농약 위험을 피해갈 수 있다. 모두가 잔류농약이 숨겨진 겉보기만 좋은 녹색 가면에 눈을 흘겨야 건강하게 산다. 아무리 봐도 농약은 빨강이다.

우리 논 큰 배미 앞에 있는 둠벙 안에 있던 파란색 평화는 농약이 살포되면서 깨졌다. 스미치온, 파라티온이란 유기인계 농약상품을 표기한 빨간 글씨가 품고 있는 이미지가 수서곤충에게 분노, 위험, 경고, 전쟁을 유감없이 발현시켰다. 수서곤충에 야맹증이 없다면 그 작은 눈과 가는 시신경 줄을 타고 우둔한 작은 뇌 속에 할아버지가 주검에 이른 과정이 기록되었을 텐데 말이다.

다수확의 욕심이 농약을 만들어 뿌리고, 기계화 일환으로 농지정 리작업이 이뤄져 웅덩이에 살고 있는 수서곤충 후손들은 전멸됐다. 만약 그것들의 후손이 있다면 물어보는 시늉이라도 해보련만. 분만 전에 기형아검사까지 하는데도 50년 전보다 주변에 신체적, 정신적 장애를 갖고 태어나는 경우가 훨씬 많아졌다. 그 이유를 따지면서 잔류농약이라고 상당부분 무게를 둔 연구결과에 대해 찬성한다. 또 우리현실에 대한 문제 중에 잔류농약문제를 말할 때 내 입에서 침이 튄다는 소리를 간간히 듣는다.

할아버지는 가뭄이라 논에서 나갈 물이 없어 물꼬를 열어뒀다. 혹 시 내려오는 물이 둠벙에 차서 들어가지나 않을까라는 기대 때문이 다. 할아버지가 논에 나간 시각 하늘은 반달이 서산에 걸리기 직전 이다. 그런 하늘 아래서 길과 물체는 어느 정도 윤곽이 보인다. 둠벙 에 물이 가득 차있는데 우리 논 물꼬를 막아뒀다. 앞 논에 열어놓은 물꼬로 들어가는 물소리가 소소하지만 우리 논은 막혀 있다.

화가 난 할아버지는 우리 논 물꼬는 트고 앞 논 물꼬는 삽으로 뗏
장을 크게 한 장 떠서 막았다. 할아버지는 아침밥 때가 되어도 집으
로 돌아오지 않았다. 걱정하는 할머니 말에 따라 아버지는 논으로
가보셨다.

아버지는 놀라서 혼줄이 나간 상태로 집에 들어와 말을 더듬었다.
할아버지가 둠벙에 빠져 죽었다는 말을 했다. 그 말이 던지는 강력
한 괴력은 듣는 모두를 혼절시켰다. 억압된 그 말이 얼마나 무거웠
던지 아버지는 논둑길에 넘어져 온몸이 흙투성이가 되어 돌아왔다
는 할머니의 말씀이다.

할아버지를 죽인 자에 향한 아버지 직감은 건너 논주인 강매성을
지목했다. 이유는 같이 물을 대는 논주인 가운데 노력도에서 사는
사람이 한 명 있다. 이 논 주인이 밤에 배를 타고 물대러 오는 것은
거의 불가능한 상황이다. 먼 거리와 이동수단이 배밖에 없다는 것이
말해준다. 또한 앞 논 물꼬 옆에 자리를 잡지 않고 빗겨 놓인 뗏장
이 말해준다. 뗏장을 논에서 쓸 때는 지속성을 가진다. 떼가 자라 튼
튼한 논둑을 만든다는 것에서. 이 상황까지는 현장정황으로 가능한
예측이다. CSI프로를 즐기는 자가 아니라도 말이다.

아버지는 할아버지가 꿈에서 죽인 사람을 말해준 것이라고 까지
우겼다. 아버지가 겨우 8살이었으니까. 어린 나이로 할아버지 죽음
에 대해 대처하기란 어려웠다. 자식 도리가 임종을 봐야 효도한 것
이란 이치에 대해 모르는 나이였으니까. 더군다나 집에서 나가 객사
했다는 그 시대의 비운에 대해서도 몰랐었다.

나는 커가면서 확실치도 않는데 아버지가 너무하지 않나하는 생각이 들 때도 있었다. 나야 부모 밑에서 자랐으니까 어려움이 없었지만 어린나이에 아버지가 안 계셨다면 하는 가정을 해볼 때 아버지 마음을 이해했다. 할머니는 분한 생각에 아버지를 동네 또래들이 한 명도 안 다닌 여수에 있는 중학교로 보냈다. 아버지는 큰 성공은 못했지만 면내에서 유식하다는 평을 받는다. 할머니의 분한 마음은 손자인 나에게까지 학업 열을 부추겼다.

내가 광주에서 고등학교를 다닐 때 할머니는 줄곧 손자인 나를 돌보는 일에 한 치 게으름도 없으셨다. 나는 단언하건데 할머니 정신이란 말 뒤에 강철이라 단어가 적합하다고 본다. 두 글자를 더 붙이라면 강철사랑, 잘 담금질된 강철 같은 사랑이다. 특히 가족사랑은 그 뒤에 무슨 말을 붙여도 피가 만든 금쪽같은 명제다. 부부들 사이에서 떠도는 '가족이라 쓰고 웬쑤라 읽는다'는 가족관계에 따라 재해석도 있지만.

요즘 가족이란 탑이 각기 부분으로 분해되면서 무너지는 현실이다. 서로에게 가족이란 버팀목 없이 홀로 존재하기란 쉽지 않는데도 말이다. 할머니는 죽으면 썩어 문드러질 삭신인데 뭐가 아깝다냐라며 항상 그 말씀 속에서 자기최면으로 기운을 얻으셨던 것 같다. 단지 할아버지에 대해서는 식구 건사하려다 죽은 것이니 전사한 것과 매한가지라 하셨다. 나라 위한 것이 가족 위한 것과 뭐 다를 것 없다는 식이다.

물꼬 앞 웅덩이에 몸이 쳐 박혀 있는 할아버지의 모습은 아버지 눈에서 내 생각 속으로 전이된 유전자 속 기억처럼 짐작이 선명했다. 흙투성이가 된 할아버지의 겉옷차림. 그것은 생명의 끝을 쥐고 벌린 발버둥일 수도 있고, 육박전의 전투의지일 수도 있다. 내가 단풍하사 때 여산훈련소에서 겪은 대항군 모의훈련 때 칭찬받은 모습일 수 있다. 낮은 포복으로 침투과정에서 황토가 묻어 빨아도 빨아도 지워지지 않는 황토자국이 보여준 감정이 비슷하다.

고개를 약간 돌린 곁눈질 상태에서 정지된 할아버지 뜬 눈 망막 안에는 강매생의 광기가 녹화되어 있었을 거라고 믿는다. 아버지는 강수정 집이 원수 집안이라고 말하게 된 이유에 대해 심적 확신을 갖고 있다. 강수정의 할아버지가 아버지에게 대하는 느낌에서도 찾았다. 죄지은 사람의 행동거지에 직감이 든다는 것이다. 아버지가 어려서부터 성인이 될 때까지의 봐왔던 느낌에 대한 종합분석을 말한다. 아버지 눈 속으로 파고들지 못하는 상대 눈빛에 이유를 붙여줘야한다는 생각이다. 아버지는 이유를 미풍도 없는 아침에 비쳐주는 햇살의 순수함에서 해답을 얻었다. 모든 사람은 거의 같은 느낌으로 그런 아침 햇살을 본다. 아버지에게 보내는 동네사람들의 눈빛도 오늘 같은 명절날은 서로 비슷한 감정에서 주고받는다.

그러나 수정이 할아버지 눈빛은 아버지에게 종종 다른 느낌이었다. 삽 엉덩이로 내리치는 감정이 묻어 있어 그런 것은 아닐까?

물꼬에 놓인 납작돌은 항시 그 자리에 있었다. 경지 정리가 되기 전까지는 말이다. 경지정리가 되면서 현장은 더 이상 존재하지 않았다. 웅덩이에 고인 물을 풀 때 물꼬의 턱을 약간 높여야 물이 역류

하여 빠져나가는 것을 방지한다. 웅덩이 속 개흙을 물꼬 턱에 쓰면 물 몇 바가지에 씻기지만 납작돌의 효용가치는 여기서 본다. 납작돌은 높낮이 변화만 있을 뿐 항시 자리를 지킨다.

나사를 풀었다 잠갔다하는 동작을 반복하며 써야하는 도구들은 나사가 완전 풀리지 않게 턱을 둔다. 그 납작돌은 나사산에 턱이 있는 그런 바이스에 있는 나사 같다. 납작돌은 분홍기가 약간 도는 회색이다. 끝이 뭉개진 긴 직사각형인데 납작하다. 어린 당시에는 내가 그 돌을 들 수 있을 거란 생각은 못했을 것이다. 땅속에서 묵혀 있다가 나온 돌은 잘 깨지지 않는다. 황토가 있는 밭 언덕에 그런 돌 종류가 흔하게 발견되지만 납작돌 같은 모양은 흔치않다. 프랑스 장방형 빵인 드리브와 모양과 색깔이 비슷하다.

내가 경찰에 몸을 담게 된 동기를 보면 아버지의 풀지 못한 숙제 때문이었던 것이 가장 크다. 아버지의 적극적인 권유가 한몫했다. 할머니는 경찰하겠다는 말을 듣고 인공 때 경찰가족이 몰살한 얘기를 끄집어내 탐탁지 않게 생각했다. 나는 전적으로 부모 말에 순응했다는 명분에 위안을 삼았다. 아버지는 할아버지 사망사건의 공소시효에 관계없이 응어리진 가슴 병을 수정이 할아버지가 저지른 짓으로 판명되어 동네 사람들이 알게 되기를 바랐다.

내가 중학교 다니던 때 서산농장은 경지정리를 마치고 이름도 포항농장으로 바뀌었다. 납작돌도 어딘가에 파묻히고 사건현장은 완전히 증발돼버렸다. 내 기억의 틀 안에는 아직도 납작돌이 그 자리에 있다고 생각되는 것이 집착의 연좌제는 아닐까?

아버지는 내가 경찰이 되어 집안에 억울한 사건을 더 알아낼 수 있을 거라 내심 기대하셨다.

할아버지 사건이 발생한 날은 된 여름이었다. 여름밤이면 동네 사람들이 수문통에 나와 시원한 밤공기를 쐬며 얘기를 나눈다. 사건이 발생한 시각에 사건 지점에서 사람 소리가 어렴풋이 들려왔다는 말이 돌았다. 하지만 사건 조사자 앞에 나서 입을 여는 사람은 없었다. 모두 입이 닫혔다. 수사에 있어 살인 또는 과실치사라 말할 수 있는 결정적인 단서를 잡지 못했다. 어떤 보이지 않는 장애가 누구에게도 싸우는 소리를 들었다고 말하지 못하게 했다.

여름밤은 거의 남동풍이 분다. 그날 밤도 마찬가지로 남동풍이 불어 수문통과 사건발생 지점간의 들을 수 있는 가청 거리를 늘려 놨다. 사고지점에서 보면 남동쪽에 수문통이 있다. 아버지는 할아버지가 넘어지면서 납작돌에 뒷머리를 부딪쳐 사망했다는 수사결과를 믿지 않았다.

할머니 말씀이 일제 강점기 때 수정이 집안에는 특별고등계경찰이 있었다한다. 위세가 날아가는 새도 놀라 떨어질 정도라 하니 알 만하다. 아마 동네사람 어느 누구도 그 강권에 대항하여 죽은 자의 편을 들었겠느냐는 생각이 나를 불편하게 했다. 말 그대로 죽은 자만 불쌍하다. 더군다나 할아버지는 4대를 독자로 내려와 딱히 힘을 실어줄 친인척이 없다.

납작돌과 삽 엉덩이는 납작하다는 형태만으로 살인에서 같은 역할을 뒤섞어 할리 만무하다는 아버지 생각이시다. 손에 쥔 삽이지 납작돌이 살아서 할아버지 뒷머리에 붙었겠느냐는 식이다. 아버지를 통해 내 속에서도 동기감응을 한다. 수정이의 할아버지를 보는 내 눈도 직감을 통해 아버지의 마음에 찬성표를 던진다. 송장 묻는데 삽이 쓰여 삽에 맞으면 살 내려 죽는다는 옛말에도 수긍한다.

경찰은 부임하기 전에 경찰종합학교에서 경찰기본교육을 받는다. 나도 마찬가지였는데 형사사건수사요령과 감식에 대해 열정적으로 배웠다. 학창시절 시험 전에 예상문제를 말씀해 주는 선생님 목소리에 귀를 기울이는 기분으로 수업에 임했다. 할아버지와 고모사건을 연관시켜 해법을 찾는데 힘을 얻고자 했으나 아직 미치지 못했다고 자평했다.

기본교육을 마치고 발령을 기다리는 동안 고향 마을에 머물렀다. 그때 수정이 할아버지와 마주쳤다.

"영생아 요즘 경찰은 일본순사하고 다르더라. 데모 장면 티비 본께 경찰이 맞기도 하더라. 오래된 사건도 끄집어내 수사할 수 있냐?"

오래된 사건에 대해 몇 가지 더 물었다. 나는 경찰업무에 대해 아직 아는 지식이 미흡하지만 의식적인 대답을 했다.

"살인사건 같은 것은 다 수사할 수 있어요. 일제 강점기 때 사건도 일본경찰이 소각하지 못하고 간 수사 자료가 많이 있다하데요. 전에 신문에도 났어요."

내가 말을 마치자 등을 보이는 수정이 할아버지의 약간 굽은 허리가 언제 저렇게 됐냐는 생각이 들었다. 빨리 달리려는 달리기 선수의 자세에서 나온 허리각도보다 좀 펴져 보였다. 먼발치로 멀어져 가는 모습이 예전에 본 모습과 비할 바가 아니었다. 수정이 할아버지는 강풍에 떠밀려가는 빈 포대 같은 걸음으로 황망히 사라졌다.

나는 강수정의 할아버지가 우리 할아버지를 죽인 범인으로 지목하는 아버지 직관에 대해 신뢰했다. 입증할 수 없어 지목하게 된 이유랄 것도 없지만 평생을 걸었던 논둑에서 사망할 정도로 넘어졌다는 말은 믿을 수가 없다. 아버지가 중학교를 졸업해서 더 논리적인데도 이김 질에서 아버지는 수정이 아버지를 당해 내지 못했다.

첫째 아버지는 목소리에서 달린다. 수정이 아버지는 왼쟁이(지금처럼 동네 앰프 방송시설이 없던 시절에 울력 동원 등 공지사항을 알릴 때 마을 중앙 높은 곳에 올라가서 육성으로 크게 말하는 사람) 목청을 갖고 있다.

옆 동네에 사는 수정이 작은 아버지는 장돌뱅이다. 장사치 똥은 개도 안 먹는다는 말에서 알만하듯이 장날이면 모진 위세를 떤다. 가축 거간꾼이다. 쇠전이 서는 큰 장마다 돌아다닌다. 대덕장날에는 소, 개, 돼지, 염소 등 닥치는 대로 가격 흥정에 끼어든다. 개나 염소가 새끼를 낳아 팔라치면 거간꾼 손에 달려있다. 잘못하면 온종일 가축에게 시장구경만 시키고 집에 돌아올 수도 있다.

거간꾼이 팔고 안 팔고는 물론이고 가격흥정에서 파는 측에 더 유리하게도 한다. 그 얄팍한 힘으로 그자가 사는 주변 동네까지 유세를 부린다. 아버지는 그 형제들의 합체된 힘을 두려워했으며 그들과 맞서는 것에 엄두가 나지 않았을 것이다. 나라하여도 마찬가지였을 것 같다.

　나는 경찰기본교육을 마치고부터 할아버지 사망에 대해 뭔가 실마리를 잡을 수 있을 것 같았다. 아버지는 여덟 살 어린나이에 물구덩이에 처 박혀있는 할아버지의 처참한 모습이 기억장치에 각인되어있다. 기억은 수정이 집안사람들과 관계된 말에서 분에 절여있는 목소리를 만든다. 아버지는 행동으로 실천한 것도 모자라 나에게 반복하여 학습시킨다. 술을 거나하게 마시고 장에 갔다 오는 날은 더 학습강도가 높으셨다.

　"너 전번에 내가 보니까 제출이란 놈 앞에서 고개가 숙여지던데 내가 먼눈으로 봤다. 그때 발에 밟힌 뱀이라도 봤냐. 개구리가 뛰면서 너 발등에 오줌이라도 깔리디야. 안녕하냐고 말까지 했냐. 안녕하라고 묻는 것은 바라고 염려하는 건데 그래서야 쓰것냐. 그놈이 안녕하면 나는 안녕 못한다. 아버지 안녕 못하게 막는 자식은 자식이 아니다. 가족은 자고로 일심동체가 되어야 하는디 찢어진 행동을 보이면 어쩌냐. 아버지 말을 귓등으로 듣느냐. 너 생각에 안 맞으면 말해라. 너도 중학생이니까 세상 보는 눈이 생겼을 것이다. 옛날 얘기하면 또 그런다 하겠지만 너도 이제 동란 때라면 학도병으로 끌려가 전쟁할 나이다. 생각은 행동을 만든다는 말을 들었을 만도한데 너는 아직 안 배웠느냐. 선생님의 말씀 귀담아 안 듣고 놓친 것이냐. 내가 술 묵고 하는 잔소리가 아닌께."

　중학교 다닐 때쯤일까 그 날도 나 보기가 바쁘게 아버지는 간곡

한 잔소리를 늘어 놓으셨다.

귀에 딱지가 앉은 것보다 더한 화석이 된 내용의 귀결은 항시 원수가 그 강씨 집이다. 나는 세뇌가 되고도 남았다. 그러나 나는 커갈수록 아버지 말대로 실행하기가 어려워졌다. 친구들하고 가면서 강제출과 정면으로 조우될 때다. 내 나름대로 주변얘기로 고개를 돌려 모면하는 것도 한두 번이지 한동네에 살면서 쉽지 않았다. 결국 동네 사람들이 나를 두고, 인사깔이 없다는 말이 돌았다.

아니야 그 아이가 그래? 나한테는 인사 잘하던데 라는 말이 오가는 적도 있다. 수정이가 커지면서 내 인사행동은 수정의 과정을 거쳤다.

어둠에 숨겨진 강간사건

고모는 중학교를 졸업한지 벌써 2년째 되었다. 시골생활이란 것이 젊은 청춘에게 뾰족할 것이 없다. 굳이 위안이 된다면 예배에 참석하는 것이다. 그녀는 중학교를 졸업할 때만 해도 포부가 컸었다. 시골에서 여자가 여수로 중학교를 다닌다는 것이 쉽지만은 않았다. 그나마 오빠가 여수에서 중학교 3학년일 때 딸려가게 되어 가능했다.

흰 카라가 달린 검은 교복을 입고 집에 올 때는 동네사람들 시선을 의식해야할 정도로 부러운 시선을 받았다. 고모 학창시절 사진에서 보면 유난히 큰 눈은 함께 찍은 친구들 중에 바로 드러난다. 초등학교만 나와 집에서 농사일을 거두는 동네 오빠들에게 고모는 드높은 성벽 같은 존재였다. 황금색과 주황색 담쟁이 넝쿨이 기어오르고 있는 늦 가을날의 아름다운 성벽. 그냥 타인의 눈과 한 방향으로 오는 감정만 받고 화답이 없는 풍화마저 거부한 강도 9도의 강옥석 성벽.

고모가 2년간 동네에 머무르는 동안은 주변동네에 침을 삼키는 늑대들이 득실대었다. 늑대 층은 신분이나 조건 불문하는 짝사랑 패까지 합치면 손가락에 발가락까지 왕복을 몇 번은 해야 하지 않을까 할 정도였다.

오빠랍시고 아버지는 밤만 되면 호위무사가 따로 없다. 방문 앞에는 하루가 멀다 하고 도토리만큼 한 돌이 몇 개씩 생겨났다. 고모는 누가 던져 생겨난 돌인지 알고자 하지 않았다. 특히 여름 아침 날은 더한다. 하루는 돌 던지는 놈을 잡겠다고 지키던 아버지가 쫓던 중 도망가는 두 놈한테 잔돌세례를 받아 앞이마에 혹을 붙였다.

우리 집은 상당한 농토를 가지고 있어 바쁜 농번기 때는 어느 누구도 제몫을 해야 했다. 손이고 발이고 논에서는 도구가 된다. 논물 가두는 논둑을 뚫어 훼방 놓은 놈도 많다. 1등은 드렝이다. 달빛에 보면 뱀장어 같다. 누르스름한 배는 오래된 미꾸라지 색과 엇비슷하다. 드렝이는 삽에 찍혀 두 토막으로 잘려져 피바다를 만들고 나야 곡소리가 난다.

2등은 둠벙게다. 그놈은 사람을 보면 제 잘못을 알고 냅다 도망친다. 발뒤꿈치로 내리찍어 통 깨지는 소리가 나면 끝이다.

3등은 들쥐다. 그놈은 촉촉하게 젖은 땅은 안 판다. 반질반질한 쥐 털에 뭐가 묻을까하는 걱정이 못 뚫게 막는다. 땅강아지도 훼방꾼연합에 속해있다. 그러나 몸 크기가 말해주듯 대수롭지 않다. 논둑을 관통해서 파지도 않아서다.

보리를 베고 나면 이어서 물을 잡는다. 그때 일시에 논물 수요가 생겨 가뭄과 상관없이 급수로에 소요가 벌어진다. 논물을 장사하여 판다면 대목에 한몫 챙기는 기회라 하겠다. 부족한 일손 때문에 그때가 되면 예외 없이 고모의 손과 발도 머드팩을 자연스럽게 한다. 우리 논이 있는 포항농장은 과거 짱뚱어 놀이터였을 개펄이 간척지 논이 되었다.

내가 다니는 고등학교 개교기념일과 일요일이 연이어져 농번기에 일손을 도울까 해서 시골집에 가기로 마음먹었다. 못자리에 비닐을 씌워 모판을 만든 후부터는 모내기 시기가 당겨졌다. 보리를 베어 타작하면서 곧바로 모내기 준비를 한다. 이모작을 하는 집은 이 시기에 너나할 것 없이 눈코 뜰 새 없다. 내 고향 지역 논은 거의 이모작을 한다.

나는 집에 도착하기가 바쁘게 부모님이 안 계셔 논에 가셨으리라 생각하고 우리 논 쪽을 봤다. 우리 논에 사람이 보인다. 나는 옷을 갈아입고 논으로 향했다.

"여름방학 때나 올 줄 알았는디. 온다해도 어떠게 올까 했는디 왔냐. 저기 논둑에 있는 밥꾸리 보면 밥이 있을 거다. 한술 묵어라. 오니라고 힘들었지야. 먼 차로 왔냐."

어머니는 일손을 보태게 되어 더 반기는 기분이 실린 말투였다.

"직행으로 와서 빨리 왔어요. 옆에 수정이네 논은 모내기 준비가 다 됐네요."

"물도 항시 먼저 대니까 빠른 거제."

아버지가 얼른 말을 받았다.

물이 허실되지 않게 논둑은 물 잡으면서 붙인다. 나는 그날 물이 논둑에 닿는 대로 논둑을 붙여 갔다. 먼저 아버지가 가래로 논둑 안쪽 흙을 붙일 만큼 잘라 파내놓으셨다. 가래나 쇠스랑으로 물먹은 볏밥(논갈이에서 보습이 파낸 흙을 볏이 한쪽으로 넘기면서 생기는 흙)을 논둑에 끌어 붙이듯이 놓는다. 발로 잘근잘근 이겨 밟는다. 이때 발바닥이 간지럼 증을 느낀다.

시계 반대방향으로 돌면서 하는 동작은 왼다리를 굽혀 무릎을 꿇고 오른 다리는 적당히 각을 만들어 구부린다. 뒤로 물러가면서 손바닥으로 흙손질을 한다. 가느다란 논둑에 정성을 붙이면 살이 오른다. 구부러진 팔자를 탓할 때 논두렁 정기라도 타고 나지 못했다고 한탄하는 의미가 손에 잡힌다. 보리 파종한 논둑은 겨우내 헐렁하게 있다가 봄기운이 완연해지면 두꺼운 화장을 한다. 마치 중국 경극 배우들이 얼굴분장을 할 때처럼.

못자리에서 모를 쪄서 본 논으로 모내기할 때 줄을 맞추고 일정한 간격으로 벼를 심기 위해 못줄을 사용한다. 못줄 잡이가 못줄이 감겨진 막대를 잡고 자아 자아 소리와 함께 손모내기를 한다. 한때 모포기 간격이 8대4cm 정도의 못줄을 사용할 때가 있었다. 두어해 적용하다가 균일한 간격으로 환원되어 지금까지 이어지고 있다. 맛없는 알락미(안남미) 맛인 짧달 막한 통일벼를 심으라고 강제에 가까운 정부의 강요까지 있었다. 쌀밥을 배부르게 먹고 싶어 하는 사람들의 몸부림을 달래주려 한 것이었다.

모내기하고 벼 잎이 자라 논바닥에 햇빛이 막혀 침침하게 보이기 시작하면 벼멸구가 침범한다. 이때가 되면 더운 바람이 남쪽에서 밀려와 논물도 미지근한 정도를 넘어선다. 벼멸구를 잡으려 경유를 논물에 뿌리고 복개(밥그릇 뚜껑)로 벼 포기에 경유 섞인 논물을 뿌려 멸구를 박멸하려는 것 또한 쌀밥을 먹고 싶어 갈망하는 몸짓 중 하나였다.

온몸으로 부대끼며하던 농사일은 21세기에 와서 기계화로 바뀌게 되어 고전이 되었다.

고모는 농사일을 싫어하는데다 시골이란 감정이 젊은 처녀의 가슴을 채우지 못했다. 고모가 집에 있는지 2년이 다되어가는 겨울에 접어들어 고모는 광주 변두리 마을로 방을 얻어 갔다.

이사 간 곳은 시멘트기와가 지붕을 덮고 단층집 틈에 듬성듬성 2층으로 된 집들이 보이는 동네다. 고모가 얻은 방은 무등산이 거느린 산줄기 아래에 터를 잡은 집이다. 무등산등성이 방문을 열면 보이는 작은 뒷방이다. 이사 간 곳이 시골과 다르다면 한길로 나가면 다니는 차가 많고, 주변에 집들이 따닥따닥 붙어 있어 마을이 크게 연결되어 있을 뿐 시골스런 동네다.

고모가 첫 출근하던 날은 1953년 2월에 세워진 전남방직공장이 채 2년이 되지 않은 날이다. 공장을 확장하면서 새로운 기계설비가 들어와 분주했다. 처음 보는 웅장한 공장기계는 기대 반, 걱정 반으로 다가왔다. 실이 천으로 짜지는 과정이 신기했다. 고모는 메리야스 편물기계를 맡아 일했다.

아버지의 여수중학교 친구가 마침 그 공장에 중책을 맡고 있어 동생 소원이라며 아버지가 부탁해 회사에 들어갔다. 회사에 다니면서 들리는 말대로라면 들어오기 힘 드는 회사였다. 보수는 흡족했다. 3교대 근무로 돌아가 기계는 24시간 쉴 틈이 없었다. 고모는 받은 월급을 생활비와 집에 보내는 것을 제외하고 꼬박꼬박 통장에 모았다. 통장에 올라가는 숫자만큼 보람이 쌓였다. 야간고등학교를 다닐까 생각해 보았는데 마땅한 학교도 없고, 교대근무 때문에 시간이 안 맞았다.

교대 근무라 고참 들이 여름 피크기간에는 휴가를 다 차지하고 신참은 피서시즌에서 뒤로 밀리거나 앞 당겨지게 된다. 이듬해 고모는 늦여름에 여름휴가를 받아 딱히 갈 데도 없어 시골집에 머물렀다. 늦여름은 농사일도 한가한데다 직장을 다닌다는 것이 힘들까봐 아버지는 고모에게 농사에 손을 못 대게 했다. 고모는 집에 있을 때 다니던 윗동네 교회에 가서 예배도 보고, 전도사님도 뵙고, 친했던 성도들도 만나는 것이 좋았다.

고모는 금요일 새벽 출근조라 내일 오전에 출발하면 된다. 낮에는 내일 가져갈 김치며 갈 준비를 하는 바람에 수요일 밤 예배에 참석했다. 예배가 끝나고 친한 몇 성도가 붙들어 놓고 공장 일에 대해 궁금증을 물어댔다. 월급을 묻는 대답을 해주자 남자들이 공장에 얼마나 있느냐는 등.

강제출이 자는 방에서 고모 방이 보인다. 희미하지만 호롱불이 켜져 있는지 안 켜져 있는지 알 수 있다. 강제출은 유희순의 방을 유심히 봐왔다. 휴가 중에 집에 왔다는 것도 알았고, 수요일 밤이면 예배를 가는 것도 안다. 그날 밤의 달은 손톱깎이에 잘려나간 가는 손톱만큼 한 초승달마저 보이지 않는다. 하늘에 그 많은 별들도 잔뜩 찌푸려 있는 날씨에는 숨어있는 술래다. 교회 가는 날 유희순은 간간히 밤늦게 귀가한다. 교회는 행사도 있고 해서 늦을 때가 있다. 그날도 교회에 무슨 일이 있었는지는 모르지만 아직 유희순의 방에 불이 켜지지 않았다. 돌아서 도름 쪽이나 문들 방향에도 길이 있지만 지름길인 잔등길을 넘어서 다닌다는 것도 강제출이 안다. 이 동네에서는 아가씨로서 유희순만이 열성적으로 교회에 다녔다.

강제출은 뭔가 목적을 둔 걸음으로 교회 가는 길인 유희순이 되짚어 올 잔등길을 향해간다. 잔등길은 양편에 키 작은 소나무와 잡목이 있고 사람이 다니는 길은 작은북리 쪽으로 넘어오면 움푹 들어가 있다. 길을 벗어나지 않고 걸을 수 있다. 칠흑 같은 어둠이지만 수많은 발들이 만든 길은 자연스럽게 걸음에 맞춰져 있어 어둠에서도 걷기가 가능하다.

강제출은 멀리서 찬송가를 부르며 다가오는 소리를 듣는다. 분명 유희순 목소리다. 길옆이 수수밭이다.

강제출은 수수밭에 몸을 숨긴다. 고모는 혼자서 남포등도 없이 온다. 찬송가 소리가 커지고 발자국소리가 난다. 강제출은 사랑이란 단어가 많이 들어간 찬송가 가사와 감미로운 노래음률과 조심스런 발자국 소리에 불쑥 이상한 생각을 한다. 그렇다. 제가 아무리 성벽이어도 자기 손도 안 보이는 어둠이 도와줄 것이라는 생각을 했다. 나쁜 판단이었다. 숨은 사내는 본능적인 충동을 느낀다.

발자국이 최단거리에 왔다는 순간 송골매 동작을 보였다. 단서를 남기지 않으려는 범죄자는 말을 안 한다. 강제출은 공포를 조성하는 한마디 말도 없이 오직행동을 보인다. 크고 투박한 손에 부드러운 입술이 고정되고 고모는 목에 댄 손날 끝이 예리한 비수처럼 느껴졌다. 주먹을 얼굴에 대는 것, 발을 넘어진 가슴 위에 올리는 것, 이런 동작은 어둠속에서 겁에 질리게 하고 강압적이었다. 극도의 긴장이 고모에게 판단과 반항의 힘을 앗아갔다.

도시의 어두운 뒷골목에서 퍽치기를 당해 기억이 망가진 피해자의 진술에 범인을 쉽게 잡지 못하는 이유와 비슷하다.

유희순은 긴장된 밤길 중에 몰아치는 본능적인 폭력에 압도되어 도망치려는 힘과 기억장치는 엉켜져 버렸다. 학교에 다닐 때 종족보존 본능이란 시험지 문제가 어렵지 않아 그냥 쉽게 맞춰 썼는데 이런 문제까지 곁가지를 칠 줄이야. 고모는 햇빛에도 아까워 숨겨놓은 살갗을 주무르는 우악스런 손끝과 강한 힘들이 전쟁영화에서 본 악한 전사의 힘이라 느꼈을 것이다.

고모는 그때 입을 가린 손을 왜 물어뜯지 않았는지 후회했다. 소리를 칠 기회가 있었는데도 왜 목소리가 안 나왔는지 의아해 했다.

고모는 맨땅에서 퍼드득 거리는 생선과 같았다. 물 밖으로 던져진 생선은 이내 죽기 마련이다. 고모가 그랬다.

집에 들어오면서 가족들이 기다리지 않기를 기도했다. 마당에 들어서자 할머니가 안방에서 나오시며 교회에 간 것에 대해 못마땅한 기색을 했다.

"너는 휴가라고 집에 와서 밤에까지 교회에 나가야하냐."

고모는 대꾸를 할 수가 없다. 방문에 새어나오는 불빛으로 흐트러진 몰골을 볼 수 없다는 것이 다행으로 생각했다. 오늘 일어 난 일을 교회에 나가는 것을 싫어하는 가족들에게 말할 수 없다. 고모는 사건이후 윗동네 교회를 가지 않았다. 교회를 가기 위해 잔등길을 넘는 걸 본 사람이 없었다.

다음날 고모는 누가 했던 짓인가 의문에 짓눌려 웅크린 가슴으로 마을을 떠났다. 이후 고모에게 느껴지는 고향 마을은 대항군에게 너덜너덜 찢긴 깃발이 펄럭이는 촌락이었다. 대항군은 진짜 적이 아닌데 적으로 가정한 것만으로도 무섭다는 느낌이 고모를 옭아맸다.

광주로 올라간 고모는 날이 갈수록 입맛을 상실했다. 먹는 것마다 구토가 났다. 전에 한 번도 없었던 일이다. 달거리까지 없었다. 혀는 신맛을 찾는다. 홍옥이란 과일을 겨울 내내 많이도 샀다. 이 겨울에 먹었던 양이 이전에 평생 먹었던 양을 충분히 초월했다. 입었던 옷들은 바지와 치마의 허리둘레가 안 맞아지기 시작할 때 생각은 깊어지고 행동은 힘이 없어졌다. 아버지도 모르는 자식을 어떻게 낳아 키울 것인지.

창세기 9장6절에 있는 「다른 사람의 피를 흘리면 그 사람의 피도 흘릴 것이니 이는 하나님이 자기 형상대로 사람을 지으셨음이니라」 뛰어 가면서도 떠올릴 수 있을 만큼 익숙한 이 성경구절은 낙태를 살인과 비슷한 시각으로 보는 대목이다. 태아는 인간과 동일하게 46개의 염색체를 갖고 있어 꼭 존엄 받아야하는데. 성경은 낙태하려는 자신을 용서할 것인지. 골몰한 생각에도 깊이의 끝이 닿지 않았다

공장에서 입은 작업복을 더 이상 입을 수 없이 배가 차올라 작아졌을 때 휴직서를 썼다. 휴직 이유를 쓸 때 거짓말을 하기가 여간 쉽지 않았다.

직장에서 만난 친구와 두 달 전부터 방림동으로 이사를 해 한방을 썼다. 당번을 정하지는 않았지만 분담해서 하는 자취생활은 서로 만족했다. 친구의 위안이 쓰러지려는 고모에게 버팀목이 되었다.

"네가 집에서 혼자 뭐하고 있을까 생각하면 일손이 안 잡혀. 생활비는 돈 버는 내가 해결할 테니까 걱정 마."

친구의 말은 고모에게 비상약이었다.

혼자살고 있었다면 어땠을까. 고모는 생각만 해도 답답했다. 고모에게 친구가 갔다준 봉투붙이는 일감은 낮 시간에 쌓인 잡념을 쓸어내고 머리를 개운하게 했다. 살 힘이 조금은 생겨났다.

배 속에 아이를 지울까하고 생각을 안 해본 것은 아니다. 직장에 다니다 보니까 순식간에 배가 불러왔기도 했지만 수술한다는 것이 겁이 났다. 하나님의 말씀을 어기는 것이 두려웠다. 간혹 불러진 배를 내려다보며 중절수술대를 두려워 한 것에 대해 후회도 했다. 뱃

가죽이 팽팽해질수록 고모는 아이에 대한 걱정이 배보다도 더 부풀어 올랐다. 고모 전신에 엄습해오는 긴장감은 당겨진 활시위를 잡고 있는 엄지손가락이 받는 느낌같이 나날 증폭되어 갔다.

고모가 사는 방림동 집으로 들어오는 삼거리에 천사모자원 방향 표시를 봤다. 차고약별장 있는 방향이다. 그 별장이 있는 곳까지는 가보았는데 모자원이 보이지 않아 더 들어가면 있을 것 같다. 모자원이란 고아원과 비슷했다. 엄마가 키우지 못하는 아이를 위탁 양육을 시키는 곳이다. 미혼모들이 낳은 아이들을 양육시켜주는 지금 사회시설과 비슷하다.

고모는 찬바람이 불지 않는 날 아침 일찍 그곳을 찾아가려고 집을 나섰다. 겉옷을 벗은 황량한 나뭇가지들이 먼저 눈에 들어온다. 미루나무가지는 하늘을 향해 쭉쭉 뻗어 있다. 곧은 성질이 대나무 못지않다. 그러나 저렇게 큰 나무가 태풍으로 제일먼저 나가떨어진 것은 고모가 다녔던 중학교 교문 옆에 서있는 미루나무였다. 키 큰 덩치 값도 못하고 말이다. 차고약별장이 있는 곳은 지난여름에도 가봤다. 별장앞 도랑 따라 가며 물가에 핀 꽃창포의 홍자색이 얼마나 황홀했던가. 그 별장 앞길을 지날 때에 홍자색의 상념이 끄는 발길 무게를 덜어주었다. 별장 앞을 지나서는 생소한 길이다. 쭈뼛쭈뼛한 생각에 걸음이 더디다.

엄마가 된다는 생각이 고모를 강하게 했다. 아이와 연관된 것이냐 아니냐에 따라 큰 차이를 보였다. 상담은 친절히 안내하는 수녀의 말씀에 힘을 얻어 잘 이뤄졌다.

모질게 더딘 시간도 흘러 고모는 사내아이를 낳았다. 아이를 낳는 것부터 모자원의 도움을 받았다. 몇 달 전 모자원에 가서 상담한 대로 아이는 낳자마자 맡겨졌다. 곧바로 방림동 단칸방으로 돌아왔다. 산모들이 산후열을 겪게 되는 경우가 흔한데 고모는 너무 심했다. 고모친구는 고모사정을 알고 있지만 어떻게 해야 할지 몰랐다.

"내가 공장에 가는 사이에 어쩌려고 그래. 몸이 불같아."

고모는 더 이상 참을 수가 없었다. 병원에 갈 힘도 다 빠져버렸다.

"오빠에게 전보해서 올라오라고 해줘."

죽어도 가족에게 숨기고 싶은 일이지만 정신이 혼미해진 상태에 이르자 하는 수 없었다.

전보를 받은 아버지는 물어물어 고모 집에 도착했다. 고모를 병원에 가서 치료시키는 과정에서 아버지는 의사로부터 출산 후 있는 산후열인 것을 알게 되었다. 고모는 아이에 대한 말을 차마 꺼낼 수가 없었다. 고모의 몸이 호전되어갔다.

"처녀가 임신해도 할 말이 있다는디 말을 해봐라 이게 뭔일이냐?"

"제가 그동안 집에 못 내려 간 것은 임신 때문이었어요. 동네에 가는 것이 두렵기도 했지만요. 사실 제가 아이를 낳았어요."

"야 무슨 아이를 말하냐? 아이가 어디 있다고 뭣이, 그래서, 언제."

고모는 아버지가 그렇게 급하게 말을 서두르는 것을 처음 본다. 고모는 화가 난 아버지를 달래려고 무진 애를 썼다. 고모 눈물을 본

아버지는 격양된 목소리가 조금 자제되었다.

고모는 작년에 강간당한 얘기를 두서없이 했다.

"너는 누가 그렇게 했는지도 모른다는 말이냐. 아무리 어둡다지만."

누구냐고 꼬치꼬치 묻는 바람에 굳이 지목을 하자면 강제출같다는 말도 해줬다. 정확하지는 않지만 육감적일 뿐이라고 말했다.

"원수 집안 놈들이 발악을 하구만."

아버지는 귀를 대고야 겨우 들을 수 있는 소리로 중얼거렸다.

고모 부탁대로 가족 누구에게도 말하지 않겠다고 고모에게 다짐하고 아버지는 시골집에 내려갔다. 그 후 아버지는 동네 사람들을 수사관 같은 눈빛으로 대했다. 특히 강제출은 말할 것도 없다.

고모는 계란이 부화되는 세 이레가 지나자마자 다시 방직공장에 출근했다. 공장에서 즐거움은 같이 일하는 사람들의 입에서 나온다. 사람들은 입을 쉴 새 없이 사용한다. 어쩌면 자는 시간 외에는 몽땅. 특히 여자들은 하고 싶은 말이 샘처럼 주체 못하게 솟는 것 같다.

수요일 저녁이 쉬는 시간과 맞는 날은 교회에 간다. 일요일은 오후에 시간이 맞으면 아이에게 간다.

아버지는 광주에서 고모를 보고 간 후 얼마 안 되어 고모에게 장문의 편지를 보냈다.

『희순아 잘 지내느냐. 아직 보리 베기가 시작되지 않아 그런대로 한가한 편이다. 어머니는 간간히 다리가 아프시다하지만 견딜 정도는 되어 보이더라. 네가 오지 않는 것이 무슨 일이 있어서가 아니냐고 걱정하신다. 직장 때문이라고 말하지만 네가 기회 봐서 한번 내려오너라. 급히 편지를 쓴 것은 너 아이 때문이다. 나하고 여수에서 중학교를 같이 다닌 친한 친구가 있다. 너도 들어 혹시 알려는지 모르겠다만 장개평이란 친구다. 창경호 여객선을 부리는 선주로 회진에 사는 친구다. 그 친구가 결혼은 일찍 하였는데 아직 아이가 없다. 친구들과 갖은 술자리에서 나온 말이다. 그 친구를 걱정해서 하는 말끝에 친구가 이런 말을 하더라. 병원에서 검사를 해보았는디 아이를 가질 수 없다는 판정을 받았다는구나. 양자를 세울까하고 주변을 살펴보았는디 가까운 일가친척이 없기도 하지만 적당히 양자를 세울만한 아이가 없다는 구나. 부부가 고심 끝에 내린 결단이라며 고아원에서 아이를 데려오는 것이 어떻겠느냐고 친구들에게 물었다. 너 아이 생각이 났다. 내가 고아원과 비슷한 모자원에서 입양을 해도 된다는 얘기를 했다. 그냥 고아원 일을 하는 사람이 있다했더니 관심을 갖더라. 너도 앞으로 남은 인생도 있고 제일 문제된 점은 아이의 아버지를 모른다는 점이다. 너도 아이에 대해 출생의 아픔이 크기 때문에 잊기 위해서는 입양을 보내는 것이 좋을 듯싶다. 내가 속아는 집안이고 잘사는 집이고 하니 너도 마음이 놓일 것 같아서 그런다. 만약에 그 친구가 좋다하면 너 생각은 어떠냐. 나는 너 혼자 키우는 것도 문제지만 아이가 딸려 출가하기도 쉽지 않을 것 같아 걱정이 된다. 입양 보내는 편이 나을 듯싶다. 아직 너한테 욕보인 사람은 아직 찾지 못했다. 대놓고 물어볼 수도 없고 해서다. 그러나 네가 직관적으로 의심했던 강제출에 대해서는 나도 의심이 간다. 물론 의심하니까 더 의심스럽게 느껴지겠지만 주시해 보고 있다. 네가 보낸 전번 편지에 서울에 가서 배워보고 싶다는 간호사 일이 쉽지 않을 건데 괜찮겠느냐. 뭐든지 마음 각오가 강하게 설수록 이뤄지지 않게냐마는 네가 집에 있으면서 기도하는 모습을 볼 때 사실 나도 네 소망이 이뤄지길 속으로 응원했다. 그래서 네가 방직공장에 들어간지도 모르지만 말이다. 네가 서울에 가서 간호를 배워보고 싶다는 것은 내가 잘 모르니 네가 알아보고 결정해라. 모자원에서 아이의 성을 잔으로 창성을 했다는 말은 편지로 들었다만 왠지 성이 썩 마음에 들게 안 느껴 지구나. 용일이란 이름은 그런대로 괜찮다. 하여튼 건강하고, 일하면서 다치지 말고 잘 지내다가 다음에 내려오면 보자. 1959년 1월 10일 밤에 오빠 기태 씀.』

몇 번 편지가 오가고 희순은 오빠 권유대로 천사모자원 입간판을 지나 안으로 들어섰다. 입양절차를 밟았다. 서약서에 도장을 찍었다. 어쩌면 자식을 포기하는 것이나 별다름 없었다. 아이 본적은 천사모자원이다. 입양을 중도 포기할 때 아이는 천사모자원으로 돌아올 수 있다는 단서가 붙은 문구가 있었다. 천사모자원에는 고등학생도 있는 이유와 연관된 문구였다.

고모는 운동회 날 아침에 달리기 좋은 새 운동화를 신은 기분을 느꼈다. 비포장 길을 걷다가 고인 물을 밟았을 때 신발을 타고 넘어들어온 물이 발바닥을 적신 기분을 안다. 돌아오면서 이 두 느낌이 빠르게 수없이 반복 교차됐다.

고모는 언제 양자로 가게 되겠냐고 물었지만 이후 고모는 천사모자원을 찾지 않았다. 한참이 지나서 고모는 아버지로부터 아이는 창경호 선주 집에서 잘 커가고 있다는 소식을 받았다. 돌잔치도 했다는 얘기까지 들었다. 아이를 입양한 아버지 친구는 입양한 아이를 고아로 알고 있을 뿐이다는 것도 들어 알았다.

고모는 이제 일요일에도 교회에 나가 아이를 위해 충분히 기도를 했다. 고모는 시골에 내려가서도 회진에 있는 아이를 보지 않고 그냥 올라오곤 했다. 그러면 아버지가 미리 아이 안부를 대답해 주었다.

시골에 내려간 고모가 한번은 강제출을 만났다. 인사말이 오가고 나서 한번 물어보고 싶었던 말을 툭 던졌다.

"제출이 오빠는 이럴 때 어떻게 할 거예요. 낳은 아이 아버지를 모르다가 알게 되어 그 아버지를 찾아갔다면 아이를 받아주어야 하지 않을까요."

"왜 아버지를 모를 수 있다. 정자은행이라는 것이 있다는 미국 얘기를 라디오에서 들었는디 그런 경우라면 몰라도."

"우리나라에서 가능한 것을 말하는 거예요."

"뭐가 그런 경우일까."

만약 이란 대답을 해 놓고 고모는 더 이상 강간당했다면 이란 말을 잇지 못했다.

고모는 더 말을 나눌 수 없다고 느껴 고개만 까닥하고 발길을 돌렸다. 상대방에 대해 안 좋은 느낌을 확인하려는 듯 유희순은 뒤를 돌아보았다. 강제출이 입은 빨간 티셔츠 끝단이 푸르스름한 상의 안에서 삐져나와 엉덩이를 반쯤 덮고 있다. 상체를 덮은 뭔가 거슬린 색깔 구도가 앞을 보고 걷는 유희순의 눈 속에서 요동쳤다.

귀에 들린 송곳 끝 같은 유희순의 말에 강제출이 시치미를 뗀다고 고모는 느끼지 못했다. 강제출의 뻔뻔한 평상심이 아니면 모면을 해야 할 강한 이유가 있어서였을 지도 모른다고 생각하던 고모는 부질없다고 생각을 고쳤다. 강제출은 무엇보다 유희순의 눈에 증오심이 차있다는 선입감이 들어있어 혹시 당황한 행동을 보이지 않았나 하고 내심 걱정되었다. 강제출은 만나는 사람과 혼담이 오가는 시기였기 때문이다.

소문은 작은 사실이 돌고 돌면 온갖 입담들이 붙어져 산같이 불어난다. 많은 사람들의 입과 귀를 거치면서 사실보다 훨씬 솔깃한 이야기를 만든다. 가십거리가 되는 건 고모에게 죽음이다. 유희순은 본인에 대한 강간사건도 임신에 대해서도 수면아래 잠들어 있다고 믿었다.

강제출은 주변 동네에 살면서 친하다는 소띠들끼리 동갑계를 조직해 이어오고 있다. 서로 스스럼없이 계원들이 돌아가면서 집에서 계를 치른다. 한번은 강제출의 집에서 동갑계를 치루는 자리에서 유희순에 대한 말이 나왔다.

"이 동네 유희순이 있지야. 예쁘장하게 생겨 콧대 높은 가시나그 말이야. 선자두 친척 입에서 나온 말인디. 지금은 서독에 가서 돈 잘

번다데. 마태볶음인가에 있지. 동정녀 마리아에게 나시고 어쩌고저쩌고 그 가스네가 교회를 잘 다녔다는 말을 들어서 아는디 예수동생을 난 건가. 처녀가 이이를 배도 할 말이 있다던데 비행기 타고 독일까지 가서 물어볼 수도 없고 제출아 네가 말해봐라."

술이 거나하게 취한 문들마을 사는 계원이 혀가 살짝 말린 말투로 말을 했다.

그 말을 듣는 이후 강제출은 이상한 생각을 하게 됐다. 의구심. 무성한 추측. 그러나 시간의 흐름 속에 새로운 일상들이 그런 잡념을 잠재워 버렸다.

굽은 그림자를 만든 고모의 집

고모는 전남방직공장에 입사한지 만 5년이 되는 2월에 퇴사를 했다. 순전히 간호사 꿈을 실현하기 위해서다. 서울에 있는 간호보조원양성소를 다니기 위해 곧바로 상경을 준비했다. 같이 공장에 다닌 친한 언니가 간호보조원양성소를 마치고 바로 병원에 취업이 되었다는 안부를 받았다. 그 언니로부터 받은 편지가 고모 마음을 흔들었다. 간호보조원으로 두 해 정도 일하다보면 곧 간호사가 되고, 작은 병원에서는 거의 비슷한 대우를 받는다했다.

특히 고모가 관심을 갖게 된 이유는 임신을 하고 출산과정에서 의학상식에 대한 필요를 느꼈기 때문이다. 방직공장보다 더 전문가로 일하게 되고 아이에게 필요한 돈을 꾸준히 댈 수 있다는 것에 끌렸다.

고모는 6개월간 간호보조원 과정을 수료하고 곧바로 개인병원에 간호사로 들어갔다. 처음에는 환자들 틈에 끼어 힘들었지만 환자가 나아서 병원 문을 나가는 것을 보고 보람을 찾았다. 고모는 의학상식이나 영어로 읽히는 의료장비와 의료기구들이 새로웠다. 의사선생님들이 말하는 영어로 된 의학용어들이 귀에 선뜻 들어오지 않았지만 하나하나 알아갈 때마다 뿌듯했다.

마음에 걸리는 것은 가난한 환자가 병원비 때문에 병원 측과 입씨름을 할 때다. 보호자들이 사정을 해도 병원은 항시 현금박치기다. 현금을 내놓지 않으면 죽어가는 환자도 모른척하는 것이 병원이다. 고모는 처음에 그런 것을 볼 때 가슴이 뛰었지만 차츰 무디어졌다. 근무 날짜가 쌓이면서 병원 수익이 곧 자신의 급여와 연관된다는 점에 동화되었다. 피를 보고 또 보고해서인지 감정도 딱딱하게 굳어졌다. 마치 닳아져 빤질거린 문지방처럼.

엉덩이를 탁탁 치면서 주사바늘을 꽂으면 겁쟁이 환자도 인상을 쓰려다가 멈춘다. 어느 정도 손바닥에 힘을 주고 쳐야 효과가 있는지 알았다. 팔뚝에 붙은 살갗지방에 따라 주사바늘로 쑤셔야하는 각도와 깊이를 정확히 짐작해냈다. 주사바늘을 가지고 혈관중앙을 공략하는 방법도 손에 익혀졌다. 주사바늘만 보고도 우는 아이들 울음소리를 뚝 그치게 하는 요령도 터득했다. 유리로 된 주사기를 끓일 때 바빠서 깜박 잊고 너무 오래 끓여 깨진 것이 몇 개 생긴 것을 병원사무장이 호되게 나무라는 것을 감내해야할 때 속이 상했다.

고모는 이런 고난들이 단조에 의해 두들긴 흔적이 역력한 명검의 칼날이 되는 과정이라 생각했다. 해풍이 흰 파도를 겹겹이 몰고 오는 결처럼 생긴 칼날. 장인의 망치가 셀 수없이 내리친 시퍼런 날선 명검을 만드는 기술수준이 고모의 손에 익혀 있다고 환자들이 인식할 날을 기다렸다.

기다림의 끝이 보이는 것 같다고 느낄 때쯤 퇴원한 환자가 쓴 입원실을 정리하면서 구겨진 신문에 실린 서독파견 간호보조원 모집광고를 봤다. 고모는 반창고를 자르는 가위로 광고부분만 오려 접어 호주머니에 넣었다.

퇴근하여 집에 가져온 후 모집광고를 몇 번이고 읽어봤다. 독일어를 몰라도 될까. 고모 눈을 강하게 끄는 것은 현재 인건비와는 비교가 안 되게 많은 급여였다. 3년 계약으로 파견되는데 3년 치 월급을 꼬박 저축하면 서울에 반듯한 집을 살 수 있는 금액이다. 아이가 모자원에 다시 보내지게 된 것이 고모 결정을 채찍질했다.

입양된 아이가 천사모자원으로 되돌아오게 된 것은 사고를 불러 일으킨 인재였다. 여수항을 출항하여 부산항으로 향하던 창경호가 부산 다대포 인근에서 정비 불량에 의해 엔진과열로 화재가 발생하여 전소되었다. 이 과정에서 승객들이 타서 죽거나 물에 뛰어들어 익사한 숫자가 모두 300여 명에 달했다.

보험이 없던 그 시절은 사고가 망하는 통로다. 운송에 쓰이는 배나 차나 운수사업이다. 운수가 대통하면 돈벼락맞고, 운수가 없으면 쪽박을 차게 된다하여 운수가 흥망을 좌우하는 사업이 운수사업이라고 말을 덧댔다.

사고 직후 제물(제사에 쓰는 음식물)이 창경호 항로 정박지 작은 시장에 품귀를 일으켰다는 아픈 소문이 퍼졌다. 장송곡 소리가 창경호 항로상 포구 여러 마을에서 합창되었다.

아이가 입양 된지 채 2년도 못되어서 벌어진 사고였다. 사고를 당하여 망하자 선주는 충격으로 한 해를 못 채우고 세상구경을 마쳤다. 곧바로 부인은 재혼 자리를 찾아 갔다.

재혼을 하면서 양자 간 아이는 모자원에 다시 맡겨졌다. 아이 장래에 대한 재정적 걱정이 서독 행 결심에 한몫했다. 어쩌면 응어리진 현실을 벗어나고 싶은 간절한 돌파구로 택한 것일지도 모른다. 사람 사는데 변수야 있겠지만 감당할 수 없는 변고를 사람들은 두려워한다. 기복신앙행위는 어쩌면 종교의 존재가치다. 통성기도에서 귀를 기울이면 잘되게 해달라는 말을 반복 들을 수 있는 것이 실증이다.

김포공항에서 고모 같은 파독간호원들과 더 많은 서독파견 광부들을 봤다. 배웅하려는 사람들과 뒤엉켜있어 대목장날 같았다. 고모는 아버지에게 편지를 썼다.

『오빠 어머니 모시고 잘 계세요. 우리 둘 학교 보낸다고 혼자서 얼마나 힘드셨을까 생각하면 가슴이 아파요. 내가 이렇게 이국으로 가서 3년을 보내는 동안 오빠가 고생이 많겠어요. 다행히 새언니가 부지런하고 엄마한테 잘해줘서 마음이 놓여요. 오빠와 나 사이에 있던 작은 오빠가 살아있다면 내가 떠나도 조금은 괜찮을 것 같은데 말이어요. 어떻게 보면 제가 간호사가 되어 응급처치라도 할 줄 알아서 좋은 것 같아요. 의료지식은 별로지만 급할 때 주사라도 놓을 수 있자나요. 제가 집에 보낸 돈은 항시 모자원으로 꼬박꼬박 보내고 있지요? 혹시 원장 눈 밖에 나면 안 되니까 바빠도 잘 챙겨 보내세요. 독일 가서도 매달 보낼 수 있다하니까 걱정 안 하셔도 될 것 같아요. …』

이런 당부가 이어지는 긴 편지였다. 고모는 출국 직전에 편지를 부쳤다.

답장을 받지 못하고 비행기를 탔다. 11월의 이른 추위에 새벽공기가 차던 날이었다. 고모는 비행기에 오르면서 지그시 어금니에 힘을 주었다. 빈 입속에 마른 침이 씹혔다.

고모는 서독에 도착하자마자 에센간호학교에 근무배치를 받았다. 정신없이 한 달이 다되어가는 날이었다. 1964. 12. 10 뤼브케 서독 대통령과 박정희 대통령내외가 서독 함보른탄광회사 본관 앞에 섰다. 파독 광부들과 간호원 들이 나와 환영을 했다. 고모도 그 자리에 있었다. 대통령내외에게 하는 광부들의 거수경례는 전사와 다름없었다. 10여 분 침묵의 시간을 흐느낌과 들썩이는 어깨가 독차지했다. 파견근로자들이 울음을 멈추자 박정희 대통령도 눈물을 거두고 연설을 시작했다.

"---여러분들이 받는 마르크화는 가족과 고국산천의 그리움을 바꿔 받은 돈이지요. 탄광막장의 광석가루에 범벅된 손과 피고름이 묻는 손에 쥐어준 마르크화는 가족과 여러분의 장래에 힘이 될 것입니다. 한국인의 강인한 끈기는 여러분이 일하는 일터에서 퍼져 서독

전역에 알려지기 시작했소 여러분의 뒤를 이어 더 많은 사람들이 오게 될 것이오. 우리는 뭐든지 할 수 있습니다. 무엇보다 건강해야 일을 할 수 있겠지요. 본인은 여러분의 건강을 빌겠습니다. 여러분들은 개인이 아니라 한 사람 한 사람이 대한민국의 얼굴입니다. 여러분들은 조국의 발전까지 짊어진 역군입니다. 여러분들의 노고가 가족과 국가 도약에 마중물이 된다는 점을 아시고 힘들어도 참아주셨으면 합니다.---"

이렇게 연설은 이어졌다.

한국정부와 서독은 3년 기간의 특별고용계약을 맺었다. 간호사 1진으로 들어온 고모 경우는 3년 고용기간을 지켜야 했다. 단 결혼이 서독 현지에서 이뤄질 경우는 고용자가 체류연장을 요구하면 연장이 가능했다. 간호사 중에 극소수는 현지인들과 결혼을 했다. 동포끼리도 결혼이 이뤄졌다. 여기서 동포 남녀가 만날 수 있는 것은 주로 광부와 간호사였다. 그러나 결혼으로 이어지는 만남이 쉽지 않는 것은 간호사는 미혼자가 많은 반면 광부는 기혼자가 많아서였다.

한국 간호사들을 고용자 측인 독일병원에서 호감을 가졌다. 3년간 생활을 통해 언어와 병원생활에 익숙해져서였다. 고용자가 기대한 이상의 능력을 발휘한 한국 간호사들에 대해 병원 측에서 연장요구가 있었다.

고모는 우연한 기회로 만나는 남자가 생겼다. 지난번 대통령환영 행사장에서 옆에선 남자와 나눈 몇 마디가 발단이 되었다.

"혹시 강진이나 해남 쪽이 고향이신가요. 말투가 그런 것 같아서요”

남자는 고모에게 물었다.

"말한 곳은 아니지만 그쪽이 고향입니다. 장흥이어요. 저는 북리인데."

고향말투에 반가운 나머지 마을까지 말해버렸다

"그러세요. 북리는 무슨 면에 있는 마을인가요."

"대덕면에 있어요."

"제 집이 있는 유치랑은 떨어져있어 모르겠습니다."

남자는 유치라고 고모 귀에 익은 면을 말했다. 둘 다 고향에서 농사짓는 집이란 것까지 알았다. 투박하면서도 느슨한 고향말투가 둘만의 공통성을 형성했다. 만날 때 마다 듣는 고향 얘기는 타향살이에서 서로에게 불어주는 남녀의 산들바람이었다. 둘은 만난 이후부터 타국살이가 힘들다는 것을 망각했다.

3년이란 계약기간은 종이를 접어가듯이 길이가 짧아져갔다. 고모는 어머니와 오빠가 있는 한국 땅이 그리웠지만 고향은 장미 줄기 같았다. 장미꽃 봉우리가 제아무리 좋다고 가시달린 줄기에서 떼어내 손바닥에 놓고 꽃 봉우리만을 볼 수 없는 것. 고향 마을에 있는 가시라는 존재는 세월의 연삭에 아랑곳하지 않고 그대로다. 오히려 맞물린 이 빠진 기어를 쓸수록 덜커덩 거리는 소리가 커지는 꼴이다. 고모에게 고향에 대한 생각통로에는 당기면서 밀치는 특수 장치가 깔려있다. 그 장치는 마음먹은 대로 되지 않는다.

서독정부는 부부로 결혼을 하면 사회보장차원에서 체류자체를 연장해준다.

"흰 천사 같네요. 탄가루 묻은 제 작업복과 너무도 다르네요. 희순씨가 입고 있는 흰색에 눈이 부셔요. 키도 크고 병원생활에 얼굴도 희어져 외모로는 이곳 사람 같은데 착각하는 사람은 없던가요? 제가 대학에서 전공한 기계공학을 가지고 잘하면 여기서 이어갈 수도 있을 것 같아요. 같이 일하는 사람은 여기서 유학할 계획을 세워 놓고 있더라고요. 저도 고향 부모님께 월급을 다 보내지 않고 1년 전부터는 여기서 모으고 있어요. 희순씨는 여기 생활이 어때요?"

근무 중에 찾아온 유치가 고향인 남자는 하얀 복장에 반한 듯이 말을 했다.

"저는 여기가 좋아요."

좋은 이유는 한국 개인병원에서 일할 때보다 여덟 배 급여를 받고 있다. 서로 하나하나 공감이 일치된 만큼 사랑과 결혼이 밀착되어갔다. 여기서 마음에 걸리는 것이 있다면 고모는 엄마와 오빠를 못보고 있다는 것과 아이 때문이다. 아이에게는 사실 모자원에 비용만 지불했지 서울에 있을 때도 광주까지 내려가서 아이를 시시때때 볼 형편도 못됐다. 서울에서 광주를 내려가면 간 김에 고향도 가야 해서 쉽지 않았다.

명절 때도 마찬가지다. 고속버스예매표 구하기가 하늘에 별 따기 정도는 아니지만 여간 힘이 드는 게 아니다. 한번은 맘먹고 추석에 고향가려고 벼려 밤샘하다시피 줄서서 표를 구해 내려갔다. 고생이 너무 많아 그 후로 명절에 고향 가는 것을 엄두도 못 냈다.

그들은 결혼하여 독일에 머물기로 했다. 혼인신고와 동시 직장동료들이 축하해주는 정도로 약식결혼을 했다. 결혼사진을 고향집에 보냈다. 10년이면 강산도 변한다는 말을 사람들은 곧잘 한다. 그러나 지나놓고 보면 10년이란 세월은 말 그대로 눈 깜짝할 사이에 흘러 버린다. 자신의 얼굴은 거울을 통해서 본다지만 사실은 180도 돌린 상이다. 거울을 보거나 가까이서 자주 보는 사람의 얼굴을 통해서 흐르는 세월의 나이를 느끼지 못하고 망각하기 쉽다. 독일생활이 언제 이렇게 흘렀을까 놀랄 정도다.

정부의 기술인력 육성 교육정책은 내게도 큰 작용을 했다. 내 공부형태가 책상에 가만히 앉아 책장을 넘기는 정적인 것보다는 휘휘 몸을 놀려 실습하는 동적인 면을 더 좋아한다. 역마살이 낀 팔자라는 것은 이후에 그림이 그려진 당사주책을 보고 알게 되었다. 내게 고등학교 진학은 당시의 국가 정책이 결정적으로 좌우했다. 전남공고는 다른 선택의 여지가 없는 진학의 문이었다. 고모가 서독에 간 지 10년이 된 그해 나는 고등학교 2학년이 되었다.

교복은 바람에 젖다

　내가 다니는 실업계 고등학교란 자기 전공기술 외는 딱히 내세울
만한 것이 없다. 기계과는 선반 등 기계를 다루는 것부터 기계설계
까지 배우는데 나는 기계설계에 관심이 많았다. 파나마운하가 기계
식으로 갑문을 개폐한다는 말을 처음 듣던 중학교 수업시간에 작은
북리 앞 수문통에 있는 송도갑문을 연상했다. 이 갑문은 어른 둘이
힘을 합쳐도 쉽게 돌려지지 않는 개폐핸들이 묵직한 쇠로 되어있다.
핸들의 가운데는 신주로 된 사각나사가 박혀있다. 핸들이 안돌아가
윤활유를 나사산에 붓고 도끼로 핸들 안쪽 얼거리부분을 쳐서 돌리
는 경우를 봤다. 파나마운하 갑문개폐기계 같이 장구하게 쓸 수 있
는 기계를 만들고 싶다는 내 생각과 공고진학은 맞아떨어졌다. 내가
바라는 파나마운하 기계장치를 뛰어 넘은 자동화기계 설계라는 꿈
을 실현할 수 있을 거란 희망은 공고를 다니면서 차츰 희미해졌다.

장래문제를 생각하면 어떻게 해야 할지 고민이 되었다.

나는 아버지 말씀대로 인문계고등학교를 간 것이 나았을까. 그러면 전문대라도 나와 취업할 텐데… 이런저런 생각으로 진학을 고민해보기도 한다. 2학년이 되어서 갈등이 생겼다. 요즘 사회 돌아가는 것을 보면 회사에서 주는 월급이 공고 나온 사람보다 대학 출신에게 훨씬 많다는 말에 불만이 컸다. 사립대학을 가기에는 녹록치 않은 납부금 때문에 집안 사정이 발목을 잡는다. 국립대학을 가기에는 진학을 염두에 두지 않은 학교수업에 대해서는 차치하더라도 편편히 놀았던 자신에 대한 변명꺼리도 옹색하다.

학창시절을 보낸 대다수 사람들은 장래 고민보다 오늘의 편안에 몰두하게 된다. 우등생이란 간판이 좋아서인지, 정말 공부에 취미가 있는지, 아니면 공부 열심히 하라는 부모님과 선생님 말씀을 곧이들었는지 알 수는 없지만 일단 공부 잘한 학생들은 장래를 내다보는 애 늙은이가 몸속에 들어앉아있다고 봐야한다. 철이 일찍 들수록 공부를 잘할 확률이 높아진다. 철드는 운동이나 약은 없을까라는 엉뚱한 생각을 하는 주기가 짧아질수록 졸업기에 접어든 것이다. 나도 예외는 아니었다. 고등학교 2학년 때 이른 여름은 아직 주기가 늘어진 상태다.

"오빠 모레는 뭐해요. 우리 자전거 하이킹가요. 남평드들강이 좋다 데요."

"그럴까. 그런데 네가 가기에는 좀 멀지 않을까."

"괜찮아요. 전번에 학교친구들이랑 더 먼 곳도 갔는데요."

"오빠 아홉시에 밥 일찍 먹고 출발해요."

"그러자."

둘이서 가는 자전거 하이킹은 재미날 것 같다. 수정이와 나는 두 살 터울이다. 나는 아홉 살에 초등학교를 입학했고 수정이는 여덟 살에 초등학교를 입학해서 학교는 한 학년 차이다. 어려서부터 한 마을에서 자랐지만 두 집안 간에 사이가 안 좋다는 것. 이유야 지배적인 아버지 관점에서 보면 그럴듯하지만 이렇게 광주에서 수정이를 만나는 동안은 아버지 경고를 망각했다. 나는 현재 자신의 행복을 가장 중시하여 내 식으로 즐기고 행동하는 태도를 보인 욜로주의 자는 아닐까?

수정이는 봄에만 해도 입학했다고 엄벙덤벙 거리더니만 제자리를 잡았는지 곧잘 쏘다닌다. 광주생활이 몇 달밖에 안됐는데도 수정이는 버스노선이나 웬만한 길은 상당히 익힌 상태였다. 나는 수정이에게 만나자는 자전거포 위치를 설명해 주었다. 나는 전번에 상무대로 자전거 하이킹 갔을 때 빌린 자전거포로 갔다. 내가 살고 있는 산수동오거리 쪽에 있는 자전거포다.

수정이가 사는 계림동은 산수동과 인접한 동이다. 걸어서 부담 없이 다닐 수 있는 거리다. 수정이는 교복을 입고 나타날 때가 많다. 수정이가 입은 흰색 상의와 검은 치마 교복이 매번 내 눈에 멋지게 들어왔다. 허리가 잘록하게 보이는 교복 허리선 처리가 마음에 들었다. 평준화가 되기 전인 작년만 해도 광주에서 그 교복은 지성으로 통했다. 수정이는 그런 교복을 자랑삼은 듯하다.

산수동오거리는 오거리라는 말이 번화가가 아닐까 생각하게 한다. 이름하고는 딴판이다. 아직 뭔가 정리가 덜된 느낌이다. 산수동은 무등산 기슭을 접하고 있어 조금만 벗어나면 풍광이 좋아 가슴을 홀린다. 구불구불한 작은 골목을 거느리고 있는 산수오거리. 오거리를 잡아당기면 실핏줄 같은 골목길이 줄줄이 딸려 나올 것이다. 짓궂은 어린이의 손에 잡힌 아직 여물지 않은 7월의 고구마 줄기에 붙은 뿌리처럼 뻗은 골목길.

자전거포에 도착하니 수정이가 먼저 와서 점원하고 뭔가 애기를 나누고 있다. 외곽에 있는 점포치고 넓다. 주변에서 제일 큰 3층 건물 코너에 자전거포가 있다. 흰 건물이어서 눈에 잘 띈다. 이 자전거포는 진열된 새 상품이 많다. 대여용 자전거도 많다. 핸들바가 아래로 구부러진 주로 경기 때 타는 로드바이크가 일괄된 디자인으로 가지런히 세워져 있어 멋있다. 안장이 높아 숙달되지 않은 사람이 이 자전거를 타기에는 부담을 느낀다. 나는 로드바이크를 전에 탄 경험이 있어 그걸 타기로 했다. 수정이는 점원 추천대로 다운힐자전거를 택했다.

오늘은 전에 거드름피웠던 사장은 없고 점원이 두 명 있었다. 그중 나이가 서른 정도로 약간 뚱뚱해서 굼떠 보이는 남자는 주로 기름 묻은 장갑을 끼고 있는 것이 고장 난 자전거를 수리하는 기술자 같다. 우리가 가도 멀뚱히 보는 행동도 그러려니와 인상 또한 기술자 곤죠(근성이란 일본어인데 좋은 심성보다는 집요하고 고약한 성질을 말할 때 주로 쓰가 있어 보인다.

얼굴에 나타난 나이에 비해 성숙한 말투에 키가 훤칠해 보이는 남자가 자전거판매와 대여를 담당한다. 마치 사장이 분담해 놓아 맡은 일이 다른 것처럼 보였다. 나와 수정이는 젊은 점원한테 대여에 관하여 간단한 설명을 들었다. 그는 사고 나지 않게 조심하라는 당부까지 해주었다.

"용일아 '바람과 함께 사라지다'가 광주극장에서 한다더라. 정말 재미있다더라. 주인공 여배우가 기차다던데 보러가자."

나이가 더 많은 점원은 상대가 대답할 새도 없이 연거푸 지껄였다.

"그 여배우 다리가 기차만큼 길다고요?"

여러 가지 오가는 말로 짐작컨대 그들은 함께 숙식을 자전거포에 딸린 방에서 해결하는 모양이다. 남자의 눈이 여자의 미모에 맥을 못 추듯 여자 또한 남자의 잘생긴 모습에 주눅이 든다. 수정이가 용일이라는 점원에게 호들갑을 떠는 모습이 내 눈에 거슬렸는지 입이 대신 반응해 준다.

"뭐해 얼른 가자. 점원 주제에 웬 말이 그렇게 많은지. 사고를 내고 싶은 사람이 어디 있다고"

괜스레 퉁명스러운 목소리로 수정이를 다그쳤다.

드들강 줄기는 잔잔한 호반을 양쪽에서 쭉 당겼다가놓은 것처럼 뻗어있다. 물소리가 없는 조용한 강이다. 강을 끼고 잡목이 있는 산 기슭과 소나무와 버드나무가 종끼리 무리 지어있는 제방도로가 있다. 강자갈이 깔린 제방도로를 갈 때다. 내 시야가 햇빛이 반사된 황홀한 강물에 빠진 순간, 뒤따르던 수정이가 엄마야 소리를 질렀다. 동시에 꽈다당 소리가 내 뒤통수를 쳤다. 넘어져 일어는 났지만 수정이는 놀라 정신이 없어 보였다. 크게 다친 데는 없지만 무릎이 약간 긁히고 타박흔적이 생겼다.

자전거는 체인덮개가 찌그려졌다. 나는 손힘으로 폈다. 흔적이 약간 생겼지만 성능이나 미관에 그다지 문제가 될 정도는 아니었다.

자전거를 세우고 진정도 할 겸 둘은 강을 보고 앉았다. 잡풀에 박혀있는 납작한 바윗돌은 두 엉덩이를 붙이고 앉을 수밖에 없는 크기였다. 한낮 햇살이 수면위에 파닥인다. 추성(번식기에 수컷 피라미의 피부에 표피가 두꺼워져 사마귀 모양으로 돌출되는 돌기)이 나타난 수컷과 암컷 피라미들이 떼 지어 얕은 수면에 나타나 연애질을 하는지 잔물결이 술렁인다. 강 건너 따뜻한 웜톤의 베이비핑크색 꽃밭이 눈 안에 가득하다. 꽃잎 색감이 젖은 물결을 털며 생기를 발한다. 마치 동원된 환영인파가 흔드는 꽃물결처럼.

아직 어떠한 말이 없지만 둘 사이에 빨간 덩굴손 생장점이 서로를 향해있다. 내 생장점이 더 왕성하게 활동하는 것을 들킬까 부끄럼증이 생겼다. 교복에 포박된 일상에서 해방된 느낌과 자연의 경이가 둘 사이의 감정에 훈기를 더한다. 축 늘어진 수양버들 가지가 현실의 속박이라는 꼿꼿한 감정을 풀어버리라 한다.

"강이 좋네. 우리 마을도 수문통에 흐르는 물이 있어 좋듯이 말이예요."

"같은 물인데 여기는 느낌이 다른 것 같다."

"오빠 이런데 집을 짓고 살면 좋겠어." (순간 나랑 이란 말이 입 안에서 맴돌다가 사그라졌다).

"산은 등지고 강을 바라보는 배산임수인 저곳이 좋겠다."

나는 팔을 정도 이상으로 그쪽을 향해 곧게 뻗었다가 거뒀다. 물결 위를 한달음에 뛰어온 강바람이 송골송골 맺힌 땀방울을 핥아낸다. 한참을 앉아 쉬어도 페달을 밟아서인지 뜨거워진 내 몸속 온도는 쉽게 내려가지 않았다. 내 가슴이 내민 수십 가닥 신경선줄을 타고 들어온 수정이 걸 체온에 심장이 달궈진다. 뜨거운 날숨호흡을 내보내려 폐가 풀무질을 한다. 오히려 그 반대가 벌어지고 있는 지도 모른다. 오늘 행동만으로 볼 때는 분명 반대가 맞다. 여자는 남자보다 변덕쟁이란 명사가 잘 어울린다는 것에 대해 거부할 의사는 없지만.

오늘만은 수정이가 하는 행동에 믿음이 갔다.

나는 조금 전에 물에 던진 돌이 납작하지 않아 물수제비가 마음에 안 들어 주변을 뒤졌다. 다듬은 듯 납작한 돌을 찾아냈다. 물가로 내려가 허리를 옆으로 최대한 굽혀 힘껏 던졌다. 물장구를 치며 뛰어 가기를 다섯 번했다. 수정이가 멋있다고 박수를 치며 호들갑을 떤다.

지난 여름방학 때 수정이와 내가 고향 마을 앞 언덕에서 달밤에 만났던 생각이 났다. 밤에 만난 것은 아버지 눈을 피했다는 말이 옳다. 우리는 절강 쪽으로 걸어갔다. 어떻게 하자는 말없이 일치된 동작으로 다리는 비스듬히 쌓은 견치석 위에 내려뜨리고 언둑 잔디 위에 앉았다.

언둑 상단 수평면은 잔디가 많고 언둑 절강 쪽 경사면은 삐비(삘기) 띠풀이 많다. 아래 수평면과 제일 아래 쪽 경사면은 주로 쑥과 클로버가 무더기로 군락을 이루고 있다. 여기는 소나 염소들이 좋아하는 부드러운 풀이 자란다. 이건 순전히 수분과 관계된 서식환경이 갈라놓은 것이라고 본다.

바다 쪽은 견치석을 쌓아 바닷물로부터 둑을 보호했다. 견치석을 쌓은 부분도 경사면구조는 절강 쪽 흙으로 된 부분과 비슷하다. 아이들은 삐비띠풀이 많은 경사면에 제일 관심이 많다. 4월말이면 아직 피지 않은 부드러운 삐비꽃을 뽑아먹었다. 언둑 풀밭 쪽은 늦가을이면 미끄럼틀이 되기도 하고 뒹구는 놀이터가 되기도 한다.

견치석을 쌓아놓은 바다 쪽은 중간 평평한 면에서는 걷기도 가능하고 견치석 틈마다 보물이 나올 것 같아 좋았다. 평평한 견치석 틈에서 줄기를 타고 나와 핀 갯메꽃은 여름이면 연분홍 통꽃이 아름다웠다. 귀하게 피는 고구마꽃과 비슷하다.

파도에 실려와 견치석 사이에 박혀있는 일본말이 적힌 빈 깡통은 신기한 보물이었다. 어렸을 때는 플라스틱 제품이 귀해 플라스틱 용기는 거의 떠밀려온 적이 없다. 지금 해안가는 스티로폼에 플라스틱 제품 쓰레기가 넘쳐나 해안환경오염의 주범이 되고 있다. 물고기 입을 통해 사람들 입속으로 들어가는 스티로폼 부스러기를 떠올리면

발린 생선살에 손이 가는 아이들 보기가 민망하다.

"오빠, 내가 초등학교 다닐 때 오빠가 삐비 뽑아 한 줌을 준 적이 있는데 생각나?"

"생각 아 생각나지."

나는 사실 명확하게 생각나는 것은 아니다. 나온 말에 응해주기 위한 대답이다.

"저 돌이도 쪽에서 돛배가 올 때 보면 멋있고 신기했는데. 너는 어려서 기억이 나련지 모르겠네."

"나는 기억을 못하겠어."

지난 여름밤 달빛아래 언둑에서 수정이로부터 느낀 기억 속 감정과 햇살아래 드들강을 보며 수정이에게 느낀 감정이 엉켜 강물위에 떠있다.

요즘 수정이와 조금이라도 연관된 발견은 머릿속 실핏줄을 팽창시킨다. 머리에서 시작된 분홍빛 감정은 가슴을 타고 내려간다. 발끝에 닿은 감정은 온몸을 들썩이며 수정이에게 가지고 안달을 한다. 강물이 눈부시게 좋다. 가까이서 보는 수정이 모습은 더 눈부시게 다가온다.

두 줄기강물이 아우라지에서 합수되듯, 두 감정이 눈앞 강물에 녹아 흐른다. 사랑이 흐르는 강물 속에는 다슬기가 합방하고 모래무지가 암수 나란히 선다. 쇠백로가 먹이사냥은 뒷전이고 짝이 있나 긴 목을 치켜들고 두리번거린다.

반납 자전거를 유심히 살피던 용일이란 젊은 점원은 수정이가 탄 자전거에서 무슨 보물이라도 찾은 것처럼 소리를 높였다.

"넘어지면서 덮개가 찌그러진 것 맞지요."

나이든 점원도 합세했다.

"어, 예쁜 학생 처녀 아가씨 스리슬쩍 넘어가려고 말도 안한 거요?"

"예쁘단 소리를 빼던지 무슨 수식이 긴지."

수정이가 푸념조로 대꾸를 했다.

"나 전남여고 학생이어요 얌체 아가씨로 매도하지 마세요 특별히 표시도 안 나고 고장 난 것도 아니고 해서 괜찮을 줄 알고 말을 안 한 거예요"

"순전 양심이 없는 불량여학생이구만. 뭐 표시가 안 난다고 눈이 좋은지 안경도 안 썼는데 눈병이라도 걸렸는가. 녹내장 아니면 백내장 뭐여, 양심이 문제네. 기스 하나도 없는 것으로 가져와."

용일이란 점원이 거친 말 층을 한단 올렸다. 숨도 안 쉬고 연발을 했다.

"뭐 새것으로 받겠다 이거요 우리는 새것 살 돈도 없고 변상해 줄 돈도 없소"

나도 목소리를 높여 거들었다.

남자는 예쁜 여자에게 약하다는 명제와 단골이라는 의미가 결국 점원들의 분을 잠재웠다. 나들이의 황홀경 후에 찝찝한 곤혹이 하루 행복지수를 평균화시켰다.

수정이가 친구들하고 이후에도 자전거 하이킹을 자주 갔다는 얘기를 용일이라는 점원에게 들었다. 수정이는 용일이에 대한 얘기를 해주었다. 뜻밖에도 용일이 어머니 친정이 장흥이라 했다. 그런데도 용일이는 어머니에 대한 기억도 없고, 외가에도 가보지 않았다한다. 어머니의 고향이 장흥이라는 말은 용일이가 맡겨져 자란 모자원의 원장이 말해줬다는 것이다.

광주에서 중학교를 졸업하고 부산에서 1년 살다가 와서 지금 일하는 자전거포에서 자전거 수리기술을 배우고 있다. 지금은 어머니와 연락이 안 되어 외가에 갈 수 없지만 모자원에 가서 원장한테 물어보면 어머니와 연락이 될 수도 있다고 말했다.

용일이는 어머니에 대한 기억이 없다. 중학교에 다닐 때 모자원에 대해 여러 가지를 알게 됐다. 부모를 알 수없는 고아원과 다르게 모자원은 어머니가 있다는 것을 알았다. 다른 아이들은 어머니가 간간히 왕래하여 만나는 것도 봤다. 용일은 어머니를 기다렸다지만 중학교 졸업 때까지 나타나지 않았다. 고등학교 진학을 얼른 포기했던 이유 중에 제일 큰 이유다. 용일은 어머니가 버려서 찾아오지 않는다고 생각했다. 용일은 장흥이 어디쯤에 있는지 알지만 장흥에 가보고 싶다는 생각을 한 번도 안했다는 얘기를 수정이에게 말했다. 어머니에 대한 분노 섞인 애증이 탓일까?

나는 장흥 어딘가에 용일이의 외가가 있다는 수정이 말에 호기심이 생겼다.

한번은 잔용일이 제안을 했다. 모처럼 쉰다며 초가을에 나들이 가기 좋은데 이번 일요일에 셋이 함께 자전거 하이킹을 가자고했다. 목적지는 장성댐이라며 갔다 온 손님들이 좋다며 추천해주었다고 했다. 나는 학교시험이 다음 주 월요일부터 시작되어 자전거 하이킹을 기약 없이 미뤘다. 수정이가 서운해 하는 눈치다. 요즘은 수정이가 그의 친구들하고 잔용일이 있는 자전거포에 자주 들르는 것 같다.

"용일이 오빠 우리 친구들이 오빠보고 영화배우 신성일보다 멋있다고 하데. 나도 그렇게 보여."

수정이가 잔용일에게 이렇게 말한 것을 나는 들었다,

잔용일이 수정이를 대하는 말과 행동이 고객과 손님간인 예전과는 딴판이었다.

나는 길을 걷다가 강수정의 친구를 만났다.

"수정이 친구니까 나도 오빠라 불러도 되겠네요. 오빠 수정이가 자주 이름을 들먹여서 아는데요. 용일이란 자전거포 시다 알죠? 그 시다와 수정이가 단둘이서 자전거 하이킹을 갔다 왔다데요. 수정이 말이 백양사 단풍이 기차다던데요. 수정이는 구경했다니까 저랑 함께 갈까요?"

"아직 제대로 단풍이 안 들었을 텐데."

나는 수정이 친구 미현이 말에 짧게 대답했다. 제안보다 단둘이서라는 말이 귀에 거슬렸다. 나와 수정이가 친하다는 것을 안 미현이는 백양사 단풍놀이 얘기를 호들갑스럽게 필요이상 상세하게 알려줬다. 나와 수정이 사이에 낌질을 하겠다는 계산이 엿보였다.

나는 딴죽을 건 수정이 친구에 대해 수정이의 동그란 포항저수지 같은 눈에 비해 힘껏 내리쳐 벌어진 칼자국 같은 데서 나오는 눈빛 때문에도 대답을 얼버무렸다.

용일이 제안과 수정이의 적극적인 호응으로 결국 셋은 산기슭이 갈색으로 퇴색돼 버린 날 장성댐 방향으로 자전거 페달을 밟았다. 내리막길에서는 자전거바퀴의 강선으로 된 360도 방사형 와이어스 포크가 회전판으로 보인다. 여느 초등학교 교문 옆에서 본 것 같은 돌아가는 뽑기 회전판이다.

산그늘을 벗어나자 바퀴 테인 림에 해 조각이 매달려져 간다. 안장 위에서 묘기를 부리는 수정이 엉덩이가 슬금슬금 눈에 가득하다. 용일이 허리가 묘기를 줄곧 가린다. 용일이 자전거가 뿌리는 같은 문양의 바퀴자국을 냉큼 내 자전거가 받는다. 편백나무 무리들이 도로 갓길에 스쳐가는 몸에 닿을 듯 서 있다. 아직 작지만 커지면 피톤치드께나 뿌릴 것이다. 산마다 풍기는 나무들 나이테 곰삭힌 냄새가 낙엽 탈 때와 닮았다.

뻐근한 다리와 가쁜 숨의 대가로 눈이 호강을 한다. 장성댐 안 물빛은 가을하늘이 내려와 담겨져서인지 잘 구워진 청잣빛보다 짙다. 가늘게 흔들리는 물색이 바람 타는 청색깃발이다.

수면과 하늘사이에 있는 저 바랜 숲은 찬바람에 씻기기 전에는 한 가지 녹색이었을 터. 시원한 가을바람이 송글송글 맺힌 땀을 말린다. 조금 센 바람무더기가 물위를 스치자, 수면은 이른 5월 갓 모가지를 내민 밀밭처럼 고개 짓을 한다. 파도타기 카드 섹션을 한다. 셋은 박수를 친다.

"오빠들 저것 봐. 삐오리(오리 중에서 크기가 작은 철새)가 벌써왔네. 재민이 오빠 저 물골은 꼭 우리 동네 앞 넉게웅 같네."

그래 좁게 내려오다 퍼진 것이 썰물 때 뻘등에서 보는 수동 쪽 같다. 꽉 낀 청바지를 입은 엉덩이 부위가 강조된 팔등신 미인 뒤태 같다.

"수동이 어딘데."

용일이 물었다.

"우리 고향 마을 건너동네여요."

"네 고향 마을이 이렇게 멋있어."

"그렇다니까요."

수정이가 턱을 내밀면서 용일이가 하는 말을 받았다.

용일은 재민보다 키가 훨씬 크다. 둘이 풀밭에 나란히 앉아 있는 모습을 수정은 뒤에서 내려다봤다. 뒷머리가 빤히 보이는 위치다. 짧지만 약간 웨이브 진 듯하면서 굵어 보이는 머리카락이 둘은 닮았다. 머리색은 보슬비를 맞고 털어낸 것처럼 엷은 윤기가 난 것 또한 서로 비슷해 보인다. 수정은 만약 자신의 머리가 저렇게 깎여있다면 머리카락이 셋 모두 흡사 할 것 같다는 생각에 섬칫 놀랐다.

시골에 갔을 때 일이다. 아버지가 타시는 자전거 구사리(체인)가 빠졌는데 고쳐 끼우는 것을 여간 어렵게 하고 계셨다. 내가 거들면서 산수동오거리 자전거포 기술자가 고치는 것을 본 얘기를 하였다. 그러면서 시다 잔용일에 대해서도 말하게 되었다. 아버지 관심이 이어지면서 그 시다와 강제출의 딸 강수정이 백양사에 자전거 하이킹을 단둘이 갔다는 얘기까지 하게 됐다. 물론 셋이서 장성댐에 간 얘기는 빼고서다. 넌지시 강수정이 나와 친하다는 아버지의 반응을 보려는 속셈을 끼어보고 싶었다가 얼른 거뒀다. 아버지는 잔용일이란 이름에 필요이상 관심을 보였다. 잔용일의 부모님 집이 어디냐고 물었다. 모자원에서 성장했다는 얘기는 잔용일로부터 들어 말해 주었다.

"학생이 공부를 해야지 여고생이 시다하고 놀아난 것이 뭐냐. 제출이 그놈 빼빠지게 농사지어 잘한다잘해."

나는 고모하고 직접 연락이 거의 없다. 아버지를 통해 고모 근황을 듣는 것이 고작이다. 요즘 아버지가 고모하고 소원해 진 것은 아닐까. 아버지로부터 고모 얘기를 들은 지 한참 된 것 같다. 고모는 서독에서 잘 살고 있는 것으로 짐작된다.

아버지는 나를 통해 잔용일이에 대해 듣고 나서 곧바로 고모에게 국제전화를 하셨다. 잔용일이에 대해 내가 해준 말을 전했다. 잔용일이 강수정이와 만난다는 말까지도

몇 달이 지나서 아버지가 내게 보내신 편지에 이런 말을 쓰셨다.
『학교 친구만이 전부 친구가 아니다. 사회에서 만난 친구도 친하게 지내면 나중에 서로 도움이 될 수 있다. 전번에 말한 잔용일이란

친구는 고등학교에 갈 형편이 못된 것 같은데 친구는 서로 도움이 되어야한다. 요즘은 검정고시도 있고 하니 친구인 네가 공부하는 시기를 놓치지 말도록 검정고시라도 보라고 권해주고 해라…』

아버지가 내 친구들까지 신경써주는 것이 새삼스러웠다. 덧붙여 고모 근황도 써져있었다. 잔용일 친구에 대한 고모 말씀까지 들어 있었다. 고모까지 내 친구에 대해 웬 관심이 생겼을까. 독일에서 심심하신가 보다. 고모가 지난번 독일에서 나와 다녀가신 생각이 났다.

너무 생생하여 지금까지 기억하고 있는 꿈이 떠올랐다. 분명히 고모와 나와 잔용일이 함께 있었던 꿈이다.

고모는 독일에 간 후 결혼한 직후에 임신한 몸으로 딱 한번 친정집에 다녀가셨다. 그것도 시댁인 유치에 머무는 것이 대부분이어 겨우 하루저녁 친정집에 잤을 뿐이다. 잔용일이 어려서 있던 모자원에 지급하는 돈은 고모가 아버지에게 보내면 할머니 용돈 등을 챙기고 매달 보내주셨다. 농사만으로 나와 동생들의 학비를 충당하기에는 버겁다. 고모가 이국땅에서 하신 수고는 우리집안 살림에 큰 힘이 되었다. 할머니 용돈이라지만 매달 받는 돈은 큰 살림밑천이었다.

잔용일이 중학교를 졸업하고 모자원에서 나온 후는 부산 등지로 떠돌아 다녀 누구와도 연락이 끊겼다. 아버지는 이런 상황을 모자원 원장을 통해 듣고, 고모에게도 말씀드렸을 것이다. 잔용일 소식은 연락이 끊겼다가 1년이 지나서 나를 통해 듣게 된 것이다.

용일이는 겨우 모자원에 남은 친구들이나 원장하고 연락하는 것이 고작이었다. 용일이가 아는 것은 독일에 있는 어머니가 모자원

비용을 지불해왔다는 것 정도다. 한 번도 보지 못했으니 엄마에 대해 궁금해 한들 뾰족한 방법이 없다.

아버지는 강제출 집안이 흉악하니 강수정이도 나쁜 피를 받아 좋지 못할 거라며 경계해야 한다고 하셨다.

잔용일이도 네 친구이니 강수정이와 혹시라도 사귀면 안 된다면서 힘을 주어 말했다. 실제 아버지는 밝혀지지는 않았지만 고모 예감을 믿고 강제출과 관계된 근친 간을 더 염두에 둔 것이었다.

나는 경찰이 되고나서 아버지로부터 고모관련 사건을 듣고 이후 하나하나 윤곽이 드러나면서 사귀는 것을 반대한 이유를 차츰 짐작하게 되었다. 단지 잔용일과 고모관계는 알지 못한 상태였다.

아버지는 몇 달이 지난 후에 대학교 진학문제를 말하면서 느닷없이 잔용일이에 관한 얘기를 하셨다.

"요즘도 잔용일이랑 만나냐. 검정고시는 보라고 말했냐."

"간간히 보기는 해요. 학교 가는 길에 자전거포가 있어서요. 검정고시는 별로 관심이 없던데요."

"수정이 하고는 사귄다디야."

"서로 친한 것 같던데요."

안 들릴 정도로 아버지는 안 되는디 그렇게 중얼거리고 나서 진학문제로 이어갔다.

아버지는 세월이 묵혀지면서 망설이는 부분이 생겼다. 강제출과 고모 사이에서 용일이라는 가상적 존재 의미에 대해 말이다. 마치 증오로 고조된 관심이 연민으로 변질된 것과 같이. 아버지에게 잔용일이 조카인 것은 사실이고 '강간' 자만 뺀다면 확실치는 않지만 강제출과 관계에서 미묘한 감정이 싹틀만하다. 그러나 아버지가 어린 나이에 할아버지 시신을 통해 각인된 트라우마는 강제출 집안에 대해 적대시함으로써 완화된다. 마치 산속에서 사방 어디에도 사람 발길 흔적이 없는 오리무중상태라면 얼마나 답답하고 불안하겠는가. 어떻게 보면 트라우마를 치유하기위해 강수정 집안을 표적으로 삼은 셈이다.

나는 아버지가 강제출 아재에 대한 개인적 감정이 커져서 그 집안 전체를 미워한 것이라고 생각이 들 때도 있다. 아버지는 한두 살 차이도 형인데 어려서부터 덩치가 크다는 이유로 강제출이 아버지에게 덤볐다는 말씀을 술을 드시고 몇 번한 적이 있다.

나는 강수정과 사귀는 것이 고등학교 다닐 때까지만 해도 그렇게 문제될 것이 없다고 생각되었다.

수정이가 고등학교를 광주로 진학한다고 말을 할 때 이런저런 상상을 했다. 함께 영화 보는 것부터 시골에 왕래할 때 한 좌석에 앉아 있는 것, 봄에 사직공원에 함께 가겠다는 상상을 넘어서까지. 모두 감미롭고 생각한다는 자체가 즐거웠다.

"오빠, 오빠를 광주에 와서 보니까 좋네. 사는 집도 가깝고 어디 찾아갈 때 길도 물어보기 좋고, 재미있는 일 있으면 말해줘."

"그래 나도 좋다. 알겠다."

자전거 하이킹도 가고 좋았다. 그런데 채 반년도 못돼 수정이는 고삐 풀린 망아지다. 풀려 돌아다닌 것까지는 할머니 말씀처럼 두발 달린 짐승인데 어쩔 수 없다지만 가는 발길이 문제다.

한번은 사복을 쫙 빼입고 어디를 갔다 오는지 용일이하고 다정하게 걷는 모습을 충장로에서 봤다. 서로 얼굴을 맞대다시피 하고 웃는 장면을 보는 찰라 나는 확 고개를 돌렸다. 그날 장면이 며칠이고 눈앞에 어른 거렸다. 시선 꽂히는 데마다 배경형상으로 그때 봤던 다정한 모습이 나타났다.

용일이와 수정이는 둘 다 키가 크다. 나는 그에 비해 겨우 평균키다. 광주극장이 있는 쪽에서 오는 것으로 봐 둘은 영화를 보고 오는 것 같다. 아직도 '바람과 함께 사라지다'를 상영하는 걸까. 아니면 미성년자 불가 영화를. 그러나 나는 수정이나 용일이에게 함께 어디에 갔다 왔느냐고 묻지 못했다. 정말 궁금했지만 물을 수가 없었다.

강수정은 처음 맞이하는 겨울방학을 시골집에서 지내기로 마음먹었다. 방학을 하자마자 시골집에 갔다. 가을 내내 잔용일이와 가깝게 지낸 마음이 옆 좌석에 앉은 나에게 미안했을까.

"용일이 오빠하고 단 둘이 백양사간 것 오해 하지 마. 아무 일도 없었어. 시골에서 겨울방학 동안에 재미난 일 없을까. 혼자 놀지 말고 갈 때 있으면 같이 가요."

한참 만에 수정이는 잠이 들었다. 스쳐 지나가면서 전에 미처 보지 못한 속눈썹이 신기했다. 깊숙한 곳을 연상하다가 흠칫 놀라 거둔다. 교복을 입을 때는 주로 머리를 서너 번 따고서 묶었다. 오늘은 푼 머리다. 고개를 내 쪽으로 하자 내 귓불에 머리까락이 닿았다. 감촉이 부드러운 솔 끝으로 문질러 오는 것 같은 느낌이다. 약간 웨이브 된 머릿결이다. 교복을 입어 두껍지 않은 몸 옆선이 내 몸에 밀착되었다. 나는 창 쪽에 있는 손을 조용히 움직여 수정이 늘어진 머리에 대고서 손끝에 집중했다. 한주먹 살짝 잡았다가 얼른 손을 폈다. 차가 움직이면서 기름기가 촉촉한 머리카락이 미끄러져 빠져 나갔다. 들키지 않았나하고 깜짝 놀랐다. 수정이는 계속 깊은 잠에 빠져있다.

떠있는 큰 눈 못지않게 감긴 눈에도 아름다움이 숨어있다는 것을 처음 느꼈다. 눈은 열려있거나 닫혀있거나 항시 사랑의 창이다. 눈 밖 대상의 아름다움과 감정이 들락거리는 통로다.

시골에서 아버지 눈을 피해 수정이와 노는 것이 마음에 걸려 내키지 않았다. 그렇다고 내놓고 수정이와 어울려 다니는 것은 더욱 난감한 문제였다. 농촌의 겨울은 말 그대로 농한기를 끼고 있어 단조롭다. 눈발이라도 날려 대지를 덮고 나면 온통 은빛으로 하나 되면서 죽은 듯 적막뿐이다. 땔감이라도 준비하지 않는다면 구물거리는 사람들 모습마저 보이지 않을 것이다.

찬 기운은 36.5도 체온이 뭉칠수록 물러난다. 가족들이나 아는 사람들끼리 모이면 먹으랴 말하랴 입이 활동적이다. 두대통(수수대나 대나무 또는 덕석으로 만든 고구마 간이 저장고로 거의 방안에 설치)에 쌓여있는 고구마와 익은 호박이 주전부리 일등이다.

수정이는 어른들이 내준 큰방 따뜻한 아랫목에 앉아 아버지에게 학교생활이며 광주에 대해서도 소상히 말했다. 여름방학 때 하지 못한 말을 끄집어냈다. 친구들 얘기가 나오고 잔용일에 대해서도 말했다. 재갈에 물려 있던 강제출은 자신과 유희순과의 연관성에 대한 상상을 접어 두었는데 강수정이 불을 지폈다.

강제출은 딸의 얘기에 관심을 기울였다. 특히 잔용일에 대해서는 어떻게 생겼느냐는 등 깊은 관심을 나타냈다. 강수정의 아버지는 딸이 말한 잔용일과 연결고리를 상상으로 이었다가 고개를 젓곤 했다. 그러면서도 잔용일과 잘 지내라고 말하면서 절대 사귀어서는 안 된다고 단호하게 잘라 말했다.

강제출은 유기태를 만나면 유희순에 대해 물어보고 싶은 것 때문에 말을 꺼내려다가 매서운 눈초리 때문에 거두고 만다.

유기태는 잔용일의 출생에 대해 잘 알고 있고 잔용일의 성장과정을 눈여겨 지켜보고 있지만 조카라며 내놓고 말할 수 없다. 잔용일이 중학교를 졸업한 이후에는 모자원을 나와 행방이 끊겨 유희순으로부터 잔용일에 대한 소식을 듣지 못했다. 벌써 일 년이 다되어 간다. 아버지는 불쑥 유재민에게 잔용일의 연락처를 묻는다.

"다음에 기회 되면 잔용일이라는 친구 집에 데리고 한번 와라."

이 말씀을 들은 지 상당히 지났는데도 잔용일에게 장흥 행은 실행되지 않았다.

"잔용일 오빠는 유재민 오빠랑 한동갑이어요. 장흥이 외가라 데요. 외가에는 한 번도 가본 적이 없다면서 어디 마을인지는 모른다했어요."

 그러면서 독일에 사는 어머니와는 연락이 안 되어 나중에 성장한 모자원에서 알아보겠다는 말까지 했다. 강제출은 장흥이 외가라는 것에 대해 세세한 답변을 들으려고 딸에게 계속 물었지만 궁금증은 풀리지 않았다. 수정이는 자신과 유재민이 장흥에서 왔다니까 관심을 많이 갖더라는 말도 덧붙였다.

달빛이 남긴 그림자

　내게 현실은 마치 파리목에서 유충이 마지막 피부를 체표면에 쓰고 딱딱하게 경화 착색되어 껍데기를 쓰고 있는 상태인 것과 비유될 만했다. 농촌생활 중에서도 은둔이란 의미가 강조되어 주변에 겨우 어울리는 보호색을 둘러쓰고 있다.

　나는 2월에 신체검사를 받은 이후부터 광주에서 내려와 빈둥거린 상태로 시골집에 똬리를 틀고 있다. 시골에 머무는 심정은 날마다 세찬빗줄기를 뿌리는 소낙비에 갇혀 옴짝달싹 못한 발바닥 간지럼증이다. 해무가 바람을 타고 밀려올 때 몸에 닿는 어둡고 눅눅한 감정의 시작점이다. 끝이 쉽게 보일 것 같지 않은 막막한 장거리달리기다. 날이 풀리고 농사채비가 시작되자 논밭을 오가는 동선 안에서 겨우 왔다 갔다 했다.

　쌀보리가 익어가는 5월의 들판은 수분기가 없이 잘 마른 검불이 탈 때 불빛이다. 그때 부는 바람은 최대 운동량으로 들판을 흔들어 말린다. 들판이 바람에 눕다가도 바람이 일으키면 수수수수 소리를 내며 일어난다. 금방 농촌 일손을 집합시키려는 신호음이다.

나는 젊은데도 건강하지 못하다는 이유로 밀려 농번기 밖에 앉아 있는 구경꾼이다.

여름방학을 하려면 한 달이나 남았는데 수정이 불쑥 나타났다.

"용일이 오빠는 군대 간다고 말하던데 오빠는 안가."

"너는 졸업하고 직장에 들어갈 거라며."

나는 설명한다는 것이 왠지 싫어 되물어 말을 돌렸다. 이어지는 말들로 보아 잔용일 신변에 일어나는 큰 것부터 소소한 일들까지 수정이 꿰뚫고 있다. 나는 신체검사가 건강문제로 연기 되어 군대 가는 것이 보류되었다는 말을 수정에게 해주고 싶지 않았다. 어쩌면 수정이한테 내 호감이 잔용일보다 뒤처져 버린 현실에 자괴감이 앞섰다. 군대에 간다는 잔용일이 은근히 부러웠다. 남자라면 신체검사에 문제없고 제때 군대 가는 것이 옳다고 믿었다. 건강 때문에 나는 고향집에서 회복될 때까지 우선 머무르기로 했다. 취업도 대학진학도 하물며 군 입대까지 건강 뒤에 세웠다.

"오빠, 용일이 오빠와 전번 일요일 날 신성일과 김영란이 나오는 '겨울여자' 봤는데 정말 재미있었네. 전번에 왔을 때도 있던데 왜 시골에서 계속 있어요? 군대 기피하는 것은 아닐 것이고 재수할 것이면 학원에라도 다녀야지. 대학에 붙으면 부모님께서 보내 준다고 말했다면서요."

고향 마을에 내려와 수정이가 던지는 잔용일에 대한 밀착된 얘기들이 귀빰을 친다.

나는 수정이 얼굴을 피해 동산 쪽을 봤다. 자귀나무에 막 피어난 꽃 수술색이 진분홍이다. 수정이 고등학교에 입학하여 광주에서 만난 첫해는 눈을 달구는 저 자귀나무 꽃과 수정이 얼굴색이 맞아떨어졌다. 지금 앞에 있는 수정이 얼굴색과 자귀나무 꽃을 번갈아 봐도 서로 어긋나 보인다. 마음 속 고개 젓는 소리에 현기증이 난다.

나는 책꽂이에 꽂혀 있어 읽기 시작한 질로 된 삼국지를 11번째 읽고 있다. 그 외 죄와 벌, 쟝발쟝, 노인과 바다 등 닥치는 대로 읽었다. 대학노트를 새로 두 권 사왔다. '유년의 발자국'이라고 노트 속 첫 장에 큰 글씨로 썼다. 시간 날 때 아니 거의 매일 기억을 더듬어 써내려갔다. 즐거운 추억을 반복 학습한 셈이다. 혹시 기회가 된다면 이 기록물을 가지고 한편의 소설이나 영화를 만들어 보고 싶다는 생각이 꿈틀댔다.

모내기가 끝나고 밑거름 기가 올라오면서 벼 포기가 가지치기를 활발히 한다. 지금이 그때다. 검은 구름이 돌이도 쪽으로 달려들어 겹겹이 쌓인다. 몇 시간 후면 가르마처럼 서산방조제 길을 가운데 둔 관덕농장과 포항농장이 푸른색 큰 망토를 입고 빗줄기 속에서 춤을 출 것이다. 이것은 전해 내려오는 기상지식이고 내 속에 익혀진 감각이다.

여름햇살이 들판 녹색을 짙게 하면 농민은 잠깐 여유를 갖는다. 때마침 부산에서 사시는 이모할머니한테서 아버지가 할머니를 모시고 와 달라는 연락이 왔다. 몸이 쇠약해져 돌아가시기 전에 할머니를 보고 싶다는 것이었다.

아버지와 할머니는 이모할머니 댁으로 가시게 되고 나는 그동안 아버지를 대신해 어머니와 농사일을 돌보게 됐다. 농사에 힘쓸 일도 없고 지금 농사는 관리만 잘하면 된다. 몸도 딱히 아프지도 않아 농사일은 거들만 했다. 농약은 병충해 방제기간에 맞춰 헬기로 집단살포를 작년부터 시작하여 훨씬 쉬워졌다.

하늘 높이 안개 같은 흰 구름이 엷게 낀 오후였다. 나는 어머니가 벼락바위 옆 길쭉한 모퉁이 밭에 간다는 말을 하고 나가서 밭작물은 어떻게 자라고 있는지 궁금한 마음에 집을 나섰다.

가는 길은 어려서 볼 때와 다르게 리어카가 충분히 다닐 수 있게 넓혀져 있다. 벼락바위 옆 밭으로 가는 길에 우리 집 밭과 수정이네 집 밭이 길을 사이에 두고 맞보고 있다. 한눈에 들어오는 이상하게 굽은 길이 두 집 밭이 접한 양편에 있다. 우리 밭쪽으로 길이 급하게 굽어 들어온다. 내 기억으로 고등학교 다닐 때쯤에 길이 난 것 같은데 내가 광주에서 학교에 다니고 있어 이유를 모르고 지나쳤다. 갈치모양으로 길게 늘어진 밭이다. 그래서 우리식구들은 갈치밭이라 부른다. 우리 갈치밭이 있는 수정이네 밭 아래는 논이 있다. 노력도에 사는 사람 논이었는데 최근에 동네 이씨 아재네가 소작하여 경작한다는 얘기를 들었다.

포항농장 들에서 벗어난 산 있는 쪽 논을 육답이라 부른다. 육답은 작은 개천을 끼고 있어 흘러내려오는 냇물이나 산 밑 마다 거의 있는 옹달샘 물을 이용한다. 우리 모퉁이밭 아래 논들은 신작로 밑 샘에서 솟는 샘물과 가장골에서 내려오는 냇물을 동시에 이용하여 벼농사를 짓는다. 이런 밭은 큰비가 내리면 일거리가 생기기 일쑤다. 간수 양이 부족하면 덜 굳은 두부모에서 갓이 허물어져 내리듯이, 위쪽에 있는 밭 가장자리가 허물어져 내리는 것을 이 지역에서는 방천이 났다라고 말한다.

이 밭을 돌아 신작로 쪽으로 가면 독립가옥이 한 채있다. 그 집에 사는 사람들은 우리 밭둑길을 걸어 마을로 온다. 그 독립가옥은 실상 거리로 치면 큰북리가 더 가까울 것 같은데 대부분 작은북리에 적을 두고 산다.

처음에는 밭과 밭둑길이 같은 평면상에 있어 걸어 다닌 사람들로 인해 밭작물이 치인다. 방천이 나면 허물어진 흙이 많아 보수하는데 여간 어렵지 않았다. 그래서 아버지가 수년에 걸친 수고 끝에 밭둑길을 절반 높이로 낮췄다. 결과는 좋았다. 밭과 길이 확연히 구분되어 작물이 발에 밟히는 피해가 거의 없어지고, 방천도 논과 경계 높이가 줄어들어 훨씬 덜 났다. 나더라도 일거리가 줄었다. 방천은 대부분 경계지점 밭둑길에서 나기 때문이다.

나는 어머니가 보이지 않아 모퉁이를 돌아 안 보이는 쪽에 계시나하고 밭둑길을 걸었다. 연자주빛으로 하늘을 치켜보는 꼰지돈부꽃이 밭둑길을 따라 심어져 있어 꽃길을 걷는 기분이다.

　꽃을 자세히 보니 위쪽 꽃잎은 편 부채 같고 마주보고 있는 작은 꽃잎은 반쯤 편 작은 부채 같다. 얼핏 보면 크고 작은 것이 각각 한 쌍씩인 것 같이 보이지만 모양이 그렇게 보일뿐이다. 작은 꽃잎에 화주(암술머리와 씨방사이 부분으로 화주에는 중심 관이 있고 수정된 암수꽃가루가 화주를 통과하여서 씨방이 자라면 열매가 된다)가 딸려있는데 약간 굽어져 음침한 굴속을 연상하게 한다. 큰 꽃잎에서 화주에 가까운 부분은 흥분한 속살처럼 색이 짙다. 여성 얼굴에서 짙은 눈 화장 부분과도 흡사하다.

　어머니가 벼락바위 옆에 있는 엉덩이 겨우 붙이고 앉을 만한 작은 밭에서 김을 매고 계셨다. 벼락바위아래 손바닥만큼 한 다랑논이 있다. 그 다랑논은 너무 작아 우리에겐 별로 쓸모가 없다. 다른 집 논농사에 끼어 번거롭기만 하다. 그런데 물꼬를 보지 않아도 되는 편한 면도 있다. 우리 다랑논은 급수로와 배수로가 항시 열려있다. 모퉁이밭 아래 논에서 우리 다랑논을 통해 물을 댄다. 그래서 저절로 마르지 않게 된다.

　벼락바위는 언젠가 벼락을 맞아 바위가 한 겹 홀랑 벗겨졌다. 만약 논에 가있을 때 벼락이 쳤다면 어땠을까? 그래도 벼락을 피했다는 행운이 종교에서 말하는 선심을 통해 얻는 복으로 치면 기분이 좋아진다.

　벼락바위 아랫면과 우리 다랑논 사이에는 굴이 있다. 굴속 깊이도 크기도 가늠이 안 간다. 단지 사람머리가 들어갈 정도의 입구가 보인다. 어떤 사람이든 머리만 들어갈 크기면 몸이 들어간다며 티브이에서도 방영했던 것을 보았지만 나보고 들어가 보라면 자신이 없다. 그 굴은 언제부터 왜 생겼는지 이유도 모른다. 아득한 기억너머 때부터 존재하지 않았나하고 짐작할 뿐이다. 개칠(개치다는 무논에 삽이나 손으로 파서 물길을 내는 것을 일컫는다) 때 생긴 개흙을 쌓듯이 단지 물이 흘러들어가지 않게 굴 입구에 가는 둑을 만들어 두었다. 벼락바위 옆에 있는 밭은 정말 작아 벼룩에 간, 개입에 붙은 이 묵께(미강)라는 표현에 어울릴만한 크기 정도로 보는 밭이라면 맞다.

"엄니 힘드시면 쉬엄쉬엄하세요. 모퉁이밭은 고구마넝쿨이 온통 덮어서 솟은 잡초나 뽑으면 될 것 같은데 다 뽑았어요? 별로 안 보이던데요"

"감재(고구마)밭은 대충 뽑았다. 가물어 깨밭이 물 소류(비가 많이 오면 습해 작물이 피해를 보는 상태)지는 않아 좋은디 탐두게 안 커서 기름 짤 깨나 나올란지 모르것다."

"꼰지돈부꽃이 많이 피어 꽃밭 같아요. 엄니 오는 길에 있는 금능 아재 묏자리 내준 갈치밭은 왜 길이 우리 밭쪽으로 굽어져 있어요 원래 밭모양이 그렇게 안 생긴 것 같은데요"

"말도마라 리어카가 다닐 정도로 길을 넓히자고 새마을 사업할 때 말이다. 우리 밭 아래가 수정이네 밭 아니냐. 모두 원래 길에서 조금씩 양보하는 기부뭐라던데 하여간 땅을 기부했는데 수정이 할아버지가 꽉 틀어잡고 내놓지 않았써. 할 수없이 우리가 더 내고 길을 내서 그렇게 됐다. 그 때 니 아부지하고 수정이 아부지하고 쌈이 붙어 큰일 날 뻔했다."

어머니 말씀은 수정이네가 도로기부채납을 안했고, 싸움판을 동네 사람들이 뜯어 말려 크게 벌어지지 않았다는 말씀이다. 어머니가 싸움이 난 현장에 있었는데 상세한 설명을 들어 볼 때 이런 말이 오갔던 상황이었다.

"야, 제출이 너 독불장군같이 살 것 같지만 임자 만나면 한방에 가. 남들이 모두 길 넓혀 보자고 기부채납하는디 누구든 자기 땅 중한지 몰라서 내놓냐."

"어, 기태씨 내놓고 싶으면 거기나 내라고 누구보다 내라 마라야. 내 땅 살 때 보태줬어?"

"강씨들 때문에 다 팔고 내가 이 동네를 떠야겠다. 이웃을 잘 만나야 한디 이상하게 논밭이 이웃해서 싸울 일만 생기네."

"내가 살 테니까 반값에 팔소. 나는 빚 없은께 농협에서 빚내서라도 살라네."

"악독한 짓만 골라서 한디 두고 봐라. 하늘이 보고 있은께 후회할 때가 있을 꺼다."

아버지는 악담을 해서라도 분을 풀고 싶어 하셨다.

시작된 봄 가뭄이 7월을 넘기면서도 계속되었다. 모내기부터 빼낸 저수지물이 된 여름에 접어들어 차츰 바닥물 면적이 좁혀졌다. 큰 논배미 물꼬에 놓인 납작돌이 물맛을 못 본지 몇 주일이 지나면서 내리쏘는 햇살에 논바닥은 거북등같이 갈라지기 시작했다. 벼 잎이 한낮이면 동그랗게 말리기 시작한다. 벼 잎이 말려지는 것을 보는 내 심정도 말리는 만큼 심장이 조여들어 가뭄을 탔다. 농부가 가뭄에 전답과 같이 속 탄다는 마음을 이해하게 됐다.

폭압적인 한여름 햇빛에 그 납작돌이 달궈졌다. 오후가 되어 논에 가서 용수로를 타고 저수지 쪽으로 한 참을 올라가봤다. 냇물은 위로 흘러 보내고 아래로 수로시설이 있는 문행기까지 갔다.

지하수로에서 나오는 관계용수가 마치 큰 샘물이 솟아오르는 것 같이 보인다. 탁해 보이는 물이 흘러나오면서 두 줄기로 갈라지는데 수문으로 물길을 조절한다. 그때는 오른쪽 산 아래 수로방향으로 흘러가게 수문이 열려있다. 수문은 들어 올려서 여는 방식이다. 왼쪽은 우리 논이 있는 방향으로 흐르는 용수로인데 수문이 내려와 닫혀 있고 수문사이로 새어 흐르는 물이 두세 배미 물꼬는 목을 축여줄 것 같다.

발길을 옮기자 지하수로에서 꾸역꾸역 올라오는 미세한 저음이 귓전에 닿는다. 반가운 소리다. 요즘 가뭄으로 인해 밤낮없이 저수지 물을 내보내고 있다. 그러면 오늘 밤은 우리 논 수로 쪽에 물이 흐를 수 있을 지도 모른다. 장파골, 마장골, 왕골, 독새밭골에서 합수되어 흘러내려오는 냇물은 이미 말라버렸다. 만약 냇물이 내려온다면 보에 물줄기의 흐름이 저지당해 수문을 통해 들어와서 작은 폭포수소리를 낼 것이다. 솟는 용수로 저음소리와 낙수소리가 화음을 만든다. 화음은 용수로를 타고 내려와 논바닥에 퍼질 것이다. 벼가 화음을 알곡에 담아 색다른 맛을 내겠지.

장마가 지면 냇가 쪽 수문 틈새를 빠져나온 폭포수는 용수로를 타고 흘러 절강에 이른다. 이럴 때 절강 물에 귀를 대면 문행기 폭포소리가 들릴 것이다. 냇가에서 물이 내려올 때는 모래를 끌고 온다. 그래서 간간히 서산농장에 논을 가지고 있는 농가에 대해서는 각 마을 앰프방송을 통해 울력을 붙여 수로에 쌓인 모래 제거작업을 한다. 울력을 붙여서 일까 아니면 냇가물이 말라서 일까 문행기 아래로 흐르는 용수로에 모래가 없이 말끔하다.

문행기 냇가에는 어른 키 두 배되는 버들개지 두 그루가 우리 동네 쪽 둑 위에 나란히 서있다. 둑은 문득 못미처 산지기집 쪽에 있는 산으로 가서 나무해 올 때 쉬는 장소로 좋다. 경사진 둑은 지게 작대기로 바쳐놓고 쉬기에 안성맞춤 지형이다. 계절 중에 여름에는 버들개지 나무 밑에 사람들이 더 끈다. 중학생들에게는 하굣길 쉼터이고, 장꾼들에게도 중간 쉼터다. 그날은 되돌아가기 전에 그 나무 아래 앉아 쉬고 있는데 짐을 이고오던 장꾼들이 짐을 내려놓고 옆 버들개지나무 아래 앉았다. 일어설까하다 아주머니들 얘기가 서려던 나를 도로 앉혔다.

"성님 아까 장에서 도청깨녀봤소? 고년이 오늘은 지아부지 보릿대모자를 샀는지 꾹눌러쓰고 다니덩께라. 퍼리똥이 깔린 죽은깨에 시집가기식었써라."

"깨녀는 못보고 삭금 늘심이만 봤네. 뻘간 월남치매는 허리동에서 내려와 질질끌고다닌것이 배꼽뺀네. 똥자루만한 키에 우서 죽을뻔했네."

나는 깨녜도 늑심이도 알지 못해 오가다본들 알아채지 못한다. 단지 사람들이 말할 때 늑심이 같다느니, 깨녜같다느니 하면서 빗댈 때 들어 알고 있을 뿐이다. 호기심이 아주머니들의 말소리를 엿듣게 만들었다. 모자란 자에게 돌을 던지는 이지매 심리, 어떤 상황에서 병신이 육갑한다는 잔인한 독백, 인간의 본연 같은 이런 쓰레기 심리를 우리는 처낼 줄 알아야한다. 만약 고모가 강간으로 미혼모가 됐다는 얘깃거리로 항간에 떠돈다면 대중심리에 내몰릴 것이다.

큰비가 내리지 않으면 냇가는 소띠기는 바탕이 된다. 넓은 냇가에 모래밭이 있어 뛰놀기가 좋다. 물줄기가 흐르는 가에는 벼과에 속한 주름조개풀이 지천에 깔려있어 소들이 좋아한다. 주름조개풀 잎은 죽순에서 막나온 대나무 작은 잎을 닮았다.

냇가와 교차되는 지하 관계용수로에서 겨울 농한기에 물을 퍼내 붕어 등 민물고기 잡는 것을 본적이 있다.

문행기는 흥미 있는 기억공간이었다. 냇가물이 줄어들면 냇가는 번덕지(넓은 평지)가 되어서 소 풀어 놓고 낫치기를 했다. 망태기에 든 베어놓은 풀을 꺼내어 한줌씩 걸고 낫을 던져 그어놓은 선에 제일 가깝게 간 사람이 가져간다. 이때 이겨 가져가는 것을 따먹는다고 말한다. 재미에 흠뻑 빠졌던 놀이였다.

문행기에서 냇가를 거슬러 올라가면 가로지르는 신작로와 맞닿는다. 신작로 아래는 큰둠벙이 있는데 한여름에도 물에 들어가면 5분을 견디기 어려울 정도로 물이 차고 맑다. 문들부락 쪽으로 넘어가는 데가 돌국이고, 왕골 냇가 물을 굽이돌게 막는 다복솔로 덮인 산이 가메바우산이다. 산 모양이 마치 가마가 하나있는 곱슬머리 두상 같다. 그 산 아래서 신작로까지는 모두 계단식 논이다.

　계단식 논은 논둑이 커서 풀베기가 좋다. 그런데 몇 군데 논둑은 아무나 풀을 베어 갈 수 없다. 흰 깃발이나 붉은 깃발이 지킨다. 논둑에 꽂아 놓은 깃발은 주인의 눈이고 영역 표시며 못 베게 한 경고다. 특히 빨간 깃발은 더 무섭다. 레드 헤링은 논리상 오류에 빠지도록 만드는 것으로 붉은 청어를 말한다. 청어를 훈제하면 빨간색이 되는데 이때 나는 독한 냄새에 사냥개의 후각이 교란된다. 시선을 흔드는 빨강, 논둑을 지키는 것으로 시선을 압도하는 붉은 깃발의 의미가 레드 헤링이다.

　나는 문행기에 가서 물이 내려오는 것을 보고 온 날, 늦은 저녁밥을 먹고 한참 있다가 논길에 깔려있는 달빛을 밟고 논으로 향했다. 물이 내려오면 댈 수 있을까 해서다. 강제출이 물꼬 앞에 나와 있었다.

　"아재 안 주무시고 나오셨네요"

　물 내려 올까봐 나왔는디 물이 안 보인다.

　"가뭄이 길어질 것 같네요"

　"그러게."

　"혹시 우리 할아버지가 돌아가실 때 기억나신가요"

　불쑥 내빈 말에 수정이 아버지는 뜸을 들이는지 생각을 하는지 조금 있다가 말을 이었다.

"기억이 안 나네. 아마 내가 너무 어렸을 때 였으니까 알겠는가."

더 이상 할아버지 사망에 대해 묻는 것이 소용이 없다는 생각에 입을 닫고 집으로 향했다. 돌아오는 논둑길에 비친 달빛이 서걱거린 눈가루마냥 미끄러웠는지 다리가 휘청거린다. 아마 어둠 때문에 발을 헛디뎌 그랬을 것이다.

두 달여 만에 아버지가 할머니와 함께 돌아 오셨다. 내 질환은 6개월 만에 완치 판정을 받았다. 나는 곧바로 군복무를 대신하는 전경대에 지원을 했다. 지원한지 3개월 후로 입대날짜가 잡혔다. 부모님께 입대사실을 말한 것이 수정이 집에까지 퍼졌다.

"재민이 오빠 전경대 입대한다는 소식 들었는데 입대할 때 내가 따라가면 안 돼요?"

"훈련소로 가는데 뭘 따라와."

"오빠 그러면 다음에 면회 갈 테니 편지해줘."

"면회 어떻게 되는지 알 수 없잖아."

나는 퉁명스럽게 거부하고 대답도 반절 씹었다. 집에 내려와 있으면서 몸이 아프기도 했지만 수정이 가족과 마주칠 때마다 주입된 아버지의 감정이 내 속에서 충돌을 했다. 충돌로 인한 잔해는 쌓여서 폐기물로 작용해 마음속에 생채기를 냈다. 수정이가 잔용일과 가까워 보인 것들이 수정이를 대하는 내 행동 질서를 바꿔버렸다.

수정이가 애교를 부리는 행동까지 보리모가지가 익으면서 찌르는 까락 돌기라는 생각으로 바꾼 것을 떨칠 수가 없다. 시골집에 내려와서 내 생각이 완전 바뀐 것이다.

사람이 만든 정보의 가속도

잔용일은 결혼한 처가에 의존을 많이 하고 산다. 그가 아는 가까운 친인척이래야 고작 처가다. 큰처형 댁 조카는 이모인 잔용일의 처와 통하는 부분이 있다. 컴퓨터와 모바일부분에서다. 그러다 보니 잔용일과도 대면 기회가 잦다. 조카는 컴퓨터 프로그래머다. 요즘 개발 완성단계에 이른 것이 있다. 육성을 인식시켜 문자로 전환한 것에 AI(지능정보기술)와 접목시켜 텍스트를 만든다. 음성인식과 답변정보조합은 진즉 상용화 되었다. 그 보다 한 차원 높인 완성된 텍스트 합성이 목표다.

앞으로 많은 사람들이 자기 일생을 기록하고 싶어 할 것에 맞춰 개발했다. 더 나아가서 육성으로 완전한 소설도 쓰고 시나리오도 만든다는 계획이다. 언어의 의미파악을 통해 인간과 기계가 지식을 소통하는 기술이다.

나무가 원줄기에서 뻗은 큰 가지를 거쳐 잔가지로 이어진 것처럼, 문장 트리를 구성하고 최적의 경로를 예측하는 단어 트리를 이용하여 또 다음 단어를 예측하여 선정한다. 계속 이어서 유리한 문장을 찾는 방법이다. 플레이어에서 가장 유리한 단어 선택을 유도하여 탐색하는데 알고리즘(한정된 규칙을 적용함으로써 문제를 해결하는 것)을 사용한다. 문장의 방법수는 신문, 소설, 논문, 시나리오, 인터넷정보 등에서 정보 공유시스템을 연결하여 등록된 것 중에 같거나 유사한 문장을 추적한다. 구사한 육성 단어와 같으면서 정보 중에 중복빈도가 높은 순위에 따라 선택문장의 우선순위를 정하도록 프로그램이 설정돼있다. 중복빈도 순위를 중간순위 등 마음대로 순위를 설정할 수도 있다. 낯설게 텍스트를 만들려면 중복빈도를 하위로 설정하면 된다.

문장을 바꾸고자할 때는 유사단어 변환장치를 통해 다른 문장으로 변환탐색이 가능하다. 이럴 경우 상당부분에서 저작권법 침해가 해소된다. 현행 저작권법에 "공표된 저작물을 영리를 목적으로 하지 아니하고 개인적으로 이용하거나 가정 및 이에 준하는 한정된 범위 안에서 이용하는 경우에는 이용자가 이를 복제할 수 있다". 개인사박물관, 가족사박물관이 많아질 것에 맞춰 이런 곳 전시물 중 자서전에는 저작권법적용 예외 판례도 나왔다.

문장의 확장장치를 통해 스토리의 길이를 정할 수 있다. 컴퓨터 프로그램을 모바일 웹에 적용시키면 핸드폰으로도 손쉽게 문자나 육성으로 호환이 되게 한 것이 이후 개발단계다.

잔용일은 쳐 조카가 내민 마이크에 대고 지난 과거를 생각나는 대로 말한다. 끝이라는 말에 조카는 프로그램 메뉴 중에 자서전을 클릭한다. 유사단어 변환장치에 하급을 클릭한 다음에 원고지 분량으로 55매를 타이핑 후 엔터를 친다. 문자화된 자서전이 순식간에 전개된다. 파일메뉴에서 인쇄도구에 클릭한다.

[나는 창성을 했네. 어려서는 몰랐으나 커서 알았네. 친구들이 술을 먹을 때 내게는 손을 벌리라며 술을 따라 주겠다하면서 너는 잔이 아니냐고 우스갯소리를 하기도 했어. 한참 거칠게 놀 때 술께나 마셨지. 내 밑에 있는 쫄따구들이 형님 형님 했네. 갖다 준 돈다발을 자주 만졌으니까. 헤헤. 꿈같은 얘기네. 내 펀치가 쌔서 그런 건 아니고 술잔으로 통하는 나한테 맞으면 안 나가떨어진 놈이 없었다니까. 방심하게 해놓고 급소를 치는 거지. 아무리 센 술꾼도 술잔한테 꼬꾸라진 것이나 같지 뭐. 세상은 멍청한 쪼다들이 많네. 나도 사실 싸울 때 무서웠다네. 키가 큰 편이지만 키로 싸운 건가 뭐. 키는 농구할 때나 좋지. 운동으로 이두박근 삼두박근 키운 놈들 만나면 사실 겁이 났네. 내가 고아로 자라면서 기댈 곳이 없어 키운 깡이지 뭐겠어. 그냥 깡다구로 버틴 거지.

그건 그렇고 내가 어렸을 때가 궁금했는데 차츰 알게 된 것이 있네. 내 출생 비밀이었네. 어머니가 있는 경우 보통 모자원에 맡긴다 하데. 그렇다면 내가 모자원에서 자란 것은 어머니가 어딘가에 계신다는 것이 아닌가. 커서는 조금씩 알게 되었지만. 나는 창성을 해서 잔이라는 성을 얻었네. 아마 모자원 원장이 정한 것으로 알고 있네. 내가 어려서 모자원에 있는 텃밭에서 놀기를 좋아했다하데. 잡초를 알아서 잘 뽑았다는 말을 들었네. 잡초뿐만 아니라 무당벌레 등 벌레도 잘 잡았다하데.

<무당벌레 한 살이를 보면 성충이 낳는 알은 3-4일 후면 부화한다. 유충인 애벌레 상태로 2주 정도 보내고 나서 번데기가 된다. 우화과정(번데기에서 성충이 되는 것)을 5-7일 보내고 나면 무당벌레 성충상태로 겨울잠과 여름잠을 자면서 2-3개월 살아간다. 작물을 갉아먹어 피해를 주는 시기는 애벌레와 성충기간이다.

봄에 진딧물 피해상황을 관찰해보면 진딧물이 좋아하는 보리수나무에 봄 새순이 나온 후 보리수 꽃이 필 즈음에 진딧물이 침범한다. 이때 겨울잠을 잔 무당벌레 성충은 진딧물이 생길만한 새잎에 알을 낳는다. 알은 작은 노란 좁쌀을 따닥따닥 무더기로 20-30개를 펼쳐 놓은 것같이 보인다.

진딧물이 보리수나무 전체 잎에 퍼지면 부화된 무당벌레 유충이 진딧물을 잡아먹기 시작한다. 성충은 하루에 200개 정도 진딧물을 잡아먹어 약 5일 정도면 보리수나무에 있는 진딧물이 전멸된다. 이후 가까운 천도복숭아나무로 진딧물이 옮겨가고 다시 순식간에 진딧물이 왕성하게 번식하여 전체 잎이 진딧물 공격을 받는다. 이미 천도복숭아나무에도 예견된 듯 무당벌레가 알을 낳아두어 진딧물이 왕성하게 퍼져있을 때 무당벌레유충과 우화과정을 보리수나무에서 보낸 성충이 날아와 진딧물을 포획하기 시작한다. 천도복숭아나무도

5일 정도면 무당벌레유충과 성충에 의해 진딧물이 전멸된다.

이후 고추나무 잎이 무성해지기 시작하면서 첫째 방아다리에 꽃이 피고 고추가 맺히면서 고추나무에도 진딧물이 번지기 시작한다. 중부지방에서는 이식 시기에 따라 약간의 차이는 있겠지만 6월 15일 경에 나무에 따라 30%정도 침범한다. 이때 첫째 방아다리 아래 모종 잎에 있던 무당벌레 알이 부화되어 애벌레가 등장하고, 천도복숭아나무에서 날아든 성충이 합세하여 진딧물을 잡아먹는다.

28점무당벌레는 식식성으로 가지나무 잎이나 가지를 갉아먹어 피해를 주고 토마토 잎을 좋아한다. 7점무당벌레는 육식성으로 진딧물을 잡아먹는다. 구별은 육식성은 고기를 잘 먹어 성충 등딱지가 번들거리고, 식식성은 고기를 못 먹어 윤기가 안나 까칠해 보인다. 유광과 무광차이다.

알에서 부화된 무당벌레 유충은 진딧물이 없으면 부화가 늦은 동족 알을 먹고, 동족의 애벌레까지도 잡아먹어 강자가 살아남아 먹이사슬을 적절하게 조절한다. 자연적인 개체조절과 종의 생존을 위해 동종끼리 먹히고 먹는 생존전략이 돋보인다.>

중학생 때는 춤추는 것을 좋아했네. 그때 한참 고고 춤이 유행했지. 춤이랄 것이 뭐있겠나. 그냥 흔들면 춤이지. 허튼춤이나 힐링덜렁춤도 그런 맥락이지 않을까.

<힐링덜렁춤이란 사람이 흥겨울 때 나타나는 행동가운데 몸동작은 어떨까? 모둠발로 뛴다거나 만세 부를 때 두 손을 치켜 올리는 것 같이 단순한 동작으로 나타난다. 이런 동작은 '일정한 형식이나

정해진 순서 없이 자기 멋을 넣어 자유로이 추는 흐트러지고 즉흥적인 허튼춤'과 형식이 비슷하며 흥이 춤의 주체인 흥풀이춤과 느낌이 가깝다. 다만 신체 끝 부위의 힘을 뺀 상태로 추는 것이 특징이며 흥이 날 때 하는 몸동작을 이어서 흥을 돋우며 추는 춤이 힐링덜렁춤이다.

힐링덜렁춤은 몸을 풀듯이 가볍게 시작하여 동작을 점진적으로 넓게 고조시켜 스트레칭효과를 얻으면서 유산소운동이 되게 하다가 작은 동작으로 갈무리하여 담듯이 마무리한다. 짧은 시간에 불규칙하면서도 자연스럽고, 흥겨운 춤동작을 통해 기분을 유쾌하게 하여 스트레스를 해소시킨다. 아울러 몸 전체 근육을 움직여 신체기능을 활성화시키고, 유산소운동으로 다이어트 효과를 얻는다. 이런 춤은 정신적 즐거움을 얻고, 육체적으로 건강하게 하여 행복을 추구하는 치유의 춤이다.

힐링덜렁춤의 정신은 자유정신에 바탕을 두고 있다. 전체적인 약·강·약 이라는 큰 틀 안에서 힘을 넣고 뺄 때 조임과 풀림의 느슨함이 있을 뿐, 몸동작의 세부적인 방법을 규정하지 않는다. 자유로우며 흐트러진 동작에서 그냥 쉬울 것 같다는 편안함을 느끼며 절제된 자유를 실현하고자 했다.

힐링덜렁춤은 자애정신을 깔고 있다. 그래서 허튼춤에서도 있는 기본적인 춤의 멋을 여기서는 전혀 염두에 두지 않았다. 남의 눈을 의식하지 않고 추면서 얻는 행위자의 즐거움, 그 행동 속에 자신의 건강을 실현하고자 적극적인 자애를 실천하는 행위자 중심의 춤이다.

희망정신 또한 포함한다. 건강하고자하여 춤을 추는 행위는 몸과 마음을 튼튼하게 하려는 치유의 실천이다. 이는 곧 자기 삶의 질을 향상시켜 행복하려는 희망정신의 발로인 것이다.

힐링덜렁춤의 효과는 자기주도하에 이루어지는 불규칙하면서도 자연스런 춤동작을 통해 스트레스가 풀리면서 기분이 좋아져 엔도르핀 같은 뇌 호르몬 분비를 촉진시킨다. 이로 인해 면역력이 상승되어 치유효과가 크다. 뱃살이나 목뒤 살이 찐 것은 상대적으로 어떤 신체 부위가 비대해 진다는 것으로 문제된 신체부위 운동이 덜되었기 때문이다. 전신을 움직이는 유산소운동은 심폐기능을 상승시킬 뿐만 아니라 칼로리 소모량을 높여 다이어트효과가 크다. 춤 동작 중에 자연스런 심호흡과 동시에 흔들면서 추는 춤은 몸 전체 근육을 움직이기 때문에 체내 혈액순환이 잘되어 피부가 젊어진다. 춤 운동으로 인해 지방이 근육으로 바뀌면서 몸매가 살아나 자신감이 생겨 삶의 활력을 얻게 된다. 덜렁거림으로 긴장이 풀리고 근육과 골격을 이완시키면 마음과 육신이 이탈되어 느슨해지면서 마음까지 안정된다.

신체 끝 부위에 힘이 가서 분산되는 소모적인 힘 사용을 억제하고, 손발 끝 힘을 빼서 힘의 중심을 5장6부가 있는 인체중심부에 집중시킴으로 인해 원기를 강화한다. 생동감 있게 전신을 움직이는 춤 동작은 몸 전체 관절과 근육을 움직이게 하여 신체 유연성을 길러주고 관절의 퇴화를 방지한다. 비용도, 넓은 공간도, 운동하려고 오가며 버리는 시간도 필요 없다. 오직 당신의 도전적인 행동만이 필요할 뿐이다. 당신에게 갇혀 있던 생각의 변화는 행복을 얻는 도전의 기회가 될 것이다.

힐링 덜렁춤을 추는 요령을 보자.

인체가 필요한 대기 속에 존재한 산소는 20.9%로 자연에서 얻을 수 있는 기운이 내 몸 속으로 빨려 들어오도록 마음을 비워라. 몸의 힘을 모두 빼서 인체에 있는 모든 기문(氣門)의 빗장을 풀어 연다. 특히 신체의 끝 부위의 힘은 완전히 뺀다. 심장에서 먼 쪽부터 운동을 시작한다. 양발뒤꿈치는 바닥에 대고 다리와 양팔 그리고 목의 힘을 빼고서 허리에 힘이 안 들어간 상태로 골반부위를 전후좌우로 불규칙하게 약간 흔든다. 가벼운 어깨춤 동작에서 춤사위를 시작하여 큰 동작으로 점차 확대해 간다. 동작을 키우면서 속도를 내어 운동량을 증가시키는데 발뒤꿈치를 든 상태로 한쪽다리를 들고 양팔이 머리위로 올라가거나 팔이 머리 위와 아래로 오르내리는 동작까지 하면 운동량이 최고조에 이른다. 양다리를 번갈아 들고 허리를 전후좌우로 자연스럽게 움직여 춤을 춘다. 동작반경의 폭과 속도를 조절하여 몸이 무리하지 않게 한다. 운동량이 올라갈 때는 자연스럽게 심호흡을 하게 되는데 산소(자연의 새 기운)가 빨려 들어와 몸속에 채워지고, 몸속의 노폐물인 이산화탄소는 몸 밖으로 배출되는 순환호흡작용이 활발해 진다. 반복동작과 불규칙한 춤동작을 몸 가는 대로 생각의 통제 없이 이뤄지게 한다.

마무리단계에서는 국민체조에서 숨쉬기운동으로 마무리하듯이 가볍고 작은 춤 동작으로 몸에 들어온 자연의 기운을 갈무리하고 정리한다. 낙천적인 각설이타령 같은 노래를 흥얼거리면서 추면 치유의 효과가 극대 된다.

운동복은 긴팔과 긴 바지 면제품을 착용하고, 하루1-3회, 한번에 5-20분하면 된다. 작은 공간에서 혼자서하는 것도 좋으나 여럿이 어울려 추면 치유력이 서로에게 전이되어 상승효과를 볼 수 있다. 남녀 젊은 층에도 좋지만 특히 40세 이상의 남녀에게는 꼭 권하고 싶은 치유의 춤이다.>

내가 철거 관련하여 소요를 막으려 다닐 때 이런 일이 있었네. 어떻게 보면 보람 있는 일이었지. 정부 기관에서는 해안 불법시설물을 철거 하려하자, 해변에서 가건물을 짓고 무허가 음식점을 하는 측하고 붙었네. 내가 경기 쪽에 있을 때니까 10년은 안된 일이구만. 처음에는 철거를 당하려는 측에서 도움을 요청해왔네. 항시 비용이 관건이었네. 돈말일세. 결국 철거하려는 관공서 측 안전업무용역을 맡게 되었네. 그런데 불법시설을 하고서 불법영업을 하는 사람들에 비해 이를 반대하여 철거를 바라는 주민측이 더 많았네. 그러나 불법영업을 하고 있는 측 목소리는 크다 못해 마이크가 갈라질 정도였지. 시간이 지나면서 양쪽 다 지쳐서인지 싸움이 느슨해졌네. 싸움을 말렸네. 마무리가 길어져 좀 쉬려고 차로 갔네. 땅바닥에 나뒹구는 전단지를 차에서 앉아 읽어 봤더니 이러데. 자연경관복원 및 탐방길 조성 호소문으로 시작되는 제목은 기억되네.

<자연경관복원 및 탐방길 조성 관련 질의.

숲과 더불어 행복한 복지국가를 위해 전력을 쏟으시는 귀 한큰숲 청장님을 위시하여 귀 청 공직자분들의 노고가 많으십니다. 서변구 노을동 107임 번지(이하 7번지라 칭함)와 같은 동 108임(이하 8번지라 칭함) 번지가 소재한 곳은 인접한 세계적인 미항 등 관광 인프라가 구축된 이점을 살려 신복합리조트 등 관광산업의 메카로 떠오르는 지역입니다. 아울러 이곳은 수도권 및 전국으로부터 관광객이 운집하는 나들인해변관광지 중심에 위치합니다. 정부의 관광서비스산업 증진정책의 초점인 노을동은 바다와 어우러지는 사빈과 해안산림 등 자연적 관광자원의 가치가 더욱 중요한 지역입니다.

나들인해변의 중심인 7, 8번지는 해변경관이 수려하여 국민관광지로 공공가치가 지속되도록 국유지로서 자연경관복원이 절실합니다. 귀 청의 주장대로 산림경영 및 효율적 경영관리에 부적합하다면, 사빈이 있는 8번지는 관리주체가 서변구로 변경되도록 매각, 교환을 하여 관광자원으로서 공공가치가 지속되는 공유지로 계속 남기를 간절히 요청합니다.

개발목적의 사유지화는 개발자에 의해 나들인해변의 중심부를 파헤치는 수순은 당연할 것이고, 결과는 수변경관이 상실될 뿐만 아니라 해변접근이 어려워질 것입니다. 이로 인해 배후지에서 펜션과 음식점을 하고 있는 대다수 주민들은 관광객 감소로 생계에 위협을 받음과 동시에 해수면 조망권이 시설물에 의해 침해될 것입니다. 그러므로 7번지는 자연림과 인공림 소나무가 군락을 이루고, 규모에 관계없이 수려한 해변경관을 소나무 숲이 살리고 있어 지속적으로 귀 청이 관리권을 행사해 주시길 간청합니다, 8번지는 국민관광지로 공공가치가 지속되게 방치된 시설물은 정비해줄 것을 간곡히 소원합니다.

사유지를 매입하여 공원화시키고 있는 대다수 지자체가 환경복지에 힘쓰고 있어 미래지향적입니다. 이와 다르게 시류를 거스르는 귀 청장님의 의식에 대해 의문을 제기할 수밖에 없습니다. 이해가 될 수 없는 사유지화의 개발은 공직자로서 이름이 지금뿐만 아니라 후대에 자연환경의 파괴자로 남아 돌 팔매질을 맞기에 충분합니다.

덧붙여 관광인프라 확충차원에서 서변구 노을동 산60부터 같은 동 산70번지까지 해안선을 따라 목책 탐방길 시설을 지자체가 진행할 수 있도록 귀 청장님께서 협조해주시길 재촉구 드립니다. 산60과 같은 산70번지에 산재한 아름다운 바위 등 현황을 보면 탐방길이 필요한 이유가 설명되고도 남으리라 생각합니다.

아울러 귀 청장님께 확인이 필요한 다음의 몇 가지 사항을 질의하오니 귀 청장님께서는 빠른 기간 내에 명료하고 책임 있는 성실한 답변을 해주시기 바랍니다. 8번지는 귀 청의 주장대로 불요존 국유림으로 보고, 매각 및 교환제도에 의해 지자체에서 매입, 교환을 하도록 당 위원회 및 지역주민들은 해당 지자체에 적극 권유할 것입니다. 현재 뿐만 아니라 미래 관광자원으로서 공공가치 보존을 위하고, 지역주민과 수도권 거주자 및 온 국민이 관광하고 있는 현실을 귀 청장님은 외면하고 있습니다.

사유지화로 파헤쳐야한다는 귀 청장님의 편견과 아집을 탓하기에 앞서, 귀 청 홈페이지의 청장님 인사말에 "숲을 활력 있는 일터, 쉼터, 삶터로 재창조할 수 있도록 최선의 노력을 다하고 있습니다"라는 말은 쉼터를 파헤치고자하는 귀 청장님의 진행상황과 너무 괴리가 큽니다.

귀 청장님께서 굳지 사유지화를 목표로 공개매각 하겠다는 진정한 이유와 목적을 지역 주민뿐만 아니라 대한민국 국민들이 납득할 수 있도록 상세한 답변을 요청합니다.

이에 대한 귀 청의 답변이 변명에 불과할 경우 풍문에 떠도는 개발자를 염두에 두고, 귀 청장님과 개발자가 밀약에 의해 진행되는 것이라고 볼 수밖에 없습니다. 국민의 휴식처를 빼앗아 어떤 특정 매각 낙찰자에게 천혜의 자연자원을 넘겨주는 특혜인 것입니다.

이것은 수도권 개발업자들 사이에 떠도는 거의 아는 소문으로 특히 서변구청장의 지인들이 흘리고 있습니다. 청원과 탄원을 받고도 일고의 검토 가치가 없다는 불통으로 일관하면서, 소통하고자하는 관할지역 주민들의 의견을 근원적으로 차단하려는 의도에 대해 정말 궁금합니다.

나무의 녹색을 사랑하여 맑은 감정을 가지고 있을 거라는 보통의 기대에 걸맞게 한 지역의 숲을 책임지는 청장님이란 인식과 다르게 계속적으로 사유지화 공매를 주장한다면 저희는 하나의 길을 선택할 것입니다. 그 길은 모든 방법을 동원하고 찾아서 청장님의 갇힌 사고의 틀을 깨는 수고가 따를 수밖에 없습니다. 귀 청장님께서는 공직자로서 언론이나 법정에서 특혜 문제로 오르내리지 않길 바랍니다. 풍문에서 이미 떠돌 듯이 이런 일에 비밀이 존재하기 힘듭니다.

국유재산법 제3조(국유재산 관리, 처분의 기본원칙) 1항 '국가전체의 이익에 부합되도록 할 것'과 동 3항'공공가치와 활용가치를 고려할 것'에서 보면, 전기 1항을 볼 때 7, 8번지가 세계적 관광산업을 지향하는 미항과 신복합리조트의 중간 지점입니다. 이 지점은 관광산업의 활성화에 기여할 수 있는 중심 관광지로 관광수익창출에 의한 국가전체의 이익과 맞아 떨어집니다. 동법 3항으로 볼 때 공공가치와 관광인프라 구축이라는 공공적인 관광수익에 대한 활용가치가 충분한 지역임에 의심의 여지가 없습니다. '국유림의 경영 및 관리에 관한 법률' 제3조(국유림경영관리의 기본원칙)1항 '지역사회의 발전을 고려한 국가 전체의 이익 도모'에 명문화 되어 있습니다.

이에 맞춰 지역사회의 발전과 직결되는 관광지로서 공공가치를 지속 유지시키는 길이 있는데도, 굽힘없이 사유지화라는 매각을 주장하는 것은 펜션과 음식점이 주업인 주민의 생계에 공직자로서 기여는커녕 지역민을 죽이는 행위입니다.

국토해양부 고시 제2010호 '서해안권 발전종합계획 결정'(첨부 고시자료 참고)에 7, 8번지는 적용지역 범위에 해당합니다. '글로벌 해양 생태, 문호 관광벨트 조성'에 보면 "갯벌, 철새 등 생태자원을 활용하여 자연환경 보전과 생태관광을 연계" 하라했습니다. 그런데 귀 청장님의 사유지화 자연파괴개발주장은 자연환경 보전은 염두에도 없다는 판단을 하게 됩니다.

또한 정부의 청년일자리 창출을 위해 서비스산업정책에 일조하고 세계적 관광시설인 신복합리조트건설을 위한 자연관광자원의 활용으로 자연과 인공의 병행 시너지효과를 추구해야하는 것은 너무도 당연합니다. 자연경관보존과 수도권 시민뿐만 아니라 전국적 더해서 세계적 관광자원을 말살시키려고 반대로 가는 귀 청장님의 산림경영마인드는 지역사회와 국가발전에 해악행위입니다. 국민관광자원을 사유화시키려는 공직자행동에 대해 성실의무준수를 다하고 있는지 의구심을 갖기에 충분합니다.

귀 청장실에서 중책회의를 할 때 차나 마시는 말 못하는 붕어 같은 참모들의 꼴이 눈에 선하며 오너의 그릇된 사고를 일깨워 주는 진정한 참모가 거기에는 단 한명도 없을 거라 여겨져 안타깝습니다. 환경과 공익 그리고 관광자원활용에 대한 한권의 책도, 한마디의 지식도 접하지 못한 것 같은 그 곳 청사의 구성원들이 아닌가하는 의구심을 갖게 합니다. 아니면 의도적으로 우리는 환경도 공익도 관광자원에 대해서도 모른다는 식은 밀약을 지키기 위해 불통을 보이는 것인지 속내를 알 수 없습니다.

누누이 강조했지만 이와 같은 점에서 7, 8번지는 당연히 국유지로 지속되어야 마땅합니다. 나들인해변관광지의 중심축에 위치한 7, 8번지의 국유지를 공개매각으로 사유지화 될 경우 국민의 휴식처인 사구와 해송이 있는 천혜의 자연관광자원이 파헤쳐 질 것은 불 보듯 뻔합니다. 해변경관지역의 개발자에게는 주변 자연적관광지원의 사유화로 획기적인 이익이 따르는 반면, 국민이 누리는 휴식처이고 관광지로서 공공가치는 상실될 수밖에 없습니다. 그래서 개발자는 군침을 흘리며 안달을 하고 수단과 방법을 총동원하게 됩니다. 금품, 인맥, 억압 등을 가리지 않을 것입니다. 공직자로서 당연히 외면해야할 것들입니다. 사유지화 매각결정자는 불 보듯 뻔한 예견된 피해에 대해 이 지역주민들의 원망과 한숨을 감내해야하고, 피해자의 가족들 생계까지 책임져야 할 문제입니다.

귀 청에서 발송한 '청원서에 따른 회신'에서 "국유림경영자문위원회 위원장이 공개처분결정권을 가진 것은 아닙니다"라는 내용으로 볼 때 현재의 7, 8번지를 사유지화로 공개매각결정의 실질 책임자가 누구인지 알 수 없습니다. 해당 국유지의 공개처분결정을 한 실제 총 책임자의 실명 및 직책과 인적사항을 최대한 밝혀 주시기 바랍니다. 손해배상 및 행정소송, 행정심판, 언론보도자료, 국민권익위원회 대상자 지목, 국민신문고 대상자 지목, 집회시위 장소선정, 플래카드 대상자 지목, 환경연합 등 연관 사회단체 통보 등에 정확하고 명료한 대상자를 정해야만 상당성으로 인해 당 위원회 또한 자유로울 수 있기 때문입니다. 중간간부급에서 전결로 처리할 문제는 아니지만 혹여나 희생양으로 삼아 청장님의 책임회피가 있어서는 안 될 것입니다.

7번지는 수십 년 수령의 자연림 소나무군락과 20년 정도의 인공림 수나무군락이 해변경관 숲을 형성하고 있습니다. 이런 해안림을 보존의 가치가 없다는 답변을 어떻게 이해해야 할까요 더군다나 숲을 가꾸는 지역책임자로서 엇나간 의식에게 욕을 퍼붓고 싶을 지경입니다. 귀 예하부처에서 보낸 회신내용에 비춰볼 때 "불법무단점유 및 시설물 설치"가 매각의 이유라 했습니다. 당 위원회는 7, 8번지의 배후면 전체 대지 소유자 및 배후지 지역주민으로서 해당 국유지를 불법무단점유하거나 시설물을 설치한 사실이 전혀 없을뿐더러 해당 국유지가 깨끗해지기를 바라던 사람들입니다. 귀 청에서 무단 불법점유시설물을 이용해 변상금으로 배를 채우다가 이제 와서 몽땅 팔아 챙기겠다는 심사는 귀 기관이 정당한 정부기관인지 투기단체인지 의구심이 갈 정도입니다. 10년 동안 7, 8번지에 변상금 받은 금액과 점유면적 현황에 대해 조만간 행정정보 공개요청을 할 것인데 투명한 답변자료 나 준비해 두시길 바랍니다.

물리적 행정대집행법이 있는데 책임이나 회피하려고 불법시설물에 대해 변상금을 부과하는 것은 상업시설로 이득금이 많다면 변상금 부과는 불법시설물 방지에 실효성이 없습니다. 변상금 부과 같은 미온적 조치는 복지부동으로 '공무원 징계령 시행규칙'에 저촉되지 않을 까요? 곪아진 불법시설물 문제에 대해 매스컴에서 대대적으로 보도하니까 시늉을 하는 귀 청의 꼴이 꼬리에 불붙은 쥐꼬리 코미디가 따로 없습니다.

귀 청에 7, 8번지의 방치시설물 정비요청 민원이 최근 10년 동안 접수된 것과 조치결과를 조만간 행정정보공개요청 할 것이니 단 하나도 빠뜨리거나 숨기지 말고 챙기셨다가 이 또한 즉시 회답이 되도록 대비 바랍니다. 숲의 규모가 작으니 존치가치가 없다는 식은 잡석과 옥의 가치를 크기만 보겠다는 귀 청의 잣대로 모르쇠식의 현실성 없는 억지로 받아줄 수 없음을 밝힙니다. 지역주민이 사구와 사빈복원에 맞게 모래포집이 가능한 소나무를 식목하려는 자발적 행사를 계획하고 있습니다. 귀 청에서 식수목 공급 등 적극적인 지원을 희망합니다.

귀 청의 '재 청원서에 따른 회신'에서 "서변구청에 토지사용 계획이 있는지 협의 한 바, "구청으로부터 별도의 사용계획이 없으며, 토지 매각에 대한 별도의 제한사항 없음'으로 회신되었습니다"라고 국유재산 관리권한 변경요청에 대해 답변하였습니다. 구청과 협의한 시기와 협의 요청하게 된 이유 그리고 협의내용을 상세하고 납득이 가도록 밝혀주시기 바랍니다. 예견컨대 공매절차에도 큰숲청의 최종 결정과정에서 불법시설물이 있다는 이유로 보완 조치라는 것 때문에 귀 청이 수 년 동안 방치하고 정비요청 민원을 묵살하다가 이제 시행한 것이 사실입니다. 당시의 사정이 귀 청의 답변에서 말한 바 와같이 "불법시설물방치 문제" 때문에 구청에서도 사용할 수 있는 상황이 아니고 당연히 공매 또한 불법무단점유시설물이 문제되어 큰숲청의 보완요청이 있듯이 공유지로 매각, 교환도 불법무단점유시설물이 문제가 되지 않을 까요? 어떻든 자연경관복원을 즉시 실행해야 할 것입니다.

공유지화는 기초지방자치단체인 구청의 구유지 뿐만 아니라, 시유지도 해당되어 귀 청은 이미 공유지화 사용의사를 경기청에 물어보지 않는 것 또한 행정의 오류입니다. 요식행위를 통해 사유지화 공매진행을 누군가와 짜고 틀어 맞추기 위한 억지가 아닌지 의심을

143

갖기에 충분합니다(풍문의 정당성 반추). 이런 모든 정황이 말해주는 결과는 7, 8번지의 방치시설물을 정비함과 동시에 귀 청은 공유지화의 목표를 가지고, 7, 8번지에 대해 계속적으로 경기청 및 서변구와 협의를 해야 할 것입니다. 협의 시작과 진행상황에 대해 주민의 알 권리를 충족해주시길 바랍니다. 본 건은 우는 아이에게 젖을 주어야만 울음이 그치지 않겠냐는 진리를 귀 청이 잘 알고 있을 것이라는 전제에서 의견을 냅니다.

본 민원사항은 무단 복제되거나 유포되기를 바랍니다. 귀 청의 책임회피성이 아닌 진실 된 빠른 답변을 기대합니다. 귀 청의 무궁한 발전이 국민과 함께 하길 바랍니다. 이 문건은 공론화시킬 것입니다.>

그날 큰 충돌 없이 철거가 이루어졌는데 생각해 봐도 내 패거리들을 잘 이용했던 것이네. 물론 내가 용역을 어느 편에서 할 것인가를 선택도 잘했지만. 그 후에 나들인 해변을 갔더니만 해변둘레길이 잘 돼있네. 평일인데도 둘레길을 찾아오는 사람들이 많데. 내년에 나들인해변에서 물빛축제가 열린다는 플래카드가 해변에 걸려있데. 이 정도에서 끝내겠네.]

잔용일은 생성된 자서전 텍스트를 다 읽고 구술과 정보의 접목에 대해 감탄했다.

용일은 조카가 대견하다고 여긴 듯 아니면 자신을 내세울 수 있다고 생각했는지 자서전으로 명명된 인쇄물을 내게 보여줬다.

읽어본 내용 중에 식식성인 28점무당벌레는 어쩌면 푸른빛이 흐를 것 같다. 육식성인 7점무당벌레는 붉은빛이 감돌아야 맞다. 동족을 잡아먹는 무당벌레는 식식성보다 육식성에서 강하게 나타날 거라는 생각으로 식인종 얘기가 연상되었다. 아버지 말속에 드러난 대로 수정이 집안 생각이 불현듯 끼어들었다.

힐링덜렁춤은 파란색 카펫 위에서 춘다면 힐링이 더 될 거란 느낌이 들었다.

나들인변의 푸른 해송에 대한 애증을 담고 있는 대목이 인상적이었다. 푸른 솔가지 사이를 파고드는 붉은 노을빛이 쪼개져 산란하는 장면을 봤던 어릴 때 경험이 떠올랐다. 고향집 앞 송도 소나무솔가지에 빗살처럼 퍼지는 석양햇살을 한주먹 쥐고 싶었던 어릴 적 몽환이 깨어났다. 나들인해변에 가서 낙조전망대에 올라가 소나무푸른색을 내 눈에 가득 담고 싶다는 생각이 간절해졌다. 조만간에 가볼 요량으로 핸드폰 일정관리를 열어봤다.

숲관리공직자들이 불통으로 향하는 빨강색화살표 앞에 무더기로 서성거리는 모습이 그려졌다.

경찰에 몸담고 있으면서 겉도는 직무의식에 대한 스스로의 부정은 경찰시작동기부터 아니 체질적으로 맞지 않는 옷이었을까. 그래서 용일이가 내민 '자연경관복원' 같은 이런 인쇄물 내용들이 상부지시공문보다도 눈에 더 빨리는 걸까.

나는 뭐 하는 경찰이다

경찰구조는 단순한 것 같으면서도 복잡하다. 마치 혈관의 연결선처럼 심장으로부터 시작된다. 심장은 정부다. 작은 실핏줄이 온몸 하나하나 조직에 다 있듯이 심장과 각 조직은 핏줄로 연결되어있다. 경찰 한 명은 적혈구 하나와 비슷한 역할을 한다. 핏줄이라는 연결통로로 통하는 조직구조다. 이것이 경찰조직의 해부학적 구조다. 섬이나 산간오지까지 정부의 영향력은 경찰조직을 통해 미친다.

나는 일선 신임경찰 경험을 고향에서 시작하게 됐다. 아버지의 권유가 한 몫 하여 경찰 제복을 입었지만 공고를 졸업하고 전공이나 포부를 포기한 상태로 머물렀던 고향이지 않는가. 임명장을 받아 근무지에 도착하자 뼈아픈 감정들이 첫인사를 받는다. 경찰은 법이라는 실탄을 쏘는 소총수다. 법대로 한다지만 법이 잘 들어맞을 때만 있는 것은 아니다. 오발탄도 있고 방아쇠 소리만 나는 빈총을 쏘기도 한다. 빈총 사용기간은 법 실행기간에 앞서 계몽하는 동안인데 이때 걸려도 안 좋다. 법 실행 첫날은 군대용어로 시범케이스에 걸리기 십상이다. 군대생활 때 빈총 맞으면 3년간 재수가 옴 붙었다는 말은 고참들의 입을 통해 쉽게 듣던 얘기다. 자기고향에서 근무하는 경찰은 빈총을 잘못 휘둘러도 말꼬리가 길어져 시끄럽다.

3월 해동기가 되면 오토바이 교통사고 예방대책이 틀림없이 하달된다. 날씨가 풀리면 오토바이족이 늘어나는 것은 전국적인 현상이기 때문이다. 읍내 시장에 나온 고향 동네 이장님도 학교 은사님에게도 예외 없이 붙잡아서 훈방이라는 빈총을 쏴대야 했다. 누구든 재수 없다는 빈총 맞고서 좋아할 리가 없다.

경찰이 항시 힘의 우위에 있는 것만은 아니다. 경찰이 때로는 홍색도 청색도 아닌 퇴색된 회색깃발을 들어 흔든다. 1987년 12월 16일에 가까워질수록 바람은 세어졌다. 황색바람, 샛노란 색깔을 띤 광풍 같은 흐름은 무등산 아래를 감고 돌아 전남 일원을 휘저었다. 내가 근무하는 장흥도 마찬가지였다. 민주정의당에 맞선 평화민주당으로 나온 13대 대통령 김대중 후보가 전남지역에서 87.9%의 득표를 얻었다. 포니픽업과 쎄레스트럭에 휘날리는 평민당원들의 누런 낯빛이 밤에도 자지 않았다. 무리지어 가는 차가 뿜어내는 강한 마이크 음파가 밤에 서릿발을 키웠다. 민정당지도장 집은 밤이면 개가 짖어댔다. 평민당원들의 행패에 참으려다 안 되겠다하여 신고한 지도장은 지서에 들어와 이런 말을 했다.

"키우던 진돗개는 한 마리 있지만 말이요. 어제 대덕장날 불도그나 쎄퍼드 같은 큰개를 사러갔었는 디요. 팔러 나온 개가 없어 살수 없더라고요. 평민당 사람들이 며칠 전부터 대놓고 행패를 부려 법이 있는 나라인지 모르겠어요. 아침에 보면 마루고 마당이고 주먹돌이 뒹굴고 있어 요새 밤만 되면 관산 처가로 가서 자요. 얼른 선거가 끝나야 할 텐데."

힘 빠진 푸념이 섞인 기어들어가는 말로 끝을 흐렸다. 다른 마을 번영회장 집에도 비슷한 사건이 연거푸 발생하여 지서장은 뾰족한 대안이 없어선지 선거가 끝날 때까지 밤에는 집에 있지 마라 얘기하고 돌려보냈다.

해방 이후부터 동란 때까지 한반도에 일어난 좌와 우의 격돌은 프롤레타리아와 부르주아의 청백혼돈이었다. 그 혼돈은 황색깃발에 까지 이어지지 않았나하고 의문을 갖기에 충분했다. 원래 장흥지역은 민주공화당이 장기간 여당이던 시절에 고 길식 씨는 내리 다섯 번을 국회의원에 당선되었다. 민주공화당 사무총장까지 하지 않았던가. 전국 최고의 득표율을 얻어 당선된 것이 지역주의였다면 가능했겠는가? 정치판에 패권주의니 계파주의니 하는 폐단에 정면승부를 건 대연정이나 적폐청산은 황색깃발과 어떤 이해관계가 있을까? 대연정은 계파를 초월한다는 의미인데 얄궂은 정치판에서 실현이 가능할까? 대중들로부터 환심을 사기위한 인기몰이 정치활동인 포퓰리즘은 적폐청산이란 단골메뉴를 마구 끼어 넣어 부풀린다.

나는 황색기가 난무하는 선거운동 방법에 대해 색깔의 의미를 찾지 못했다. 중국 후한 말기에 장각을 우두머리로 해서 봉기한 황건

적이 머리에 쓴 노란수건을 떠올렸다. 고개를 흔들었다. 그냥 보이는 대로 노란색 들꽃을 연상했다.

봄의 문턱을 슬그머니 넘기고 잠깐 쬐는 뙤약볕에도 살갗이 타는 계절이 다가왔다. 바람결에 흔들리는 건지, 데모대 구호 외치는 입김에 흔들리는 건지 무안 땅에 피어난 들꽃이 흔들렸다.

농사란 기후조건이 딱 맞아 풍년이 된 것이 문제가 되기도 한다. 전년 가격이 좋아 너나없이 파종면적을 늘려 잡은 농부의 생각들이 많아서다. 과잉생산 문제는 경찰에까지 파급된다. 이게 경찰이 관여할 일인가하고 푸념이 들 정도지만 오지랖 넓은 경찰업무 범위가 푸념을 못하게 자른다. 80년대 중후반만 해도 생산면적에 대한 집계관리가 전혀 안 되어 농산물생산량 조절대책이 전무하다시피 했다.

농산물은 한정된 소비인구로 인해 특정농산물 생산량이 과다해질 때 수출대책이 없으면 가격이 폭락해져 농민들은 울상이 된다. 배추, 양파, 마늘 등은 한해 가격이 오르면 다음해에는 너도나도 재배면적을 늘리기 때문에 총 재배면적이 초과되기 십상이다. 그러면 가격폭락에 따른 파동으로 이어지게 되고 농민들은 정부에 대책을 세워주라 야단이다.

80년대만 해도 농산물 저온저장시설이 태부족하여 농협에서 과잉생산 된 농산물을 비축하기도 어렵던 때라 농산물 가격파동은 어쩔 수 없었다.

그 시대 사회분위기는 데모하면 이득 생긴다는 공식이 통한 집단이기주의가 팽배했던 때다. 생산, 분배, 소비라는 경제활동 트라이앵글구도가 균형이 일그러지면서 깨진 소리가 나는 격이다.

데모가 대학에서 뿐만 아니라 여러 집단에서 들끓었는데 당시 가톨릭농민회가 농민들을 대변하는 행동조직 역할을 했다. 농민들이 봉기하면 나라가 망한다는 역사적 근거가 있어서 인지 농민들의 집단행동에 대해 위정자들은 촉각을 세워 대비에 고심했다. 경찰이 농산물 재배면적 조절에 관여하여 적정재배면적을 유지하게 하는 것도 농민들 데모 예방 방법이 아니었을까? 나는 경찰서 진압부대에 편성되어 강진에서 가톨릭농민회 결의대회에 이어, 다음 날은 무안읍에서 양파가격파동으로 인근 군 가톨릭농민회원들이 대거 참석할 거라는 첩보로 연거푸 동원되었다. 목포대 학생들까지 가세할거라는 부풀어진 첩보로 인해 진압장비 등 만반의 준비를 한 경찰버스가 무안경찰서 앞에 멈췄다.

오전 10시경인데 벌써 꽹과리, 북소리에다 '나 죽어 이 흙속에 묻히면 그만이지 아 다시 못 올 흘러간 내 청춘…' 데모가가 평소 조용한 읍내를 떠들썩거리게 했다. 여름장마가 막 끝나 후덥지근한데다 완연한 여름인지라 더위가 기승을 부린 날씨였다. 누벼진 낡은 진압복 속에 든 대나무조각이 땀에 젖은 살갗을 쑤시기까지 한다. 진압복에 방석모까지 쓰면 영락없이 이순신 장군 후예가 된다.

그날 데모는 가톨릭농민회에 지역농민들이 가세하여 양파가격폭락에 따른 대책을 정부가 내놓으라는 거였다. 무안군청 마당을 점거

한 시위군중은 300여 명 되어 보였는데 용산삼거리와 무안초등학교 쪽 성동저수지 방향 길에서 삼삼오오 모여들고 있어 시간이 갈수록 시위세력이 커질 것 같다. 아나나 다를까 해가 머리위에 서자 데모 열기까지 더해져 읍내가 달아올랐다. 경찰관이 양파를 심으라고 농민들을 쫓아다닌 것도 아니고, 양파소비를 못하게 누구를 말린 것도 아닌데 잘못했다는 주장을 함빡 들어야 했다. 떼로 모여 소리치면 경찰은 귀를 세우고 있다가 언제든지 어디든 찾아가 일단 막고 보자는 식이다.

교통사고 현장을 볼 때 목소리 큰 한쪽이 잘못이 적은 것처럼 실제와 다르게 비쳐지기 쉽다. 데모도 쏠림현상이랄까. 많이 운집해 목소리를 키우면 주장이 옳은 것처럼 들린다. 1인 시위 가치를 인정하는 성숙한 시위문화가 정착되어 시위에 대한 사회인식이 바뀌는 날이 언젠가 오겠지만 말이다. 경찰이 데모군중 앞에서는 누구나 칠 수 있는 동네북이란 의미가 더 맞다.

빨간 메가폰을 든 선동자가 할 말 못할 말 할 것 없이 막 쏟아낸다. 적당한 강수량으로 인해 양파작황이 좋았던 것은 하늘 탓도 분명 있는데 하늘도 들으란 건지. 차라리 양파 즙을 먹으면 콜레스테롤이 없어진다. 양파를 많이 먹는 중국인들은 심혈관질환이 없다. 이런 홍보로 소비를 촉진시키는 것이 농민들에게 가능성 있는 희망이지 않을까. 진압부대원 1인당 사과탄이 10발씩 배분되어 사과탄 배낭에 방독면을 찬데다 방패까지 들고 있어 그대로 저울에 올라가면 평균체중인데도 족히 100kg은 될 것 같다.

무안군청 앞 4차선도로 일부가 시위로 인해 막혔다. 장흥경찰서 진압부대는 무안천주교회를 배수진삼아 무안군청 남측도로가에 종대대형을 갖추고 있다. 농민, 미제라는 낱말이 들어간 빨강, 노랑 깃발이 대나무장대 끝에 매져 꼿꼿하게 하늘을 찌르고 있다. 그때 전남기동중대 소속 버스 3대가 경력을 싣고 와 지원되었다. 시위인원과 진압인원의 수가 비슷해지고 무안군청 담 밖 쪽은 진압부대가 진을 쳤다. '농민말살 정부를 타도하자'는 선창에 '타도하자 타도하자' 후렴구를 달아가며 데모 양상이 더욱 거칠어져 갔다. 수십 대 경운기에 가득 실은 양파자루를 풀어 놓고 내던져 주먹만큼 한 양파가 진압부대원 쪽으로 휙휙 날라 왔다.

화염병, 돌멩이, 볼트 너트, 달걀, 양파까지 그 시대에 분노는 닥치는 대로 던지는 습성이 있다. 콩을 상위에 펼치고서 고르는 할머니 옆에 앉아 한주먹씩 집어 뿌리면 나는 소리를 좋아하는 아이들이 커서 세 살 버릇 여든까지 간 걸까? 여기에는 확 불어난 베이비부머 세대 집단파워가 젊음과 다변의식으로 인한 돌출된 기현상일 것도 같다. 그것이 아니라면 1982. 3. 27. 동대문운동장에서 불붙기 시작한 프로야구 한국시리즈에서 서울대표 MBC 청룡 대 대구 경상북도 대표 삼성 라이온스 시합이 단초가 되었을 수 있다. 야구가 지역 색을 입고 흥행하면서 승부에 투수역할을 크게 걸었던 영향일까? 특히 전남지역에서 데모는 던지기를 좋아한다. 그 이유 중 해태 타이거즈가 1982년 1월 30일 창단 후 프로야구 세 번째 팀으로 맹활약하여 두각을 나타낸 것과도 상관성이 있을까. 처녀가 아이를 배도 이유가 있다는데 이와 같은 것 중에 짜 맞추기라도 해보고 싶다. 데모대 중에 남자들은 말할 것도 없고, 일부 여자들까지 제법 던진다.

그때 시위대 앞쪽으로 술에 취한 듯 약간 비틀거리며 한말들이 흰 플라스틱 통을 든 30대 후반 남자가 난데없이 등장했다. 그는 경운기 짐칸에 가득 채워진 양파더미위로 올라가 순식간에 통을 들어 배꼽 위에서 멈추더니 담긴 액체를 몸에 부었다. 역겨운 휘발성 냄새가 지열에 데워진 바람을 타고 진압부대를 휘감았다. 진압부대원들은 순간 긴장감이 고조되었다. 돌발적인 행동을 보인 사내는 기름통을 내동댕이치더니 자리에 서서 한 손을 높이 들어 라이터에 불을 켰다. 주변이 웅성거렸다. 모든 시선이 집중된 가운데 그가 손을 아래쪽으로 내리기만하면 펑하고 불이 붙을 수 있는 긴박한 상황이었다.

그때 라이터를 든 사내 가까이 있던 나이 든 한 남자가 신나 뿌린 경운기 위로 올라갔다. 분신을 시도하려는 사내를 끌어 내렸다. 시위는 갈수록 더 험악해 졌다.

무안군청 청사는 민원업무가 중단되고 3개 층 모두 유리 창문을 닫고 출입문은 봉쇄돼 외부인 출입을 차단시켰다. 가톨릭농민회 회원들은 데모기술이 단련된 전대협 대학생들 못지않았다.

메가폰을 든 시위선동자가 바뀌었다. 작달막한 그는 농민들이 못 사는 이유가 전적으로 미국 놈 탓이고, 미국 놈을 쳐부수지 않으면 우리는 같이 죽어야한다며 반미선동을 했다. "미제 앞잡이 정부를 농민들이 까부수자" 등 섬뜩한 구호는 단순한 양파가격폭락에 따른 데모가 아니었다. 시골 읍내란 평소에는 밤12시가 넘으면 세상이 깊게 잠든 느낌이다. 그날은 자정을 넘긴 늦은 시간이 되어서 데모가 끝났다.

한번은 자정이 갓 넘어 잠자리에 들었는데 가톨릭농민회 소속 후배가 술 한 잔 같이 하고 싶다며 전화가 왔다. 첩보꺼리라도 얻을 요량으로 피곤한 발걸음을 스스로 달래며 나갔다. 술집은 문이 닫혀 있어 불빛이 새어나오는 포장마차를 찾아가 마주보고 앉았다. 후배는 광주에서 가톨릭농민회 모임이 있어 참석하고 내려오는 길이라는 거였다. 술이 몇 잔 오갔다. 후배가 어제 참석한 가톨릭농민회 회의에 대한 얘기를 시작했다.

"선배님 카농회의를 어디서 한줄 아요? 광주 무등산에 있는 증심사 아래에서 했소. 자정에 증심사 올라가다 200미터 못 미쳐 오른쪽 오솔길로 빠져 묘비가 여럿 있는 벌안(조상의 묘를 한곳에 모아 조성해 놓은 너른 묘지 뜰)에서 만나자는 전갈이 와 나갔었지라. 모두 복면하고 나올 것과 다른 사람과 동행하지 말라는 거였소. 거참 우리가 무슨 밀사인가. 섬뜩한 말에 등줄기가 서늘해 지더란께라. 오늘 내려오면서 카농활동을 어째야 할 것인지 곰곰이 생각해봤으나 결론을 못 찾았소. 맘이 뒤숭숭하여 형하고 술 한 잔하면서 내가 계속 카농활동을 해야 할지 말아야 할지 묻고 싶었당께라."

나는 잠시 숨을 크게 들이켠 후 말을 받았다.

"카농 주장은 상당부분 현실성이 있는 주장이라고 보네. 자네도 알런지 모르겠지만 탐진의원 원장 보소. 대학2학년생인 아들이 전대협에 가입해 활동하다 장흥교도소에 수감되었네. 아버지 체면도 있고 해서 경찰 측에서 아들이 전대협 활동을 안 하겠다는 각서만 쓰면 내보내겠다는 약속이 있었던가 보데. 아버지가 수감된 아들한테 설득하러 갔다네. 아들 말이 아버지 인생은 아버지 인생이고 내 인생은 내 인생인데 상관 말라고 딱 잘라 말했다하데. 그 말을 듣고 집에 돌아온 원장은 충격으로 쓰러져 그날 저녁에 사망했다하데. 우리도 김일성의 소위 주체사상을 행동이념으로 한 주사파니 뭐니 하며 시끄러운 것도 김정일까지 죽고 나면 어떻게 되겠나. 뻔한 거지. 역사적 웃음거리로 남을 것이고 세월의 흐름 속에서 묻혀 질 걸세. 나는 세상에 낳아준 지 부모 마음을 이해하려고 노력하는 것이 효도라고 보네. 부모를 죽게 한 것 자체가 천륜을 어긴 것 아니겠는가. 우리역사에서도 보소. 아이러니한 것이지만 만주벌판에서 나라위해 싸운 독립군 후손들은 지금 어떤가. 선조들의 이름만큼 드러나지 않는 것을 보면 혈기만으로 세상이 자기 입맛에 맞게 바뀌지 않네. 내생각에는 자네가 카농에서 맡은 중책이 있어 활동을 그만 두기가 쉽지 않을 걸세. 앞으로 농민을 위한 순수한 단체 활동만 하길 바라네.”

둘은 그날 술기운에 속 터놓고 세상얘기며 인생얘기를 한참동안 나눴다.

지금 시위대와 진압부대는 방패라는 벽을 사이에 두고 치열한 기싸움을 하고 있다. 갑자기 시위대에서 날아온 것이 양파가 아닌 돌멩이로 바뀌었다. 내가 속한 진압부대는 양파가 날아 올 때 진즉 방석모를 썼다. 전남기동중대는 전남대, 조선대 과격시위에 익숙해 진터라 이런 농민시위쯤하고 얕잡아 봐서인지 방석모를 아직 안 쓴 상태였다. 느닷없는 돌팔매질에 옆에 있던 기동대원이 방패사이로 날아온 돌멩이에 얼굴이 맞아 피투성이가 됐다. 방독면 착용지시와 함께 사과탄 투척명령이 연거푸 떨어졌다.

작년까지만 해도 평온한 읍내였다는데 요즘 데모구호가 잊을 만하면 이어졌다. 무안군청앞 도로는 순식간에 최루탄 분말로 뿌옇게 되었다. 나는 방독면 틈새로 새 들어온 최루분말에 숨이 턱 막혔다. 시위대가 든 깃발 맨 장대는 금세 죽창으로 변했다. 시위대는 경운기를 몰고 진압부대 쪽으로 몇 번 돌진을 시도 했다. 나는 땀과 눈물이 범벅되어 앞이 잘 안보였다.

그때 어디서 날아온 어른주먹만한 돌멩이가 내 가슴을 치더니 발앞으로 툭 떨어졌다. 순간 비틀했다. 뒤로 물러나 방패에 몸을 숨기고 앉았다. 와 하는 함성에 나는 정신을 가다듬고 일어났다. 피를 본 전남기동대원들은 타고 온 기동대버스로 가서 청 테이프로 감은 쇠파이프를 가져왔다. 시위대를 밀어 붙이는 과정에서 시위대 또한 머리가 깨져 여럿이 피탈바가지를 얼굴이 쓴 것 같아 보였다. 나는 데모에 익숙하지 못해 겁이 난데다 원수지간 전쟁도 아닌데 갑작스런 이런 진행상황이 참기 힘들었다.

정월대보름날이면 내 고향 마을은 건너 농장부락과 언둑에서 만나 돌팔매질을 했던 생각이 났다. 내가 초등학교 3학년쯤 되던 해였던가. 정월대보름날 밤이었다. 그날 밤 우리 부락 여자아이가 구경하다 머리에 짱돌을 맞았다. 그 후 그 아이는 한참동안 된장을 머리에 바르고 다녔다. 불깡통 빙빙 돌리다가 하늘로 던져 하늘까지 불 놓는 순간의 황홀한 기억이 생생하다.

작은북리 가구 수는 농장부락 절반밖에 안된데다가 정미소가 있는 농장부락은 발동개 폐유를 적신 시뻘건 횃불을 앞세우고 덤빈다. 기가 꺾인 작은북리 아이들은 밀리기 십상이었다. 운명의 신은 약자편이 될 때도 있다.

나는 친구들과 등하교 길에서 무전기를 들고 "알았나 오바 알았다 오바" 하고 다니는 전투경찰 아저씨를 졸졸 따라다녔다. 뒤따르며 멋지다느니 총알을 보고 싶다느니 하는 데는 숨은 꾀가 있었다. 칼빈총 탄피를 얻기 위해서다. 결국 탄피 하나씩 얻은 친구들은 뇌관부위를 불에 달궈 제거하고, 나무총모양 위에 철제우산대를 고정시켜 철사와 고무줄을 이용해 탄피뇌관부위를 칠 수 있게 사제 총을 만들었다. 딱총에 쓰는 화약에서 여러 발의 화약을 떼어 탄피 안에 장약으로 넣고 나무로 탄두를 만들어 탄피에 틀어박는다. 뇌관자리에 화약 한발을 넣고 고무줄을 당겨서 놓으면 장약까지 폭발해 총소리가 난다. 나무탄두가 날아가는 거리가 족히 50m가 된다.

사제 총을 만든 그해 정월보름날은 우리 부락 아이들이 신종무기로 무장하고 농장부락 아이들과 대치했다. 4명씩 조를 나눠 1조 사격, 2조 사격하면 조별로 합쳐진 총소리에 농장부락 아이들은 혼비

백산하여 도망갔다. 임진왜란 때 일본군 조총 위력에 활 든 우리 선조의 비통함을 엿볼 수 있었다. 사제총의 위력은 한해 밖에 효과가 없었다. 한번 쏘고 나면 재장전에 시간이 걸리는 맹점이 있었는데 농장부락 아이들이 단점을 알아버렸기 때문이다.

나는 돌팔매질이 무서워 집으로 도망쳐 와 창구멍으로 밖을 내다본 적이 있다. 마을입구 수문통까지 점령한 농장부락 아이들을 보면서 느낀 돌멩이 공포나 진압부대에 날아온 돌멩이는 사나움이 똑같다는 생각.

진압부대원들 피해가 속출되어 선봉에선 데모 적극가담자에 대해 총괄책임자인 무안경찰서장이 주모자 체포명령을 내렸다. 적극적인 진압에 시위대는 한풀 꺾여 대오가 흩어진 데다 체포하려 하자 도망가기 시작했다.

무안군청에서 성동저수지로 가는 논둑길로 마스크를 쓴 선동자와 깃발 맨 장대를 휘두른 2명이 도망갔다. 나는 신임 이 순경과 같이 뒤쫓아 갔다. 이 순경은 방석모와 방독면을 내게 던지다시피 맡기고 앞서 뛰어갔다. 나는 숨이 턱까지 찼다. 한참을 뒤따라 뛰어 가다가 이 순경이 마스크 쓴 데모주동자를 잡고 있는 데에 이르렀다.

이 순경이 전투화발로 마스크 쓴 데모주동자를 걷어찼다. 나는 이 순경을 진정시키고 체포된 자의 마스크를 벗겼다. 아뿔싸, 이런 상황에서 만나다니 그는 카농간부인 후배였다.

작년 여름에 진압부대 훈련하던 날 점심 먹고 쉴 때 이 순경이 광

주 5.18항쟁 당시 겪은 일을 얘기해준 적이 있다. 5월 21일 오후 풍랑이 스친 듯 조용해진 광주 금남로를 경찰 후배는 친구와 둘이서 걸어가고 있었다. 함께 걷던 친구가 도로변에 세워진 트럭 문을 열어보더니 키가 꽂아졌다며 올라타면서 타라고 했다. 친구가 조작하자 정말 차가 움직였다.

30여 미터쯤 갔을까. 총소리가 탕하고 나더니 운전하던 친구가 운전대 위로 꼬꾸라졌다. 차는 은행나무 가로수를 들이받고 멈췄다. 뒷머리에 상처가 보였다. 후배는 친구를 흔들어 보고 반응이 없자 차에서 뛰어 내려 건물사이로 피했다. 후배는 겁이 나서 친구가 있는 차로 곧바로 돌아가지 못했다. 후배 친구는 뚫린 총상에서 솟은 피로 온몸이 적셔졌고, 검붉게 응고된 갈증이 염하는 손끝에서 씻겼다.

경찰 후배인 이 순경이 하는 말은 가슴을 아프게 했다.

흥분된 이 순경의 모습과 광주5.18항쟁 때 산화한 이 순경 친구 주검에 대한 얘기, 그리고 카농 후배가 회의에 갔다 와 술자리에서 한 얘기가 순간 파노라마 되어 머리를 쓸어갔다.

"이 순경 5.18광주항쟁 때 총 맞아 죽은 친구의 주검이 맘속에 걸린다했지 않았던가. 우리가 그때 계엄군과 다르다는 점에서 이 데모꾼 못 본 것으로 치면 좋을 것 같은데…"

이 순경은 바닥에 놓아둔 방독면을 허리에 차고 방석모를 들더니 대꾸도 않고 뛰어 오던 길을 되짚어 터벅터벅 걸어갔다. 동작 속에는 긍정의 여운이 퍼졌다. 여러 감정들이 뒤엉켰다. 힘들게 뛰었던 셋은 저만치 떨어져 있는 오리나무 그늘로 가서 앉았다.

"비길 사항은 아니지만 지난번 포장마차에서 말한 독립운동이니 뭐니 하며 밖으로 떠도는 삶은 가족에게 너무 큰 희생이 따른다는 얘기를 하지 않았던가. 자네 오늘 너무 나선 거 아닌가."

숨을 돌리면서 고향 후배에게 말을 했다.

후배는 대답이 없었다. 그래 먼 훗날 되돌아보면 시위와 관련된 모든 것들이 정월대보름날밤에 불싸움하던 추억 같을 수도 있을 건데. 나는 앞에 앉아있는 후배에게 더할 말도 없고, 말해줄 힘도 빠져 가네라고 한마디 던지고 이 순경 뒤를 밟았다.

색깔의 혼돈은 함께 근무하는 동료 입을 통해서도 듣게 되었다. 내가 신임 때 선배 경찰은 1980년 5월 21일 오후 전남도청 앞에서 겪은 운에 관한 생생한 기억 한 다발을 업무얘기 끝에 꺼냈다.

"지루한 동원근무와 긴장으로 인해 피로가 쌓일 대로 쌓였을 때이네. 눈 좀 붙이려고 다들 아스팔트 바닥에 누워있었네. 동원된 우리 장흥경찰서 경력 옆에는 강진서 진압부대가 역시 누워 쉬고 있었지. 순식간에 버스 한 대가 돌진해 오더니 쉬는 강진 부대를 깔아뭉겼네. 아수라장이 되고 비참했네."

선혈로 범벅되어 금세 붉은 깃발로 변한 속옷은 나부끼지 못한 채 소각로에 던져졌을 거란 생각. 아, 피부를 가르는 파열음이 강진 부대 쪽에서 크게 두 번 퍼졌다고 말을 했다. 선배 말이 만약 돌진한 버스 방향이 자기들 쪽을 향했다면….

운에 대해 말하면서 얘기를 마무리했다.

청보리가 고개를 내밀면 보리밭이 부풀어 오른 것 같이 보인다. 소소한 바람결을 타면 가는 보리모가지는 보이지 않는 바람의 몸부림을 실감나게 보여준다. 청보리가 밭둑에 늦게 핀 불그레한 철쭉과 어울린다. 아무것도 섞지 않아 맑고 깨끗하며 원색에 가까운 색을 순색이라 하고 순색에 가까울수록 채도가 높다고 말한다. 선명한 칸나 꽃 붉은 색과 노랑은 채도가 14로 가장 높은 채도를 가진 순색이다. 5월 청보리가 춤을 추는 밭 또한 채도가 높은 순색의 물결이다.

나는 1980년 5월의 기억을 색에서 뿐만 아니라 소리에서도 생각의 여백을 채울 필요가 있다고 봤다. 두레는 우리나라 논농사 지대에서 마을단위의 성인남자들이 모내기 등 농사를 짓기 위해 서로 협력하려는 공동노동조직이다. 이런 공동체조직 행사 때나 정초나 정월대보름 액막이에도 풍물굿인 농악을 했다. 나는 매구를 친다고 하는 표현에 익숙하다. 1960년대 말까지만 해도 농촌에서 농한기에 무료를 달래기 위해 흥을 돋우는 수단으로 농악이 필요했을 거란 생각이다. 요즘은 김덕수 사물놀이라는 공연문화로 진화해서 흥을 키워 이어오고 있지만.

내가 해안초소에서 듣던 1980년 5월의 풍물소리는 굿판이 벌어진 소리도 흥을 돋우는 소리도 아니었다. 임진왜란과 같이 조선을 치기 위해 진군가에 맞추는 타악기 소리에 반응하여 진돗개가 일본 쪽을 향해 짖었던 귀에 거슬리는 소리와 같았을 거라 짐작된다. 해안초소 뒤쪽 마을에서 들려오는 풍물소리가 귀에 거슬렸다. 당시 화순경찰

161

서가 데모대에게 칼빈 총기를 피탈 당했다며 무기소산계획과 함께 내려온 전언통신문 때문이다.

강진 군부대에 노리쇠뭉치를 소산해도 된다는 전통을 분초책임자인 나는 즉시 이행하지 않았다. 추이를 지켜보고 싶었다. 모든 총기의 공이와 수류탄을 군용 더블백에 넣어 무기고가 아닌 분대장실 침상 아래 깊숙이 감췄다. 방위병을 포함한 모든 병력을 대간첩작전과 동떨어진 후방감시에 전력했다. 초소를 습격해 온다면 초소를 맞대고 있는 청보리 밭을 눈여겨 두고 있다. 청보리가 국방색 더블백을 덮어 숨겨 주리라 생각했다. 청색 사파이어 보석이 믿음, 불변을 상징하듯 청보리 푸름에 믿음을 걸었다.

정신의 가치를 중시 여겨 5.18광주민주화운동이라고 부르기 시작한 것은 1988년에 규정함으로써 이루어졌다. 처음에 이름 붙여진 광주사태란 명칭은 광주에서 일어난 난동 이미지를 내포하고 있다. 이후 광주항쟁으로 불리었는데 이는 맞서 싸운다는 의미로 남용된 권력에 대항했다고 본 것이다.

태풍 속에 떠있는 배에 타고 있는 감정 상태인 광주민주화운동과 동족상잔을 겪은 6.25동란 이 두 불안증은 피멍든 색이다. 이 색은 격동에 민주정신을 지킨 공통점을 품고 있다. 또한 절강 위를 가로지르는 다리에서 응시한 물결위에 햇살이 쪼개준 가시광선 중 설익은 고추색에 가깝다. 그 물빛은 편서풍과 흐르는 물결을 타고 작은 북리 마을까지 뻗어간다.

동족상잔이 극에 달한 1950년 8월 21일은 음력 초여드레로 조수 간만의 차가 가장 낮은 조금이다. 상현 반달이 밤 10시가 되자 지잿 재 쪽으로 많이 기울어져있다.

작은북리에서 회진 쪽으로 보면 도르뫼라는 작은 섬이 있는데 도름이라고 주로 부른다. 섬 형태가 동그랗게 생겨 동섬이라고도 하고, 흉년에 보리밥 한 소쿠리와 바꿨다하여 보리밥섬이라고도 한다. 동섬이라 부를 때는 똥섬이라 발음된다. 보릿고개가 되어 누렇게 얼굴이 뜬 시절에 붙여진 이름일 게다. 그 섬에서 가장 가까운 육지 끝에 낭떠러지가 있다.

도름과 육지 끝 낭떠러지 사이는 일곱물 간조가 되면 모래가 섞인 갯벌이 드러난다. 그곳에는 집게발이 큰 농게가 물이 빠지면 구멍을 파고 나온다. 모래 섞인 갯벌이 몽울몽울 나온 자리는 농게가 사는 집으로 통하는 구멍이 붙어있다. 농게는 사람이나 물떼새가 나타나면 일시에 구멍 속으로 숨는다. 물떼새의 빠른 발을 이용한 날렵한 사냥동작에 갱변(물가) 작은 생명들은 곡소리가 난다. 농게 집이 물속에 잠긴 그날은 조금이라 낭떠러지 아래에 있는 갯벌 위로 약간 드러낸 너럭바위조차 안 보인다.

기울어져 가는 달빛아래 사람들 무리가 엉켜있다. 울음과 고함이 쉴 새 없이 밤 적막을 가른다.

"아재가 우리 식구를 죽이고 살 것 같소 우리는 죽을 짓을 해본 적이 없소"

"반동새끼 말이 많네."

"반동이 뭐라요. 우리 식구 죽이고 나서 집이고 논밭 다 뺏을라고 그런지 모를 줄 아요. 쥑이시오"

주위를 압도한 유난히 큰 목소리만이 알아듣게 전달된다.

마르크스 사적 유물론에서는 인간 존재에 필요한 물질적 생산이 정치·경제·법률·종교·학문 등 관념을 발달시킨 기초라고 봤다. 즉 역사가 발전하는 원동력을 물질이라고 보는 것이다. 능력만큼 일하고 필요한 만큼 소비하는 몽환적 환상의 사회를 꿈꾼 자들. 철학이나 사상은 시대가 만든다지만 관념을 무시한 집착은 시대정신의 결핍이고 알맹이 없는 껍질이다. 공동생산과 공동분배라는 목적을 둔 공산주의는 자본주의에 반기를 들고 프롤레타리아혁명을 주창했다. 한때 지구 3분지1의 인간을 공산주의 아래 얽어맸다. 이곳 낭떠러지에서 벌어지고 있는 상황도 마르크스와 레닌의 주창이 마중물이 되어 생긴 일이다. 부르주아라는 무리는 손이 묶이고 사람끼리 묶여 도름을 지척에 둔 낭떠러지 위로 끌려왔다.

끌려온 무리 속에는 세 살짜리도 두 명이나 있다. 서로 묶어진 끈이 한 사람씩 잘리면 낭떠러지 끝에 세운다. 죽창으로 급소를 마구 찌른다. 사선으로 잘린 대나무 끝이 인간존엄을 파고들면서 살갗을 뚫고 지방층을 뚫고 근육조직을 지나는 소리가 거의 동시에 이뤄진다. 사람 목숨은 질기다고 해야 맞다. 버둥댄다. 뒤통수를 몽둥이로 쳐 퍽 하는 피통 깨지는 소리를 듣고 물로 떨어져 첨벙 소리가 나면 다음 사람이 낭떠러지 위쪽 끝에 세워진다. 퍽 소리가 스무 번째가 다되어갈 때였다. 한사람이 낭떠러지에 떨어져 첨벙 소리를 냈다.

물에 떠오른 사람이 달빛에 비쳤다. 첨벙대더니 수영을 하기 시작한다. 느슨하게 묶였는지 손이 풀렸다. 아니 생명 가치가 포박한 줄을 늘어나게 했다.

보내야할 생명을 놓친 이승사자들이 마을 선착장으로 배를 가지러 간다며 부산하다. 잡으려는 자들의 행동이 재빠르다. 도망자는 살고자한 의지가 강철보다 강했다. 물이 깊은 둠벙개와 넉게웅 사이를 지나칠 때까지 헤엄쳐갔다. 난사 당한 전쟁터에서 총알에 맞아 죽은 것같이 속이려고 시체더미에 묻혀 핏물로 위장하여 살았다는 어떤 전쟁 무용담처럼. 도망자는 물살 따라 우산도 방향으로 코만 내밀고 흘러갔다. 뻘등에 다다르자 깊지 않은 물에서는 걸어서 갈 수 있었다. 물살 따라가서 우산도에 피신한 도망자가 살게 됐다는 말은 한국전쟁이 끝난 이후에야 퍼졌다.

추적하는 배가 무동력 선으로 시간이 걸렸겠지만 달이 지면서 도망자를 찾지 못했다는 말도 함께 소문 속에 끼었다. 배를 타고 쫓아가려는 사람들이 떠난 후에도 살육은 마지막까지 계속됐다. 이에 대한 잔혹한 실상은 그해 9월 15일 인천상륙작전이 성공하면서 표면으로 드러나기 시작했었다.

헤엄을 친 도망자는 인천상륙작전 이후 돌아와 보복의 칼을 빼들었다. 뒤통수를 몽둥이로 치려는 순간 묶인 손이 빠지면서 살게 됐다고 한다.

보복의 대오에는 호이경이라는 경찰 전투요원이 한몫했다. 호이경은 강진에서 살다가 진복부락을 거쳐 작은북리로 온가족이 이사

와 살았다. 진목부락에서 얼마 살지 않은 이유는 아버지가 돌아가신 것과 점쟁이 말이 일치해서였는데 점쟁이는 집도장 묘도장(더 위쪽으로 이사 하거나 후손 묘를 조상의 묘 위쪽에 쓰는 것)하면 액운을 부른다는 미신을 응용해서 풀이한 것이다. 액운을 막으려면 사는 동네에서 안 보이는 동네로 이사를 권유하였는데 이를 실행하여 우리 마을로 이사 왔다.

인민군 여세에 밀려 동란이 발발한지 한 달 만에 국군은 낙동강까지 후퇴했다. 호남지역을 휩쓴 인민군을 피해 장흥경찰은 약산도로 후퇴했다. 회진지역은 농산물검사를 했던 강수가 행정력이 요구되는 인민위원장 물망에 올랐다. 덕망이 있어 인민군들이 욕심낼만한 인물이다. 단지 북리로 시집간 딸이 있는데 사위가 경찰이다. 인민군 끄나풀들이 왕성하게 활동하는 북리에서 경찰 남편을 둔 여자가 무사하다고 볼 수 없다. 친정인 회진마을로 피신했고 잡아가려는 좌익과 힘겨루기가 시작되었다. 회진마을에서는 북리마을 좌익 패거리들이 못 들어오게 장정들이 보초를 섰다.

인민군들은 대덕에 와서 곧바로 의용대를 모집했다. 전쟁터에 끌려간 의용대는 명분에 관계없이 국군과 싸워야한다. 먼저 군대 간 형제와 적이 되고 서로 총질하게 됐다.

전세를 가다듬어 인민군들은 약산도에 있는 임시 장흥경찰서를 공격하기위해 작전을 세웠다. 공격할 선단을 만들기 위해 회진지역 어선을 차출했다.

"빚으로 건조한 배요. 우리 식구가 이 배로 묵고 사는디 전투에 배를 내주라고요? 배가 침몰되거나 내가 죽으면 우리 처자식 누가 책임진다요?"

배를 내줄 수 없다고 선자부락 선주가 나섰다.

"김일성장군님이 책임지요. 말이 많으면 반동이라우."

차출을 거부하던 선주는 인민군에게 결국 총살되었다.

작전은 무월광 때 급습하기로 하여 회진포구에서 출발했다. 선주들은 대구도 근처에 이르러 대구도와 노력도를 동이 틀 때까지 돌다가 약산도에 이르지 못하게 하고 돌아왔다. 선주들은 생명과 전 재산인 배를 걸고 노를 저어 불구덩이에 들어갈 생각이 애초에 없었다. 진두에서 배를 이끌어 재치를 발휘한 자는 한국전쟁이 끝나고 공덕비에 이름이 새겨졌다.

인천상륙작전의 기세를 얻어 장흥경찰서는 회진으로 1차 진격하여 회진주재소를 탈환했다. 회진에 들어온 경찰이 한 아주머니에게 물었다. 지나가는 경찰 보지 못했냐고 했더니 걔들이요. 나이 먹은 아주머니 입장에서는 전투경찰이 어려 보여 걔네들이라고 말한 것인데 물었던 자는 경찰을 개라 폄훼한 것으로 오해하여 들었다. 아주머니는 '뭐 개라고' 하는 한마디를 듣고 총소리를 의식하지도 못한 채 부고장에 이름이 올랐다.

회진을 수복한 호이경은 작은북리에 있는 어머니를 회진마을에서 숨겨주지 않아 죽게 됐다고 체포위원장을 닦달하다 말고 장작더미에서 장작하나를 뽑아 들었다. 회진마을에서 돼지까지 잡아 진격을 환영하여 잔치하는 자리였다. 마을사람들 눈을 아랑곳하지 않고 수도 없이 내리쳐 몇 날이 지나도 일어나지 못해 담방약을 써야만했다. 솔잎으로 대병 입구를 틀어막아 뒷간에 쑤셔 넣어두면 똥물이 찬다. 이것을 먹으면 웬만한 어혈은 풀린다는데 몇 병을 먹고도 이후 걷지 못해 앉은뱅이로 살다가 세상을 마쳤다.

회진주재소를 탈환했지만 밤만 되면 산으로 물러간 인민군 잔당들이 공격해왔다. 회진주재소는 대나무를 엮어서 겹겹으로 둘러쌓았는데 대나무방책이 효과적이었다. 대나무는 총알을 빗겨나가게 하는 강한 질감이 있다.

인민군들이 장악한 장흥보안서를 야간 공격으로 탈환하고 그 기세로 유치골짜기로 숨어들어간 인민군 잔당을 잡는 토벌작전이 진행되었다. 몇 번을 밀고 당기던 전투였지만 서울이 탈환된 후 인민군은 세력이 약화되었다. 포획된 인민군 잔당무리 속에는 광주에 있는 붉은계열색 교복을 입는 여고생 2명도 끼어 있었다. 인민군 잔당이 유치에서 섬멸되고 일부 지리산 쪽으로 퇴각하자 회진마을 안에 숨겨있었던 사실들이 드러났다.

군수아들 이응은 당시 회진초교 교사였다. 회진마을 세포조직과는 친한 친구사이다. 세포조직 이수는 자기 집에 이응을 숨겨두어 난리의 칼끝을 피하게 했다.

서울에서 중학교 다니던 면장아들은 난리통(난리 중)에 옹암마을 집으로 가려던 중 진목마을 아는 친척집에 책가방을 맡기고 가려다가 인민군 끄나풀에게 발각되어 참변을 당했다. 왼쪽방향으로 눈이 뒤집힌 인민군 앞잡이들에게는 사형집행대상 기준이 없어 적록색맹이 적색을 찾는 복불복수준이다.

한 인민군 대좌는 전향해서 회진마을에서 살았다.

"이 간나새끼 이 동네에서 우리 한집이메 그렇게 하지 말라우. 나도 힘 쓸 줄 안다이. 대좌 때 떤놈이 무시기 많았써야."

피난민인줄 알았다가 동네사람과 싸움 때문에 전향사실이 드러났다.

북리는 이데올로기를 앞세웠지만 뒤에 숨긴 묵은 감정을 잣대로 삼아 고슴도치끼리 몸싸움질하는 형국이다. 동란 중 전쟁터 변방에서는 총기라는 무기보다 더 명중률이 확실한 근접전 도구가 이용되었다. 몽둥이, 대창, 쇠갈구리.

가벼운 달빛이 문살에 걸터앉아 희부연 창호지에 각이 선 문살 그림자를 긋던 늦여름 밤에 방 안에 할머니 혼자 있었다. 띠살문에 붙은 창호지가 파열되는 소리와 나무오리가 부러지는 소리가 동시에 나고 문고리를 누군가가 사정없이 잡아 당겼다. 어렴풋이 뾰족한 죽창 끝이 창호지를 뚫고 들어오는 순간 할머니 입은 소리를 지르려다 닫혔다. 둘러쓴 홑이불이 겨우 지켜주는 꼴이 되었다. 방 안에서 반응이 없자 '자식들이 아직 안 왔는가 보네'라는 말들을 흘리고 사라졌다. 그 후 할머니는 여수에서 부산으로 가는 피난선에 많은 사람들이 타고 떠났다는 소식에 자식들이 포함되었을 거란 기대를 교리처럼 믿었다.

문들마을로 가는 방향에는 지지 아재네 논이 있다. 할머니는 그 논가에 있는 참샘에서 새벽마다 물을 떠와 깨끗하게 추린 짚 위에 놓인 정화수를 갈았다. 할머니는 정화수를 담은 흰 그릇이 놓인 장꼬방(장독) 앞에서 두 손을 모아 빌었다.

"천지신명님이시여 우리 자식들 기태 희순 잘 돌봐주시오 살아오게 해주시오 금쪽같은 새끼들 죽으면 나도 죽소 천지신명님 남 잘되게 복덕을 쌓아왔소 모자라면 더 쌓을 테니 살려주시오 비나이다 천지신명님…"

빌고 또 빌며 자식들의 발길이 아직 집으로 인도되지 않도록 해주시라고 천지신명께 조아렸다.

동란동안 우리 마을에서 입은 인명 피해를 무게로 환산하자면 3살 2명×10＝20kg, 평균 성인 43명×60＝2,580kg 도합 2,600kg의 무게가 나온다. 이데올로기에 편승한 감정질환에 의해 살처분된 무게 수치다. 여기에는 제복이나 전투복 차림 망자를 뺀 무게다.

우리 집 앞 2,500두락 서산농장은 인민군이 벼 모가지를 세어서 예상수확량까지 환산하여 공출계획을 세워두었는데 9월 15일 실행한 인천상륙작전이 물거품으로 만들었다. 공출이란 무자비한 잔혹상이다. 일제 말기 때는 논에서 탈곡을 하고 거기서 어떤 명목이든 붙여 전량 공출해 갔다. 주인은 어떻게든 벼 알곡을 조금이라도 남기려고 수단을 가리지 않고 썼는데 한번은 탈곡을 끝마치는 시간이 늦어졌다.

"어두워졌고 늦은 시간인디 묵을 밥도 다 떨어졌당께요. 빗방울도 쬐금씩 뿌리기 시작했쓴게 어쩌것소. 집에 가붑시다. 훔쳐가지 못하게 단도리 잘해놓으면 될 것 같은디. 낱알이 섞여 진데다가 검불로 덮어놓으면 안 될거라?"

"임자말대로 합시다. 지켜야한디. 맘이 안 놓이네."

짚단으로 덕석과 빈 가마니를 덮어 두고 집으로 돌아왔다.

지나가는 비였는지 아침이 되면서 청명해졌다. 할아버지는 서둘러 낱알을 챙기려 얼멍얼멍한 얼개미와 챙이(키)를 준비해서 바지게에 지고 먼저 논으로 갔다. 밥 먹을 시간도 없어 밥을 준비해 할머니는 곧 뒤따랐다. 먼저 간 할아버지가 오고 있는 할머니를 보자 큰소리를 쳤다.

"내가 뭐라했는가. 싸게 와보소 어뜬 처 죽일 놈이 몽땅 서리해 가부렀네. 어쩔란가."

할머니는 청천벽력 같은 할아버지 말에 이제 멀건 죽도 못 먹을 신세가 됐다는 생각에 다리에 힘이 쭉 빠져 휘청거렸다. 훔쳐간 놈을 찾을 길이 막막했다. 할아버지가 어제 저녁에 지키겠다고 한 것을 가자고해 후회가 되었지만 어쩔 수 없었다. 성질 사나운 다른 영감 같으면 불같은 성깔을 낼만한데 할아버지는 더 이상 할머니를 추궁하지 않았다.

그해 겨울은 찬바람 속에서도 할머니가 갯것을 자주하러 펄 밭으로 나갔다.

인민군 손아귀에 들어가면서 고향 마을 안에 있던 인공기는 깃발 속에 있는 별 색이 밤만 되면 유난히 붉어졌다. 우리 논 물꼬에 놓인 납작돌에 묻어 있을 할아버지 선혈 흔적과 잔등 수숫대가 마르면서 껍질에 스며나는 붉은색 위에 낮에는 햇빛이 밤에는 별빛이 먼 길을 찾아와 앉는다.

먼 길을 돌아온 바람에는 오는 길에 비벼댄 사물의 냄새들이 스며있다. 웅덩이에서 방금 나와 물기가 채 마르지 않은 무당개구리 피부노린내, 필리핀 벽촌 원주민들이 하품할 때 내는 입 냄새까지 가지각색이다.

8.15 해방이 되기 꼭 1년 전이다. 1938년 5월 5일부터 일본에서 국가총동원법이 시행되었다. 이 법은 중・일 전쟁이 일어난 후 일제가 인적, 물적 자원을 총동원하기 위해 제정하여 공포한 전시통제에 관한 기본법이다. 국가총동원이라 하는 것은 전시 또는 전쟁에 준하는 사변의 경우 국방을 위해 국가의 모든 힘을 가장 유효하게 발휘할 수 있도록 하기 위한 방법이다.

조선에도 일본에서 제정된 이 법률이 그대로 적용되었다. 일본에 예속된 것으로 봐서 그렇다. 이 법에는 17세 이상의 남자만 노무자로 동원된다는 규정이 있지만 실제 지켜지지 않았다. 수정이 큰아버지는 16세인데도 징용영장을 받았다. 군함도에 끌려간 수정이 큰아버지는 막장에서 탄을 캐는 광부로 강제노동을 겪었다.

군함도는 일본 나가사키항에서 남서쪽으로 약 17.5km 떨어진 곳에 있는 하시마라는 섬이다. 섬 모양이 일본 전함인 도사를 닮았다 하여 군함도라고도 불린다. 군함도는 1974년 폐광되기 전까지 탄광

사업으로 번창했던 섬이다. 수많은 조선인들이 강제 징용 당해 노역한 곳이었는데 폐광 후 무인도가 되었다. 감옥섬이라 불린 군함도에서 조선인들은 하루 15시간을 채굴작업에 시달렸다. 해저탄광으로 노동환경이 열악하고 배가 고파 참지 못해 탈출하려다가 바다에 익사한 조선인도 상당수였다.

수정이 큰아버지는 16세에 징용이 될 만큼 체격이 컸다. 큰 체격은 이 집안남자들의 공통점이다. 젊은 나이여서 힘든 채굴작업을 이겨낸 것이다. 해방이 되어도 강수정의 큰아버지는 일본에서 머물렀다. 상당수 재일교포 1세대들이 일본에 주저앉았는데 이는 조국에 돌아와도 농사 외는 뾰족이 할 일이 없었기 때문이다. 강수정의 큰아버지도 그 중 한 명이다. 일본에서 하는 일이라야 이것저것 가릴 것이 있겠는가. 그렇다고 내세울만한 기술도 없다. 수정이 큰아버지는 장사를 시작했다. 장사라야 조선 사람들 찾아다니며 물건 파는 정도였다. 힘이 세어 힘쓰는 일은 잘했다. 장사를 하다가 보니 싸움판에 끼게 되어 싸움실력이 조총련 간부의 눈에 들었다. 그는 결국 조총련에 들어갔다.

술집 운영에 손을 대면서 사업이 번창해갔다. 재일교포들 중에 일본에서 성공한 사람 측에 든다. 소문으로 도는 말들은 강제출이 은연중에 그의 형에 대해 재는 말이 입과 귀를 통과하면서 더 부풀려졌을 수도 있다.

새마을 운동이 시작되기 직전 해에 수정이 큰아버지 가족이 귀국하여 고향에 왔다. 금의환향이란 이런 것을 두고 하는 말이란 것을 실감했다. 시골에 자가용이 없던 시절이라 번쩍번쩍 광을 낸 검은색 세단을 보기 힘들 때이다. 오자마자 온 동네에 한 집도 빠짐없이 일본산 미깡이라며 귤 선물을 돌렸는데 감미로운 껍질 향이 콧속을 흥분시켰다. 물론 나도 처음 맡은 달콤한 향이였다. 속맛은 오죽했을까. 성인이 돼서 제주감귤이나 일본여행 중에 사서 맛본 밀감에서는 그런 기억 속 향이 느껴지지 않는 것이 이상했다.

검은 세단은 아가씨가 운전했다. 운전석에 앉은 아가씨는 영화 속 장면에 나오는 여배우 같아 보였다. 사실 영화 속 그런 장면과 배우 이름을 대라하면 못 대겠지만 말이다. 영화감상 경험이 온통 부족한 나로선 그렇다. 키가 크고 눈이 큰 것은 강수정이 커가면서 사촌언니를 닮아갔다.

정말 수정이 큰아버지가 부자라고 알게 된 것은 본 대로뿐만이 아니다. 소문에 수정이 큰아버지는 고향동네에 한 집 당 논 두 마지기씩 사주겠다고 제안을 했다한다. 그 말은 수정이 백부 가족이 일본으로 떠난 후에도 상당기간 떠돌았다. 기대하는 사람도 있었다. 끝내는 실현되지 않았지만 소문만으로 보면 분명 부자인 것이 사실인 듯싶다. 단지 사주지도 않으면서 혹하게 사람 기죽이기를 했는지는 모르지만.

실제 강수정 아버지는 그의 형이 동네사람들에게 호의를 베풀겠다는 제안을 반대했다. 이는 옆 동네 사는 강제출 사촌형과 관계가 있어서다. 강제출 사촌형은 행동이 거칠어 그의 동네에서 내놓은 왈패다. 그는 6.25 동란 때 인공기가 판치자 근처 부락에 사는 몇 사람을 반동분자로 몰아 죽이는데 일조했다. 강제출이 가담했다는 소문도 있었지만 좌우익이 혼돈하던 한국전쟁 때 국군이 들어오자 강제출은 피했다. 옆 동네 우익들이 자신을 해칠까봐 지레 겁먹고 산으로 피신해 숨었다. 면서기 집안도 부르주아로 보고 인공 때 좌익 측으로부터 이유 없이 인명피해를 입었다. 좌익 활동을 한 사람 또한 보복을 당하기는 마찬가지다.

강제출이 형님 제안을 반대한 것은 자신을 찾아 죽이려했던 잔존 우익들이 그때도 마을에 살고 있어서라는 이유다. 다시 6·25 같은 전쟁이 나면 좌익 활동을 했던 본인을 죽일 거라는 자책 때문이다.

아버지는 수정이 집안이 잘되어 가는 것을 못마땅해 하신다. 그런데 수정이 큰아버지는 한번 고향에 다녀간 후로는 소문이나 왕래가 끊겼다. 조금 이상했다. 나는 조총련인 수정이 큰아버지가 가족과 함께 북송교포 대열에 끼어 북한 원산과 일본 니가타항을 오가는 만경봉호를 타지 않나 의심이 갔다. 그 시절에 조총련에 속해있으면서 남한이 고향인 재일교포들이 상당수 북송되었다는 보도가 있었다.

나는 고등학교 다닐 때 수정이에게 일본 큰아버지에 대한 궁금증을 물어보았던 기억이 있다. 아름다웠던 사촌언니에 대해 궁금하기도 해서다. 수정이는 확실한 대답을 회피할 뿐만 아니라 뭔가 숨기고 있다는 느낌이 들었다. 수정이 큰아버지 가족은 정말 북송된 걸까? 이 궁금증은 서울에 와서도 고향에 내려 갈 때마다 돋아나는 성장점처럼 시들지 않았다. 수정이 집에 대한 아직 풀리지 않은 궁금증 중에 하나였다.

　익일 아침에 수문통 위에서 보는 물위에 비친 아침 햇살은 유난히 검붉었다. 멀리 보이는 도름이 제법 소나무가 자라 더 커 보인다. 내가 어렸을 때만 해도 아이들 키를 넘길까 말까하는 정도 소나무가 듬성듬성 있었는데. 평평한 들판 위에 떠있는 작은 동산인 도름, 멀리서 보면 손가락을 반쯤 펴고 손바닥을 아래로 향하게 책상위에 얹은 손 모양과 흡사하다. 도름 오른쪽에 있는 낭떠러지까지 물이 차던 1950년 늦여름 밤이었던가. 단발마적인 절규는 갯바위가 치근덕거리는 바닷물을 터는 소리와 섞여 버렸다. 아니면 바다가 땅이 꺼지는 한숨소리까지 거뒀다.

　나는 아버지가 말씀하신 고모사건에 대한 해답을 찾아내지 못했다. 마치 깊은 수렁논에서 쟁기질하는 소를 보고 느낀 숙명으로 간주되는 답답하고 어찌할 수 없는 감정이다.

　고향에서 경찰생활은 업무 실천에 약간 어려움이 따르게 마련이지만 그것을 제외하고는 안정된 생활이다. 아이들도 학원을 보내느니 마니 등 도시 지출에 비해 적어 작은 월급이지만 생활에는 문제가 없다. 많은 해산물이 생산되는 장흥지역에서 살면 입이 즐겁다. 장흥은 진질(잘피)이 깔려있는 천혜의 득량만을 끼고 있다. 수심이 깊은데서 자라는 까락지진질과 떡진질은 줄기가 한발이 넘게 자란다. 진질 상단인 부드러운 진질꽃을 까먹으면 먹을 만하다. 갯벌 속에 뿌리박은 주황색 진질 땅속줄기는 개흙 속에 숨어있는 배가 누르 등등한 미꾸라지를 연상하게 한다. 땅속줄기를 씹으면 달짝지근한 맛이 칡뿌리보다 조금 더 달다. 사탕수수에 약간 못 미쳤다는 기억 이 맞을 듯싶다. 진질 땅속줄기는 곰배장어(붕장어)가 개벌 속에서 오줌을 눌 때마다 배어 있는 지린내 뒷맛이 난다. 비료가 귀하던 시 절에는 노력도 앞 삭금과 신리 사이 푸른등으로 가서 진질을 캐 퇴 비로 썼다. 사질토에 특히 진질퇴비가 좋다. 김상수 선생은 진질을 일본으로 수출해 조미료로 가공해서 쓰게 만들었다.

장흥해안지역은 해산물이 다채롭다. 갯벌이 좋은 대륙붕에서 나 는 해산물과 내륙에서 나는 먹을거리가 합쳐 조화롭다.

여느 갯가와 다른 찰진 장흥 갯벌은 겨울이면 매생이, 감태, 꼬시 래기를 키운다. 이것들은 맛이 색다르다. 득량만 청정해저에서는 피 조개, 키조개, 새꼬막이 자라 장흥한우, 장흥표고와 맛 궁합을 이룬 다.

삼학소주에서 보해소주로 이어지고 술 이름이 알코올 도수만큼 술자리 중심축이 흔들려도 장흥의 먹거리는 변함없이 빛을 발했다. 사람들이 장흥 먹거리에 더없이 좋아한 이유는 이 지역이 공장 굴뚝 하나 없는 것과 무관하지 않다고 본다.

사채시장에서 큰손으로 군림해온 장영자와 남편 이철희를 대검찰 청은 1982년 5월 4일 어음사기사건으로 구속했다. 이 사건 때문에 폭락한 주가는 시간이 지나 안정되면서 주식투자에 광풍을 일으켰다. 포항제철은 1988년 4월에 국민주를 공모했다. 이어서 한국전력공사가 1989년 8월에 국민주 2호를 공모했다. 주식은 경제흐름과 마찬가지로 주기만 다를 뿐 오르고 내리는 출렁거림이 있게 마련이다.

농협에 다니는 아들 말을 듣고 소 한 마리를 팔아 주식투자를 해서 두 달 만에 소 두 마리를 샀다는 풍문은 순식간에 퍼졌다. 외근 나간 동료직원들이 주식으로 돈 벌었다는 소식을 물고와 사무실에 쌓는다. 금방 산더미가 된다. 돈 번 소식은 새끼를 치고 뭉쳐 커지면서 이목을 끈다. 소문난 잔치에 먹을 것 없다는 경계는 주식에 관해서만 허물어지고 말았다.

나는 쉬는 날 광주에 가서 주식투자 관련 책을 세 권 사와서 읽었다.

"여보 오늘 외근 나가 관산농협 상무하고 점식을 먹었는데 농협 직원들은 주식투자 안한 사람들이 거의 없고 다 돈을 벌었다하데요 만난 사람마다 주식투자해서 돈 못 번 사람들이 없다니까 나도 해보고 싶어요 사무실에도 이번에 과장이 전남도경에서 발령받아 오셨는데 집을 담보로 잡히고 주식투자해서 돈을 꽤나 벌었다는 거요"

나는 결국 아내에게 주식으로 손해 봤다는 말은 빼고 돈 벌었다는 말을 자주했는데 그중에서도 떼돈을 벌었다는 말을 강조했다.

주식에 대한 이론적 자신감보다 솔깃한 풍문에 넘어가 5년 만기 적금통장도 1년 남겨두고 해약했다. 주식투자를 시작한지 처음 6개월 동안에는 제법 돈이 되었다. 금방 부자가 되는 꿈을 꾸게 만들었다.

집에 가서 아버지에게 농자금으로 저리이자를 내달라 해서 돈을
가능한 다 모았다.

콩이 한 바퀴 굴러가는 것과 호박이 한 바퀴 굴러가는 거리의 차
를 사람들은 다 아는 사실이다. 아주 평범한 진리가 잘못된 욕심으
로 나타난 결과는 천지차이다. 주식투자한지 일 년이 지나자 숙련되
지 못한 주식에 대한 정보 때문인지 큰손들의 작전에 의해서인지 투
자에 들어갈 때마다 오르는 듯하다가 폭락 장세다. 또 오르다가 떨
어지는 작전주에 휘둘러 마치 망하는 길만 찾아다닌 꼴이 되었다.

소문난 잔치에 먹을 것이 없어 가지 말라는 말을 무시하고 내리
막길에 합승한 결과는 혹독했다. 막차를 탄 잘못을 크게 뉘우친들
소용이 없었다.

고향에서는 소문도 빠르다. 내가 근무하는 사무실에서부터 북리
까지 아는 지인들 입을 징검다리 삼아 주식투자로 망했다는 소식이
어머니 귀에까지 전달되자 발끈하셨다.

"영생아 너 전번에 농자금 받겠다할 때 내가 뭐라했냐. 송충이는
솔잎을 묵어야지 공무원이 따박따박 나오는 월급 갖고도 다 사는디
뭣 할라고 투자니 뭐니 할 때부터 알아봤다. 니 아부지가 돈대서 주
식투자하게 해 네가 망했다는 소문이 자자한디 챙피해서 죽것다."

나는 몇 번 반복한 이 말에 대답을 잊었다. 사실 변명할 말이 생
각나지 않았다.

88서울올림픽을 앞두고 서울치안수요가 늘어 서울근무희망자를
받았다. 아내와 상의 끝에 서울발령을 희망했다. 얼마 안남은 서울

올림픽을 준비하느라 나라 안이 시끄러운 사이 이삿짐 차에 온가족이 탔다. 작은 용달차에도 다 차지 못한 이삿짐이 가난한 현실 그대로였다.

빨랫감을 담는 빨간 플라스틱 바구니가 손잡이 부분이 조금 깨져 있으나 쓰는 데는 불편이 없어 여태껏 쓰고 있다. 처가 이삿짐 차에 실으려 했다. 나는 집어 내동댕이쳐버렸다. 흠이 있는 빨강을 서울로 가면서 떼어내고 싶었다.

유난히 탐스럽게 파란 잎이 있는 소사나무분재를 헌옷으로 안 움직이게 감싸고 푸른색 비닐 끈으로 단단히 동여맸다. 이삿짐에 다른 분재와 같이 실었다.

각오를 했다. 고등학교를 졸업하고 서울에서 살아보고 싶었는데 실현이 되었다. 수도시민이 된 동기는 주식투자로 망한 이유가 첫 번째이고, 곁들어 아이들 교육도 이유에 포함시키고 싶었다.

아버지가 경찰하라는 집요한 권유가 없었다면 이렇게 단출한 이삿짐 차에 가족을 싣고 거의 무작정에 가까운 서울행은 없지 않았을까하는 탓질을 걸어본다. 억지 위안인줄 알지만 분풀이로 만만한 것이 부모다. 잘못되면 조상 탓하는 꼴이다. 돈을 벌려면 공무원을 해서는 안 된다는 말을 쉽게 듣는다. 부자로 살기는 틀렸다. 순리에 순응하는 삶을 꿈꿨다. 물 흐르는 대로 따라가는 자연에 부합된 의식을 갖고 살아가겠다는 다짐이 서울로 가는 이삿짐 차안에서 굳어갔다. 경찰은 내 직업이자만 직업의식을 도려내버린 직업이다. 나와 관련된 모든 것이 순응으로 통할 것이다. 억지는 반납.

저축해 놓은 돈도 없고 며칠 전 연가 중에 급히 구한 단칸방, 100만원 보증금에 8만원 월세 방이 있어 그나마 다행이다. 짐을 풀었다. 사람살이가 세끼 먹고 자는 것이 어디서든 비슷하다지만 삶을 뚝 떠서 옮겨놓듯 한꺼번에 변화되는 것은 거부반응이 크다.

유난히 깊은 우물에서는 마중물을 부어놓고 재빠르게 펌프질을 해야 한다. 요령지게 펌프질을 해야 할 정도로 어려운 환경에서 살아봤다고 서울생활 쯤이야 하고 투지를 가졌다. 차와 사람들의 빠른 속도감에 낮에는 눈이 피곤했다. 밤낮없이 들리는 차량소음은 청각을 반쯤 닫아야만 적응될 것 같았다. 작은 곤충들도 운신의 폭이 극히 제한된 번데기 과정에서 천적으로부터 보호하기위해 보호색을 띠는 것과 같이 나또한 현실 환경에 스스로 적응할 수밖에 없다.

빡센 기본근무, 일제 검문검색, 진압부대 동원, 비번날 회식 등이 이어지다보면 직장동료가 시간적으로나 일상에서 가족보다 더 가까운 우위였다. 수면시간이 일정치 못한 2교대 근무는 근무가 끝나면 녹초가 됐다. 한 달이 지나면서 코피를 쏟은 후에 나는 근무 자세를 현실과 타협 방향으로 수정했다. 위에서 시킨 대로 근무하면 죽는다는 말을 경찰 선배들에게 수도 없이 들었는데 업무 융통성과도 통하는 말이라는 것을 실감했다.

서울에서도 데모 출동은 전남에서 근무할 때와 마찬가지로 잦았다. 오히려 더 많았다. 예고 없이 근무하다가도 갔다. 가까운 M대학은 맡아 놓은 출동 지였다.

M대학 정문위치는 긴 2차선 도로와 울타리를 끼고 직선으로 이어진 가운데쯤에 있다. 데모대가 정문을 기점으로 집결하면 진압부대 입장에서는 막아내기가 불리하다. 남북학생회담 개최 요구, 광주항쟁 진상 규명, 독재파쇼, 규탄이라 붙이면 말이 되는 문구가 단골로 등장했다. 주장들이 새끼를 치면서 그럴싸하게 말이 되었다.

안팎이 보이는 낮은 개방형 담장을 통해 투석이고 화염병이고 날아들면 막아내기가 힘들어 배수진 작전이 아닌 이상 진압부대는 거의 남가좌사거리 쪽에서 종대대형을 유지한다. 정문에서부터 남가좌사거리까지는 어떻게 보면 완충지대요 공동경비구역이다. 진압부대가 그 사이에 들어가 있으면 불리하다. 진압부대가 새로 편성되고 일단위자서부대의 중대장이 바뀌면서 진압스타일도 바꼈다. 물론 상부의 진압지침이 강력한 진압을 하달할 때도 있다.

서울 사대문 안에 어제 상황이 과격양상을 보였다. 오늘은 어제에 비해 사대문안 데모상황을 말하는 서울경찰청무전망이 조용한 편이다. 어제와 같이 오늘도 M대학은 쇠파이프와 투석, 화염병이 등장할 거라 예상되고, 교정과 연계한 가투(도로상데모)가 예상되어있다.

남가좌사거리에 진압장비를 갖춘 완전무장에 방독면만 안 쓴 상태로 진을 치고 있다. 그때였다. 백골단이란 명칭으로 통하는 형사기동대 사복부대 모습이 나타났다. 청색과 흰색이 배색된 방석모는 허리에 차고, 장봉을 들고, 검은 장갑을 끼고 있다. 지원병을 만난 기분은 잠시고 곧 상황은 급박하게 돌아갔다.

학교 안에 모여 있는 데모대들이 700여 명은 족히 되어 보였다.

어제 보다 많았다. '미제를 타도하자', '미군은 본국으로 철수하라'는 등 온통 붉은 전대협 깃발이 있는 것이 오늘 M대학에서 데모 규모가 커진다고 말한 중대장의 정보와 일치했다.

나는 NL계 반미 투쟁 노선이 진정한 자유민주정신인가 의구심이 들 때가 한두 번이 아니다. 물론 우리 진압대형은 데모를 막는 연구된 방식이지만 이 방식을 만든 이유와 데모하는 편의 생각 간에 항시 큰 편차가 있어 보였다.

자유시장경제와 현대 금융자본주의 꽃을 피운 중심지로 뉴욕 맨해튼을 꼽는다. 뉴욕과 맨해튼의 깊은 속살을 보면서 과연 반미구호 상대이며 몸통인 자본주의 시장경제체제는 어떤 모습으로 변모될 것인지 짐작하게 된다.

처음 가는 미국행에서 느낀 점을 연가 후일담으로 동료들에게 얘기한 것이다. NL계 투쟁대상인 미국의 자유경제, 자유사상이 진화되어가는 현재 모습은 어떤가? 뉴욕, 가히 세계적인 도시는 어떤 느낌으로 내게 다가올까?

「대한항공 410석의 거대한 기체는 2012년 여름 오전 11:00 인천공항 쭉 뻗은 활주로를 차고 올랐다. 뉴욕까지 13시간 20분 정도가 소요된다는 기내방송이 들린다. 인천공항을 출발할 때 날씨가 잔뜩 찌푸렸는데 비행기가 구름층을 뚫고 올라가자 계속된 장마 가운데 보는 맑은 햇살이 반가웠다. 구름이 깔린 하늘바다 위를 미끄러져 가는 황홀경에 누군들 빠질 것 같다. 대한항공 스튜어디스들은 똑똑

하고 아름다운 모습으로 기내 서비스가 뛰어났다. 기내에는 온도가 낮아 여름인데도 춘추복 같은 긴팔 겉옷을 준비해 탑승하는 것이 바람직하겠다고 느껴졌다.

비행기는 6400마일(10,299km)을 날아가 존에프케네디공항에 도착했다. 인천국제공항처럼 깔끔해 보이지는 않았지만 1948년에 개항한 역사가 있는 공항이다. 뉴욕은 당시 20℃로 서울기온보다 서늘해 생활하기 좋은 적정기온이다.

뉴욕 퀸스지역의 햄튼인호텔에 여장을 풀었다. 호텔이 크지는 않았지만 그런대로 깨끗했다.

짐을 정리하고 시원한 물이 마시고 싶어 냉장고를 찾았다. 객실에 40인치 정도 되어 보이는 필립스 거치식 벽면 TV가 있는데도 냉장고는 보이지 않았다. 호텔 측에서 말하기를 장기 투숙자가 많이 들어와 냉장고가 다 나가고 없다며 넣어줄 거라는 말뿐 결국 5일 동안 냉장고 없이 지냈다.

미국으로 출발하기 전 서울에서 오른손목이 부어 가져온 핫팩을 데울 수 있는 전자레인지를 달라했다. 객실에서 사용할 수 없다고 하며 1층 로비 옆에 있는 다용도실에 놓인 것을 사용하라했다. 우리가 냉장고를 달라 해서 짐작컨대 한국 사람들이 냉장고에 김치를 넣고서 밥을 해먹을까봐 지레 겁을 먹은 게 아닌가하는 의구심이 들었다.

이 호텔은 2성급 정도 호텔이라 했는데 조식이 제공되는 것이 호텔 급은 맞은듯했다. 침실에는 더블침대 2개가 놓여있다. 찌든 숙소

냄새가 없어 무엇보다 좋았다.

저녁식사는 한국음식점인 '해금강'에서 버섯요리를 먹었다. 음식 질도 좋고 맛이 있었다. 규모가 큰 음식점인데도 빈자리가 거의 안 보이는 것으로 봐 맛에 대한 유명세는 있어 보였다. 이 음식점은 교포가 운영한다는데 맨해튼 등에 3개를 운영한다했다.

우리 교포들이 수년전만 해도 장사가 잘되는 중심상권지역인 퀸스의 플러싱을 장악했다. 지금은 중국 사람들이 자금력을 동원하여 잠식해와 우리 교포들은 우드싸이드지역 같은 변두리로 계속 밀려나고 있다.

중국인들은 영업구역을 정해놓고 같은 업종의 자기들끼리는 경쟁을 피한다. 그런데 한국교포들은 잘되는 장사라면 바로 옆에 차려 교포끼리 경쟁하다가 결국 둘 다 망한다니 깊이 생각해볼 문제다. 눈앞의 이득에 급급하지 않은 성숙된 교포의식이 아쉬웠다.

편한 잠자리 덕인지 아니면 시차 때문인지 모르지만 아침 늦게 일어났다. 오전 11시가 되어서야 약 1시간 거리에 있는 존스비치에 가기로 하고 출발했다.

가는 길에 유명한 스시뷔페에 들려 점심을 먹었는데 손님 층이 동양계와 서양계로 보이는 사람들이 반 반되어 보였다. 궁금증이 심하게 발동하여 종업원에게 짧은 영어로 좌석수를 물으니 네 명이 앉을 수 있는 탁자가 96개라 한다. 상당히 큰 식당이다. 점심을 먹고 나서 존스비치로 향했다.

가는 길에 뉴욕에서 크다는 상가인 루스벨트필드몰에 들렀다. 익히 아는 다국적 기업들의 눈에 익은 상호들이 보였다. 나이키 매장은 규모로 볼 때 북적거려야할 텐데 손님들이 거의 없이 휑하다. 경제대국이 고실업률로 인해 소비까지 위축된 현실이다. 수출로 먹고 사는 우리나라 하늘 위에 경제의 먹구름이 다가오고 있지 않나 정신이 번뜩 들었다. '양잿물도 공짜면 혀를 댄다'는 습성과 복지 포퓰리즘이 맞아 떨어져 미래가 불확실한 현실이 되어서는 절대 안 된다.

독일어 한마디도 제대로 못 배우고 독일에 간 광부나 간호사, 40도 열사의 나라 사우디에 노동을 팔러 가고, 먹고살고자 목숨을 바쳐가며 월남에 갔던 우리의 과거는 결코 버릴 수없는 현재의 끈이다. 복지 선진국 중에 미국이 앞장섰던 점을 상기해볼 필요가 있다. 복지천국이 되기 위한 전제에 대해 충실한 고민과 준비의 실행을 염두에 두자.

존스비치로 가는 익스프레스웨이 도로는 서울의 외곽순환고속도로와 같아 보이는데 내 눈을 의심하게 했다. 교통사고 때문인 것 같은데 원형은 크게 문제되지 않지만 가드레인이 군데군데 일부 파손된 채 수년간 방치되어 보였다. 중앙분리대 아래는 수북이 쌓인 페트병 등 쓰레기가 눈살을 찌푸리게 했다.

G1 국가의 최대도시인 뉴욕인데 도시정비를 할 여력이 없을까. 작은 일면이지만 도시재정과 도시관리시스템에 의구심이 생겼다. 크게는 우리의 우방인 미국의 단면이 아닌가하고 내심 걱정이 된다. 존스비치 해변은 우리나라의 태안반도 신두리해안 사구같이 작은 산등성이다. 우리나라같이 해송이 깔려있지는 않았지만 해당화 등

자잘한 사구식물이 범벅이 되어 해안선을 따라 녹색 띠를 두르고 있다. 옅게 바닷물을 채운 해변은 길고도 드넓다. 사구식물과 대서양이 이어지는 청옥빛의 연속을 갈라놓은 흰모래사변의 조화는 인간의 필치로 그릴 수없는 진경산수화다. 사변에 퍼부은 장렬한 햇살이 하얀 모래를 더욱 눈부시도록 아름답게 조명효과를 냈다. 고운 모래톱 위를 수놓은 비키니차림에 드러난 백, 흑, 황 피부색은 뉴욕이 다인종 도시임을 여실히 드러냈다.

다음 날은 뉴욕시내 관광이 예정되어 있다. 관광비용은 플러싱에서 탑승하면 1인당 90달러였다. 맨해튼 엘로우캡택시는 유명세가 있는데 택시비가 비싼 편이다. 그래서 교포들은 교포콜택시를 이용한다. 가격도 싸고 말도 잘 통해 좋다. 인원이나 짐이 많으면 밴을 보내 달라고 하면 된다. 미국여행 중에도 마찬가지지만 미국생활은 택시를 탔을 때, 짐을 날라주는 도움을 받았을 때, 음식점에서 밥을 먹었을 때, 호텔에 투숙 중에도 매일 1-2불 정도씩 팁 주는 것을 잊지 말아야한다. 여행 중에 항시 1달러 지폐가 꼭 필요한 나라다. 특히 큰 음식점에서는 팁을 포함하여 서비스요금을 따로 계산해 받기도 한다.

콜택시에서 내려 관광버스를 기다리는 동안 맨해튼 큰 도로주변의 건물들을 눈여겨봤다. 건물 전면의 바로크 건축양식 같은 구조물 형태가 신비로웠다. 어느 한 시대를 잘라 고정시켜둔 단면이 건축물에 드러나 있다. 어떤 시대 건축행정의 결심이었을까. 여러 건물의 전면에 철재 비상계단이 설치되어 있다. 건물 지을 당시 미국사회에 퍼져있던 실용주의 정신이 드러나 보인다. 또 어떤 오래된 건물은 미관 때문인지 아니면 간판을 붙일 수 없는 규정으로 인해서 인지 지면에 수평으로 늘어뜨린 깃발 상호가 인상적이다. 사실을 알아본 결과 맨해튼의 특정지역은 건물 외형 변경이 안된다했다.

우리의 서울은 어떤가. 그래도 전통을 모토로 내세운 인사동 거리마저 현대병에 망가지는 것을 쉽게 볼 수 있다. 건물주는 당장 이득이 있다하여도 결국 인사동의 특성인 우리의 전통성이 무너져 관광객이 줄면 손실이 건물주에게 있지 않을까?

서울의 단성사 등 극장은 사람들이 나이 들어가면서 자신들의 젊은 날에 대한 청춘의 그림자가 추억 속에 스크랩된 장소였는데. 그런 곳에 영화의 변천사를 한눈에 볼 수 있는 무성영화 변사가 있고, 영화 포스터가 시대 순으로 게시되어 있고, 페인팅 영화 간판이 있는 영화박물관이 있으면 하는 아쉬움이 크다. 서울시에서 시청광장을 넓히는 것보다 이런 영화관을 사들여 보존하고 관광자원으로 꾸미면 한류문화의 한 장이 될 것이라는 아쉬움이 있다.

자유의 여신상을 승선 상태로 돌아보는 페리 탑승을 위해 세계적 금융 중심지인 맨해튼 월가를 도보로 걸었다. 세계 돈 흐름의 큰 물줄기인데도 거리는 화려하지도 번잡하지도 않았다. 페리탑승 선착장에는 기공수련인 법륜공단체에 속한 중국인들이 공산당이 망해야 한다는 플래카드 아래서 홍보전단지를 배포하고 있었다. 페리를 타고 자유의 여신상을 비롯해 맨해튼 연안을 유람하는 관광코스였다. 관광가이드가 영어로 말하여 귀는 절반쯤 닫히고 눈요기로 만족해야 했다.

한인 교포상가가 밀집해있는 맨해튼 32번가 한국식당에서 점심을 먹었다. 토속적인 한국 맛이 태평양을 건너오면서 변하지 않아 다행이다. 오히려 한국적이었다. 뉴욕에 사는 우리 교포 수는 2005년 통계에 보면 356,000여 명이었다. 오후에는 맨해튼 34번가에 있는 1931년 완공한 381m 높이에 102층인 엠파이어스테이트빌딩으로 갔다. 86층에 있는 전망대에서 뉴욕 시내를 한눈에 볼 수 있다. 가지런하게 세워 놓은 무수한 직육면체로 빌딩숲을 이룬 도시는 반듯반듯한 길을 내주고 길을 따라 엘로우캡택시가 누런 물길처럼 흐르고 있다.

2001. 9. 11. 이슬람 무장테러단체인 알카에다의 테러리스트들은 납치한 여객기로 세계무역센터를 충돌시켜 폭삭 내려앉혔다. 그때 테러로 사망하거나 실종된 5,124명의 한이 그 곳에 잠들어 있다. 쓰러진 건물의 뿌리가 다시 살아나 장엄하게 일어서는 모습도 보였다. 테러를 경계해야하고 풀어야할 우리의 현실도 쓰러진 세계무역센터의 아픔 속에 해답이 있을 것 같다. 9.11테러는 인간의 존엄이 탐욕에 의해 찢겨나간 것이다.

마지막에 세계적으로 이름난 센트럴파크를 구경했다. 공원에 심은 나무들이 아름드리가 되어있다. 미국인들이 자기 집에 있는 나무도 자를 때는 관청에 허가를 받아야 된다는 점과 상관된다고 생각이 들었다. 도시에 있는 어떤 나무에 대해서도 자르는 것이 쉽지 않다는 미국식 인식에 대해 녹지공간이 적은 서울에서 꼭 참고해볼만한 점이다.

맨해튼관광 중에 노점상을 보지 못한 것과 무단횡단을 즐기는 듯한 뉴요커에 대해 뉴욕시민법의 묵인이 있는 듯해 보여 색달랐다. 이번 뉴욕여행을 통해 미국의 미래에 대해 김광기 교수가 쓴 '우리가 아는 미국은 없다'라는 책 제목에서와 같은 어두운 점이 눈에 들어왔다. 그러나 꿈틀거리는 미국의 저력은 바람을 일으킬 거란 예감 또한 키우고 왔다.

우리나라 살림살이와 안보, 안전에 대해 우리의 현실을 되짚어 생각해보는 기회가 되었다. 우리가 넘겨주는 현실을 미래의 우리 아이들은 어떤 손으로 받을 것인가? 반가워하는 손 아니면 마지못해 내민 손 그중 어느 쪽이든 하나일 텐데. 손에 쥐어주는 자유시장경제와 자본주의 꽃은 빨강 파랑 둘 중에 어느 계열색의 꽃이 될까?」

이런 미국을 반대하는 이유는 뭘까? M대학운동장에 진을 친 전대협 전면에는 빨강색 반미구호가 물결쳤다. M대학 앞으로 백골단이 출동하여 긴장이 고조되었다. 정문돌파를 시도하여 학교 내로 진입해 주모자를 체포하고 데모대를 조기 해산시킨다는 작전계획을 중대장이 말했다. 중대장 전령은 다시 전경중대원들에게 억센 경상도 말투로 재전달했다.

계획대로라면 정문까지 진입할 때와 퇴각 과정이 위험하다. 대학 교안 울타리 쪽에서 투석과 화염병을 던지면 막아내기가 어려운 조건이다. 거의 방패에 의존할 수밖에 없다. 사복조가 골목으로 진입해서 정문 쪽으로 데모대를 유인할 때 정문까지 진격한다는 것인데 그럴듯한 작전이다.

데모대들도 백골단하면 긴장하고 쉽게 접근을 못한다. 돌격 앞으로 하면 보통은 도망간다. 그래서 주로 데모상황이 안 좋거나 주모자를 체포할 때 지원된다. 어제 전대협이 주도한 사대문안 데모에서 상당히 많은 주모자가 체포되었다. 데모에 유리한 M대학에서 전열을 가다듬을 심산인 것 같다. M대학은 울타리시설이 허술해 데모용품 반입이 쉽고 아무데서나 들어갈 수 있어 집결이 쉽다. 연세대만 해도 진압부대에서 철저한 검문검색만 해버리면 데모용품 반입이 어렵다.

꽹과리, 징, 북소리 장단에 대충 맞춘 데모가가 울려 퍼졌다. 정문 앞 골목으로 잠입한 백골대가 와하며 정문을 향해 돌진했다. 징소리와 북소리가 끊기더니 꽹과리소리까지 끊겼다. 내가 속한 중대는 중대장 지시대로 웃샤 웃샤 전진 앞으로 사기가 올랐다. 저항 없이 너무 쉽게 정문 앞까지 진격했다. 백골단과 서대문서 전의경중대가 정문안으로 진격하자 화염병과 투석으로 데모대가 대항했다. 백골단에 의해 데모대 저지선이 무너졌다. 뛰어 들어간 백골대는 깃발을 들었거나 머리에 구호가 적힌 머리띠를 맨 사람들은 주모자든 뭐든 잡히는 대로 끌고 왔다. 2명에서 1명꼴, 여학생은 1명에서 1명꼴로 끌고 왔다. 끌려 온 사람은 팔이 꺾인 자세거나 머리채가 잡혀있다. 운동장에서 국악기 소리와 데모가는 밀려나고 악쓰는 소리로 채워졌다.

남가좌사거리에 대기하고 있는 짐마(일명 닭장차라 불리는 경찰

출동버스)로 체포된 주모자급은 끌려갔다. 백골대가 체포된 자들 압송에 주력한 사이 급히 전열을 정비한 데모대가 정문 쪽으로 몰려왔다. 방어력이 급격히 달렸다. 퇴각명령이 없이 밀려버렸다. 정문에서 남가좌사거리까지 빠져나오는 것이 관건이다. 투석과 화염병이 찌푸린 하늘아래 난무했다. 특히 화염병이 깨질 때는 흐린 날씨 때문에 불빛이 확 솟아오르는 것이 선명하게 보였다. 펑 터지는 것이 휘발유에 신나 함량을 높인 것 같다.

6. 25때 괴뢰군 장갑차에 화염병 공격을 했다는 전투방법이 실현되고 있다. 여기저기에 치솟는 불길이 영화 속 전쟁터다. 정면대치 때는 유효사거리 밖이라는 무언의 약속을 지켜 던지고 피한다. 서로 죽이고자 하는 전쟁이 아닌데 어쩌면 영화촬영장에 가깝다. 그러나 꼭 그렇다고 단정 짓기에는 무리가 있다. 영화현장은 짜고 치는 고스톱이지만 데모현장은 감정이 치솟을 때가 있다. 지금 벌어지는 분위기는 후자에 가깝다.

삼십육계 줄행랑은 이럴 때 쓰는 말이다. 이는 상대할 수 없는 강적을 만나면 무조건 도망치는 것이 살길이라는 의미다. 중국의 병서 '삼십육계'에 나오는 모두 36가지 계책 중 패전계에서 마지막인 도주할 때 피해를 최소화시키는 전략이다. 강한 적과 싸울 때는 불리하면 퇴각했다가 다시 공격할 기회를 엿보는 것도 허물이 안 된다는 것이다. 상황에 따른 도주는 군사전략의 하나다. 줄행랑칠 때는 뒤에도 눈이 있다면 좋겠다는 생각을 누구나 할 수 있다. 퇴각명령 할 새도 없이 밀려 다리야 나살려라 할 때다. 남가좌사거리 쪽으로 무더기로 몰려온 데모대들이 마치 인천상륙작전을 감행한 형세가 됐다. 북괴군들이 이용한 북으로 빠져나갈 수 있는 태백산맥 같은 지형지물도 없다. 36계에서 타이밍을 놓쳤다.

둔탁하게 허리를 치는 느낌이 들었다. 경찰혁대 봉꽂이 동그란 쇠에 화염병이 맞았다. 화염병이 땅에 떨어졌다면 피하면 된다. 이게 뭔가 하는 순간 신나 냄새가 콧속에 꽉 찼다. 뜨거운 화기가 하반신을 옭아맨다. 나는 열에서 벗어나려고 허덕인다. 어떤 대처 방법도 생각이 안 났다. 물이라도 있으면 뛰어 들겠지만. 아스팔트 위에서 해결 방법이 없다. 펄떡펄떡 뛰었다. 그때 소화기를 든 서대문서 전경이 흰 포말을 불붙은 내 몸에 뿌렸다. 뜨거운 기운이 소화기에 잡혀져간다. 살았구나 하는 생각 끝에 긴 호흡을 했다. 진압복이 상당히 타들어갔다. 진압복에 들어있는 그을린 댓조각이 삐죽삐죽 나와 보인다. 사람들은 혼자 힘으로는 거친 세상을 헤쳐 나갈 수 있을 거라 간혹 착각을 한다. 난관에서 조력자의 만남은 행운이다. 나는 오른쪽다리에 2도 화상을 입고 곧바로 강남성심병원에서 화상치료를 받았다.

서울에 이사 온지 6개월만이다. 간간히 통화한 경찰동기로부터 이번에도 색다른 전화를 받았다.

나는 장흥경찰서에 근무할 때 경찰동기와 고모 강간사건에 대해 얘기한 적이 있다. 공소시효는 지났다하여도 고모 입장에서는 처벌에 앞서 아이 아버지가 누구인지 알고 싶어 하는 것 같다고 말했다.

경찰 동기는 외근형사로 발령 받았다. 배정받은 미제사건 중에 2

년 전에 접수된 실종사건이 단순한 행방불명이 아니다. 실종사건 수사 중에 고모사건과 관계된 점이 나타나 전화했다한다. 실종자는 큰북리 뒷산바위틈에서 움막을 짓고 살던 도사라 자칭하는 사람이다. 그 자는 1년에 한번정도 움막에서 나와 가족이 사는 나주에 간다. 당시 나이가 55세가량이고 나이에 비해 동작이 날렵한 자다. 10년 전에도 강간 용의자로 지목된 지 공소시효가 끝난 7년 만에 나타났다. 갓 스물을 넘어서도 강간죄 전과가 있고 고모사건이 발생할 때 그자는 25세가량이었다. 2년 전에 그자에 대한 실종신고는 가족들과 연락이 안 되어 한 것이고, 그때도 강간치상 미제사건이 발생했다. 이 사건 직후에 행방이 묘연하게 사라져서 용의자 선상에 놓이게 되었다.

그가 사는 움막입구는 나무문이 있는데 잠겨 지지 않은 상태이고 나타나지 않아 실종신고와 강간치상 용의 선상에도 올랐다. 사건 연관성을 암시한 그자 행적에 대해 수사 중이라 했다. 그자는 행방을 감추기 전에도 강간을 저질렀다가 합의해서 풀려났다는 소문이 있다. 혼자 사는 남자로 주로 무월광 때에 여자들 동선을 미리 알아서 잠복해 있다가 범행하는 수법을 쓴다는 것이 고모사건과 흡사하다. 강간사건이 주기를 타고 이루어진다는 점인데 그렇게 보면 고모사건이 징검다리에 맞은 시기에 발생한 것으로 계산된다. 강간사건으로 신고 되어 합의 후에 화간으로 바뀐 사건도 피해자 입장에서는 쉬쉬한다. 이 사건은 피해 여자 집이 부산으로 이사 가면서 소문이 퍼졌다. 입소문을 탄 것까지 많은 것을 알게 됐다며 나에게 연락했다.

"그래 자네가 우리 고모사건하고 그자가 연관이 있는지 수사 좀 잘해주소."

"행방이 나오는 대로 강간치상사건 용의자에 올려놓고 수사하면서 자네 고모 사건에 대해서도 알아봄세."

"연락해줘서 고맙네."

나는 서울생활에 대해 궁금한 몇 가지를 대답해 주고 다음 소식을 기다리기로 했다.

통일로에 늘어선 가로수 은행나무 잎이 노란색으로 변할 준비가 됐다는 신호를 보이기 시작했다. 10일만 지나면 나는 이 도로를 지나면서 생강나무 노란 꽃밥을 생각하고, 병아리 노란솜털을 생각하면서 노랑에 젖을 것이다. 출근길이라는 일 개념을 떠나 마음이 사뭇 가벼웠다.

점심을 먹고 나른한 생각을 가질 만한 시간에 신고를 받았다. 남녀공학인 중학교 이클래스실에 성폭력 피해자가 있다는 교감선생님 전화였다. 우선 신고자인 교감선생님을 만나보는 것이 순서일 듯싶어 학교로 교감선생님을 만나러 갔다.

오후 수업이 쉬는 시간인지 학생들이 복도를 메우고 이리저리 오갔다. 경찰복장 때문인지 학생들이 우리들 방문에 대해 관심 있어 하는 눈치다. 무슨 일이 있느냐고 물어보고 싶어 붉게 달아오른 입들이다. 젊은 남학생들 입술 속에 섞인 여학생들이 바른 립스틱 색깔이 온통 붉어 보여 그렇게 느껴졌다.

복도 저편에 ENGLISH ZONE이란 표식이 걸려있다. 교감선생님으로부터 신고하게 된 대략적인 말씀을 들었다. 중학교 2학년에 재학 중인 여학생이 피해자다. 가해자 3명 중에 같은 중학교 남학생이 2명이고, 지금 학교 다닌다면 고1인데 학교 안 다닌 남자가 1명이다. 사건은 거슬러 올라가 3년 전에 발생한 것이다. 요즘 들어 피해자에게 계속 협박을 하여 신고하게 됐다한다. 피해자가 있는 이클래스실로 교감선생님 안내를 받아 갔다. 수업이 시작되었는지 복도가 조용해졌다.

피해자가 있다는 교실 문을 열자 피해자로 보이는 여학생과 몇몇이 탁자를 가운데 두고 둘러앉아있다. 담임선생님이라며 40대 초반으로 보이는 여선생님이 내 앞에 피해자 자술서를 한번 보라며 내놓았다. 첫 페이지를 막 읽어 내려가는 사이 담임선생님이 사건 정황을 비교적 상세하게 말했다.

"저 학생이 초등학교 6학년 때인데요. 당시 가해자는 중2였다네요. 두 학생은 채팅으로 만나서 여학생이 강간을 당했다고 주장하는데 어떻게 처리되는지 궁금하고, 계속 협박을 하여 불안하다는데 조치를 해주기 바라는 사항이어요"

어머니는 언제 알고 있었느냐고 물었더니 오늘 알아서 학교에 찾아온 것이라고 대답했다. 피해학생이 몇 가지 내 질문에 대답을 시작하면서 입을 열었다. 만나게 된 동기부터 그때 사건에 대한 내용을 들었다.

피해학생과 가해학생은 크리스마스 직전에 카톡 일대일 채팅방에서 사귀기로하고 2주간 친교를 가졌다. 사귀는 동안 가해자는 채팅방에서 케이크를 사주겠다고 나오라고 했다. 케이크를 받고 일주일이 흘렀다.

가해자는 보고 싶다며 피해학생을 또 만나자고 했다. 이번에는 노래방에 갔다. 단둘이 간 노래방에서 가해자는 야하게 놀자고 제안했다. 강간을 당하기까지 거부하려는 피해자 의사는 이미 힘을 잃었다. 소리를 치지 않았냐는 피해 학생 어머니 말에 주변에 노래 소리가 나서 남들이 알면 창피할 것 같아 참았다고 말했다.

나는 창피라는 억압이, 소리도 지를 수 없는 두려움이 컸을 거란 생각에 고모가 겪은 잔등 사건이 오버랩 됐다. 고향동네 뒤 잔등 수수밭에서 일어난 고모의 몸부림을 함께한 수수가 익어가면서 수숫대 껍질이 붉어지는 현상을 궁금해 했던 지난 의문이 갑자기 떠올랐다. 익어 가면서 무거워진 수수목이 고개 숙이기 시작하면 수숫대 겉껍질은 파란색이 희부옇게 탈색되는 과정에서 핏빛을 군데군데 내놓기 시작한다. 피해 학생의 사건정황을 듣는 가운데 내 속에서 수숫대의 변색이 전이되기 시작했다.

노래방에서 강간이 있던 바로 다음날 가해 남학생은 홍콩으로 유학을 떠났다. 유학 중에 홍콩에서 카톡을 계속했다. 피해자에게 엄포를 하며 알몸영상을 보내 달라 요구했다. 보내주라는 이유에는 신진대사작용이 안되어 토한다느니 이유도 너절했다. 십여 번을 요구할 때마다 보내주게 되었다.

가해 남자는 두 달 전에 귀국했고 귀국하자마자 만나자하고 안 만나려면 찍은 야동을 계속 보내주라고 했다. 피해 여학생은 가해자가 귀국한 후 처음에는 만나는 것과 야동을 모두 거부하였다.

가해자는 급기야 피해 여학생이 다니는 같은 학년 남학생 2명을 끌어들였다. 3일전에 피해 여학생, 가해자, 동조한 남학생 등 4명은 만나서 노래방으로 향했다. 정황이 3명이서 성폭행을 하려고 계획된 만남이었다. 다행히 성폭력은 미수에 그쳤다. 이후 두 남학생들은 적극 동조하여 카톡방에서 피해자를 협박했다. 노래방에서 오늘 아침 8시부터 카톡 문자를 100번도 넘게 보내는 등 그동안 보낸 동영상을 뿌리겠다는 협박이 극에 달했다. 더 이상 참을 수가 없게 된 피해자는 어머니에게 말하게 됐고 어머니가 딸을 데리고 학교에 찾아온 것이다.

피해 여학생은 어머니에게 야단맞을까 걱정되어 말하지 않은 내용도 나왔다. 임신되지 않아 피해가 없다고 생각한 점도 있었다.

나는 2년 전 강간사건에 대해서 몇 가지 증거가 될 만한 것을 피해자에게 물었으나 실효성이 없는 대답뿐이었다. 이번 성폭력 미수에 대해서는 여경이나 담임선생님이 구체적으로 물어야 해서 더 이상 묻지 않았다.

이클래스실에 동석한 학생부장과 간호실 선생님은 적극적인 처벌의지에 동조하는 기색이 있어 보이는 반면, 교감선생님과 담임선생님은 덮으려는 인상을 받았다. 불의와 현실과의 타협에 대한 색깔의 온도차를 보였다. 가해자에 대한 몇 가지 추적수사 자료를 수집해

사무실로 돌아왔다.

컴퓨터 앞에 앉아 형사사범 통합로그인을 하고 킥스를 열어 사건 발생보고서를 작성했다. 마지막 항목인 조치란 끝줄에 피해자 인계함이라 적었다. 수사보고서를 첨부해 피해 여학생이 알고 있는 가해자들 이름과 연락처 인상착의까지 상세하게 적었다. 마치 전쟁소설에서 표현한 등장인물 중에 도망친 전범의 외모를 상세하게 표현한 것처럼 말이다.

아마도 모레 쉬는 휴무 날에는 아리랑교실에 가서 소리북을 치며 모태의 심장박동 느낌을 얻어 스트레스를 완화시켜야 할 것 같다. 왼쪽 북편은 손이나 궁굴채로 오른쪽 채편은 열채로 치면서 장구춤을 추는 신바람 난 장구재비 흥을 느끼고 싶다. 청산도 서편제길에서 김명곤 오정해가 부르는 통속민요 진도아리랑에 장단을 쳐주는 김규철의 북가락 맛을 차츰 알아가고 있다. 북소리가 귓구멍을 통해 들어와 몸에 퍼지면 가슴에 달라붙은 얼룩을 씻어볼 요량이었다.

나는 몇 년 째 소리북 치기에 흥미를 느끼고 있다. 나에게 정서순화가 되는 맞춤형취미가 되었다.

남풍에 실려 온 에피소드

서울에 올라온 지 여러 해가 지난 때쯤이다. 061 지역번호로 시작된 모르는 전화번호가 뜬다. 벨소리가 길어져 안방을 채운다.

"자네영생이맞제 얼른내려와보소"

"무슨 일이신가요?"

"동녕개에있는 자네선산때문에 자네아부지하고 강씨집안하고 싸움이났네. 아마자네아부지가 자네가걱정할까마니 말못한것같은디 자네가와야할것같터서전화했네."

고향을 생각하면 도시 삶의 불화까지도 쉽게 누그러지지만 고향에서 걸려온 소식은 덧난 상처처럼 매번 다급하다. 가는 시간만 꼬박 예닐곱 시간이 걸리는 고향 길은 나에게 노출된 함정이다. 이번에도 하는 수없이 벼르는 마음과 함께 봄나들이를 해야 할 것 같다.

홀테거리나 동녕개란 지명이 왜 불러졌는지는 모르지만 그 두 곳

사이에 고조할아버지가 모셔진 봉분이 덜렁 한 개 있다. 추석을 넘기고 나면 묘지 뒷등에서 휘몰아치는 삭풍이 마른 건불이 있는 자리채 쓸어버린 다는 것을 잘 안다. 그나마 묘지 뒷등이 볼록해 묘 자리는 찬기를 조금 막아 주리라 생각했던 터다. 어스름해지기 전이면 묘지 옆에서 큰 소나무그림자 일곱 개가 신작로까지 내려와 지나는 사람들 가는 길을 재촉했다. 그 곳에서 옆 산그늘을 따라 올라가면 초분골이 있고, 바로 위에는 상여집이 있다. 내가 어려서 무서운 이야기를 품은 그곳을 지나갈 때, 해가지면 저절로 발뒤꿈치가 들려져 달렸었다.

내가 중학교를 들어갈 때만해도 입학시험이 있었다. 진학준비랍시고 6학년 때 남포등불 아래서 지금 말로 '방과 후 수업'을 받고 집에 왔다. 집으로 오는 길은 무서워 항시 어머니가 동생을 데리고 학교가 있는 마을입구까지 마중을 나오셨다. 바람도 살랑살랑 불던 어느 날이었다.

한참을 기다려도 만나던 장소에 아무도 나타나지 않자 혼자 집으로 향하고 있었다. 그런데 하얀 물체가 움직여 다가오는 것이 옆 눈에 들어왔다. 순간 모공 속에 뿌리박은 털이 빳빳이 일어서고 등줄기가 서늘해졌다. 오직 앞으로 나가려는 발의 습성을 믿어 견디었다. 고조할아버지를 모신 선산을 뺀 주변은 오래된 물건을 들출 때 바퀴벌레나 지네 같은 파충류가 나올 것 같은 음침한 곳이다.

전화를 걸어온 먼 친척 할머니는 고향집 근처가 집이다. 이렇게 인척 역할을 하면서 묵은 끈을 놓지 않으려하신다.

이번에는 고조부 묘지가 있는 뒷산 흙을 굴착기로 파는 것을 가지고 아버지가 강수정 사촌과 싸움이 나서 걱정되어 알려준 것이다. 우리 선산 뒤쪽 묵힌 밭을 파낸다면 어느 정도인지는 모르지만 고조부 묘지는 등이 텅 빈 형국이 된다. 풍수 말대로라면 우리 국토 혈맥을 끊으려고 쇠말뚝을 박은 일본보다 더하게 지기 맥을 자른다. 전해온 소식은 봄꽃에 물든 내 기분을 순간 끄집어 내렸다. 이럴 땐 고향은 아니 선산은 짐이 된다. 아버지가 5대 독자로 내려오셨다. 장남인 나에게도 선산 관리 책임이 있다고 생각해서 전화했다고 본다.

고향 친구들과 선약된 모임을 북한산 자락 음식점에서 했다. 서울에 사는 고향 친구들끼리 모여 천관산 아래 우정을 돈독히 하려는 뜻으로 모임을 만들어 매달 만나고 있다.

"고향에 내려갈 일이 생겼네. 회진 쪽에 있는 선산 때문에 중장비 일하는 사람하고 아버지가 싸움을 했다 해서."

고향 얘기 중에 내가 한 말이다.

"나도 갈 일이 생겼어. 엄마가 넘어지면서 발목을 다쳤다는데 거동이 힘들다하네. 남편 보고 가자하니까 뭐 건설현장이 시작되어 바쁘다나. 이런 때 운전배우지 못한 것이 아쉽네."

회원 중에 일순이라는 여자동창이 같이 가면 좋겠다는 뜻으로 반응했다.

"나는 내려가면 뒷날 바로 올라 올 건데 자네는 어머니 보살펴 드려야지 바로 오기는 그렇잖아."

"올라오는 것은 고속버스타면 되네. 어째 같이 내려갈까."

일순이가 같이 가자고 했다. 나는 이틀 후로 연가를 내서 가려고 한다했다.

부모님은 고조부 묘가 있는 곳에 가족 묘지를 조성하려 하셨다. 진입로를 새로 내고 준비를 했는데 아직 가족묘 설치는 묘연하다. 지금은 견치석 틈까지 점령한 억새풀만 녹색과 갈색 변화만 연출하고 있다. 131번으로 전화를 걸어 오가는 날 일기를 가늠해보니 괜찮았다. 내비게이션 칩을 빼 업데이트도 시켰다.

연가 신청이 된 날 아침 일찍 일순이 집 앞으로 가서 만났다. 중부고속도로를 타고 고향으로 향했다. CD음악을 들어보다 싫증나 라디오를 들어본다.

「지난 2월 18일 오전 9시 53분경 대구지하철 1호선 중앙로역 지하 3층에 정차중인 전동차 1079호 기에서 방화범이 휘발유가 든 페트병에 라이터로 불을 붙였습니다. 방화로 입은 피해에 국민들의 충격이 컸습니다. 당시 사고로 전동차 6량과 마주 오던 전동차 1080호 기 6량에 불이 붙었는데 이 사고로 전동차 12량이 전소되어 192명의 사망자와 148명의 부상자가 생겼습니다. 중상자가 많았으나 아직 사망자가 늘어나지 않았습니다. 범인은 …」

시뻘건 사건 소식을 담은 라디오뉴스 아나운서 목소리가 조금 열린 창문을 스치면서 들어오는 바람소리에 섞인다.

고갯길을 넘어서자 세차게 부딪힌 바람소리에 아나운서 목소리가 흐려졌다. 진천이란 지역 특징을 살린 지주식 간판을 스칠 때다. 만개한 청매화 흰 꽃이 뭉글뭉글 너른 밭을 뒤덮고, 몇 주 섞인 홍매화 분홍 꽃으로 양 볼에 연지를 찍었다. 진달래 분홍빛이 밭둑을 따라 입술을 바른 광경이 봄 색시 웃음이다. 서울 구기터널 진입도로 변에서 며칠 전에 망울진 노란개나리를 봤다. 고속도로를 달리면서 유리창에 들어온 허름한 농가 울타리에 기댄 복사꽃 등 봄꽃들이 망막을 타고 들어와 머릿속에서 봄 잔치를 벌인다. 상큼한 봄내음이 남으로 갈수록 꽃분을 달고 차창 사이로 들어온다. 잠시 선산 문제가 봄꽃에 덮인다.

"천지가 꽃이네. 올봄은 갑자기 따뜻해져 순서 없이 꽃들이 모두 시샘을 하고 피었네. 정말 아름답다."

창문에 눈을 박고 있던 일순이가 꽃에 취한 어조로 감탄을 연발했다.

"나는 봄을 좋아하네. 물론 봄꽃이 있어서도 그러겠지만 초목에 새싹이 움터오면 내 자신도 살아나는 것 같아서…"

나는 봄 예찬을 늘어놓았다.

"재민이 이렇게 둘이 가니까 여행가는 것 같네."

"고향 행 여행이지. 집 나오면 여행이지 않나?"

나는 반문을 했다.

고향 근처에 왔다는 것을 보리논 고랑에 자리 잡은 뚝새풀이 살랑바람에 비벼내는 풀 냄새로 앞서 신호해주고, 봄물을 빨아올린 기공에서 뿜는 새싹의 날숨소리가 알려준다. 화들짝 들판은 농부의 발

걸음을 반기고, 겨울이 토해낸 찰진 흙은 농부 발바닥을 간질인다.

보성 22km, 길게 흥하라는 뜻의 장흥 지명과 강줄기가 눈에 들어왔다. 탐진강 물줄기는 영암군 금정 궁성산에서 발원하여 유치의 샛강 여러 물줄기를 끌어 모아 강진만에 다가 풀어 놓는다. 강줄기가 차 뒤쪽에서 가늘어지자 장흥읍을 경유하고 있다. 장흥버스터미널에서 회진방향으로 차머리를 돌리니 억불산이 막아선다.

"일순이 저기 중턱에 솟아있는 바위가 며느리바위인지 아는가?"

"장흥에서 여고 다녀 당연히 알지. 아마 장흥읍에 살았던 사람들은 거의 알걸."

"며느리바위에 얽힌 설화도 아는가?"

내가 물었다.

"며느리 뭐 어쩌고 그러겠지. 모르는데 말해보소"

장거리 운전으로 따분한 뇌를 깨울 겸 잘되었다. 며느리바위 설화에 대해 얘기해준 줄거리이다.

「억불산 며느리바위 아랫마을에 마음씨 고운 며느리가 시아버지를 모시고 어린 아들과 함께 살고 있었다. 효성이 지극한 며느리는 홀로 계신 시아버지를 모시고 유복자 아들을 정성껏 키우는데 소홀함이 없었다. 하지만 시아버지는 쟁기질을 하다 말을 안 듣는다고 힘들어하는 소 엉덩이를 물 정도로 성질이 고약하고, 인색하기로 온 동네에 소문난 사람이다. 그 성질 때문에 그의 아들은 비 갠 날 아버지 성화에 못 이겨 나무하러 산에 갔다가 빗물에 젖은 돌에 미끄러져 낭떠러지 아래 죽은 시체로 발견되었다.

어느 어스름한 저녁 무렵 억불산 석굴암자에서 법문을 익히던 신통력을 가진 노스님이 그 며느리 집에 시주를 갔다. 시아버지가 문전박대를 하니 노스님은 착한 며느리를 불렀다. 사흘 후에 천둥번개가 치고 소나기가 쏟아져 마을이 물에 잠기게 될 것이니, 아들을 업고 억불산으로 피하라 일렀다. 그러면서 비가 그칠 때까지 절대 뒤돌아 마을을 봐서는 안 된다고 당부하였다. 사흘 후 스님이 말한 대로 천둥번개와 함께 물동이로 붓듯이 비가 억수같이 쏟아지자 착한 며느리는 시아버지에게 함께 피신하자고 했다. 그러나 재산을 아까워한 시아버지는 며느리 말을 무시하고 집에서 나가지 않았다. 하는수없이 시아버지를 집에 두고 며느리가 아들을 업고 억불산 중턱을 올라왔을 때, 시아버지의 울부짖는 목소리가 들려 스님 당부를 깜박잊고 그만 뒤돌아보았다.

　범람한 누런 황톳물에 쓸려가고 있는 욕심의 잔재들이 눈에 들어오는 순간, 천둥번개가 치면서 며느리와 등에 업은 아들은 바위로 변해버렸다. 그 후 고약한 시아버지가 살던 마을은 깊은 소(沼)가 되었는데 수몰 전에 이 마을에 살던 박씨와 임씨 성 받이가 많아 박림소라 부르게 되었다. 며느리가 산을 오를 때 머리에 쓰고 있던 수건이 떨어져 물에 흘러가다가 걸린 마을이 건산리라 부르게 되었다. 이 얘기 속에서 아이 업은 여인형상 바위는 청송과 편백나무 숲에 둘러 발등이 안보이게 풋고추색 드레스를 입었다. 시아버지를 쓸고 간 범람한 황톳물색이 연상되어 대조를 이룬다.」

　"며느리바위설화는 과유불급(過猶不及) 좋은 학습이 되겠네. 내가 아는 지명들과 잘 어우러진 이야기네. 여고 다닐 때 건산리에서 자취했는데 추억이 생각나 설화가 더 재미있네." 일순이가 설화의미에 맞장구를 치면서 말끝마다 웃었다.

안양면 수양마을 옆을 지나 대나무가 둘러진 음침하면서도 고즈넉한 집을 지났다. 더 내려가자 흰 글씨로 지천마을이란 마을입구에 세워진 방향 표지석에 눈이 멈췄다. 20년 전 머릿속에 스크랩된 기억들이 먼지를 털고 일어났다. 자동차 액셀러레이터를 밟은 만큼 바퀴 회전이 시원하지 않게 느껴졌다. 지체하고 싶은 마음과 행동 때문일까?

"일순이 친구 저쪽으로 들어가면 지천부락이네. 내가 전에 여기를 관할하는 지서에서 근무할 때었는데 염소도둑을 잡았었지. 처벌 안하고 훈방했었네."

"왜?"

"들어보면 이해가 될지도 모르지만. 나는 지금도 잘했다고 생각하네. 들어보소"

내가 습작해둔 꽁트 내용 초안이다. 지천마을은 안양면 관내로 내가 지서에 근무하던 어느 날에 대한 일부기록이기도하다.

푸르딩딩한 완행버스가 자갈길을 휘젓고 지나가면서 회색 흙먼지와 함께 예순을 갓 넘긴 촌댁이 지서 안으로 들어왔다.

"우리 맴생이 잡아간놈을알고잇슨게 잡아가시오"

문턱을 넘어 발 내딛기가 바쁘게 상기된 어조로 말했다. 가시 돋쳐 던진 촌댁의 말에 정신이 번뜩 든 나는 허리를 곧게 폈다. 가랫장 같이 긴 판재를 맞대서 만든 나무의자 옆에 칙칙해 보이는 소파를 가리키며 앉으시라고 손짓하고서 나는 마주앉았다. 목단부락이 집이라는 촌댁은 염소도둑이 자기 집 건너 지천부락에 사는 죄씨라는 거였다.

"어디에 있던 염소가 없어졌습니까?"

"우리동네앞논둑에 쇠말뚝으로꽉매어놨는디 없어졌어라우."

새끼 배서 배가 불룩하다고 말하는 촌댁 말로 봐 새끼 얻을 요량으로 염소에 대한 애착이 커보였다.

아침일찍장장에가면서 매놓았는디 집으로오다가본께 맴생이가안보여 동네사람들한테 물어본께 일러줬어라우.

훔친 염소를 처분하기 전에 얼른 염소를 찾고, 범인도 잡아야겠다는 생각에 나는 마음이 급해졌다. 사무실에 딸린 숙직실로 가서 쉬러 들어간 차석을 불렀다. 차석은 수년전에 순찰 중 오토바이 사고로 머리를 크게 다쳐 후유증으로 경험에 의한 육감적인 눈치만 살아 있었다. 신입 순경인 나는 왕고참 차석에게 업무에 대해선 크게 배울 것은 없지만 선배인데 어쩌랴. 차석이 머리를 긁으면서 사무실로 나오는 것을 보고 촌댁 더러 가보자고 말했다.

민정당 지도장이 지서에 기부한 빨간색 오토바이에 올라타 시동을 걸었다. 옆에 서있던 촌댁에게 꽉 잡고 뒤에 타라했다.

지천부락을 가는 길은 목단저수지로 들어가는 물길을 가로지르는 낮은 다리가 있다. 큰 비가 올 때는 다리가 물속에 잠긴다. 물색이 맑은 날은 암컷 속에 추성이 생겨 색깔 고운 수컷 불거지가 섞인 피라미 떼가 다리 아래에 노니는 것을 쉽게 볼 수 있다. 옛적 목단부락에 살던 기인이 버선발로 도포자락을 날리면서 큰물 진 물 위를 걸었다는 얘기를 내 귀를 의심하며 마을 이장에게 들었다. 쉽게 믿기지 않아 중국영화나 무협지를 이장이 너무 많이 본 탓이 아닐까하고 생각했다.

가는 길옆은 무릎높이까지 자란 청보리가 가르마 같은 논둑을 사이에 두고 들녘을 폭신하게 덮고 있었다. 봄비를 한번만 더 맞고 나면 보리가 쑥 자라겠지. 쭉 내민 보리모가지를 뽑아 질근질근 끝을 씹어 보리피리를 만들었던 어릴 적 기억이 스쳐갔다. 지천마을 입구를 들어섰다. 마을 초입에 있는 허름한 외딴집 앞에서 촌댁이 발길을 멈췄다.

"이 집이오"

나는 파란페인트칠이 퇴색된 철대문을 두들기며 죄씨를 불렀으나 아무 대답이 없었다. 시골대문은 항시 그렇듯이 잠겨 있지 않아 내가 밀고 들어갔다. 염소가 있을만한 뒤꼍을 돌아보고 본채와 연결된 헛간에 가봤다.

슬레이트지붕 밑 원목서까래를 받치는 보에는 핏기가 채 마르지 않은 염소머리와 다리 3개가 새끼줄에 매달려 있다. 염소를 다섯 토막 내어 하나는 먹었는지 없고, 나머지는 매달려 있는 것으로 보였다.

죄씨가 집으로 돌아오겠지 하고 한참을 기다리다 안 되겠다싶어 촌댁은 여기 계시라 해두고 나는 마을 중앙 쪽으로 걸어갔다.

올 가을부터 시작된 주민등록증 일제갱신을 하기위해 시골집에
내려온 수돗물 맛에 얼굴빛이 흰 처녀들이 모여 있는 앞을 지나면서
도 죄씨에 대해 묻지 않았다. 때마침 들에서 죄씨집 쪽으로 가는 사
람이 보여 빠른 걸음을 재촉해 되짚어 갔다.

"저 집에 사는 죄씨봤습니까?"

"제가 죄씨인디요"

염소머리 증거물이 나온 이상 이럴 때는 확증을 잡는 것처럼 다
그치는 수법으로 추궁해야한다는 생각대로 말했다.

"아저씨는 남의 염소를 잡아와서 밀도살하면 특수절도에 축산물
가공처리법위반죄에 해당되는지 알기는 하오"

"잘못했어라우 용서해주셔라우."

죄씨는 무슨 말을 꺼내려다가 낯빛이 굳어지더니 체념한 듯 말을
흐렸다.

"집으로 가봅시다 앞서시오"

"애들하고 괴기가 먹고 싶어서…"

울먹이는 죄씨는 목소리가 기어들어갔다.

"빈대도낯짝이있다는디 내가과부라고무시하요 아는집염소를잡아
간 뻔뻔한사람아 콩밥이나 실컷묵고오시오"

마당에 들어서자마자 촌댁이 죄씨 얼굴을 향해 삿대질을 하며 말
소리를 높였다.

촌댁은 분이 찼는지 목소리가 언 고등어를 식칼로 내리치는 소리

같이 쨍쨍거렸다. 죄씨와 촌댁을 안양지서까지 데리고 가려면 택시를 불러야했다. 택시부로 전화를 걸려고 지천이장집으로 갔다.

시끄런 소리에 동네사람들 귀가 곤두서고 마을전체가 웅성웅성 입들이 살아났다. 이장 사모님에게 말씀드리고 통화하는 사이 이장이 오는 길에 죄씨 소식을 들었는지 헐레벌떡 집으로 들어오면서 나에게 아부 섞인 거동으로 인사를 했다.

이장 말이 죄씨는 불쌍한 사람이라며 작년 초겨울에 돈 벌러 간다고 서울로 떠난 죄씨 부인이 감감무소식으로 반년이 다 됐다한다. 착한 죄씨가 왜 그런 일을 저질렀는지 모르겠다며 죄씨 집 큰 가시내가 초등학교 4학년인데 아래로 줄줄이 셋이나 되어 먹고사는 것이 큰일이라는 거였다. 만약 죄씨가 형무소가면 4명이 고아가 된다며 애들을 앞으로 누가 돌볼 것이냐며 봐달라고 나에게 매달렸다.

나는 고기가 먹고 싶었다는 죄씨 말과 어린 고아가 4명이 생긴다는 이장 말에 어찌해야할지 망설여졌다. 경찰관 책무는 범법자를 색출하여 법대로 엄벌하는 것이다. 사회의 소금과 같은 경찰 역할이랄까.

그때 여섯 살 정도 되어 보이는 여자아이가 죄씨 집으로 들어와서 사람들이 마당에 왜 있는지 영문도 모르고 죄씨에게 다가가서 아부지 아까 묵은 괴기 더 묵고 싶어 라며 보챘다.

경찰학교에서 배운 「합리적인 판단으로 처리하라」는 말이 과연 이럴 때 어떻게 해야 한다는 것인가. 현재의 상황을 지켜보던 촌댁이 화가 누그러져 보여 일단 피해자 생각을 알아 봐야겠다고 나는 생각했다.

"아주머니 죄씨 죄는 나쁘지만 이번 일이 있기 전까지는 동네에서 착하게 살았다 하던데 아주머니도 앞 동네라 들어 잘 알 것입니다. 가정형편도 그렇지만 죄씨를 형무소에 보내면 쌩고아가 4명이나 생길 것인데 법을 떠나 먼저 애들 때문에 저도 걱정이 됩니다."

아주머니가 대답을 안했다.

"쌍촌댁 사람 한번 살려주시오"

나이 먹은 마을 이장이 매달려 애원했다.

"새끼 밴 우리 맴생이는…"

말끝을 흐린 촌댁 반응이 사뭇 누그러져 보였다. 나는 헛기침으로 목소리를 가다듬었다.

"아주머니 죄씨가 도망갈 사람은 아닌 것 같으니 지서에 가서 어떻게 할 것인가 상의해 보겠습니다."

"빌어먹을인간 콩밥을먹이든지말든지 순경이알어서 하씨오"

촌댁이 고깃덩어리 2개만 챙기고 하나는 그대로 놔두고 가면서 말을 했다.

나에게 또 다시 이장은 간곡히 부탁하면서 뒤따라 지서로 가겠다고 말하는 것을 뒤로하고 나는 부르릉 오토바이 소리로 대답을 대신했다.

지서에 와서 염소는 피해자가 변상 받고 촌댁이 적극적으로 처벌을 원치 않았다고 감정으로 버무린 하얀 거짓말을 하면서 첫 번째 직무유기가 시작되었다. 경찰특성으로 볼 때 경찰관은 차가운 법을 집행해야하기 때문에 모진 맛이 있어야 한다. 나는 순진 경찰남일까? 아니면 특수절도범 검거실적에 욕심 없고, 심성이 수렁논 흙처럼 물컹물컹한 탓일까?

차석에게 사건 시말을 보고하면서 특수절도 피의자인 죄씨를 잡아 올 수 없었던 사정을 덧붙여 얼버무렸다. 차석은 피의자를 봤으면 일단 잡아올 것이지 무슨 말이냐고 내게 호통을 쳤다. 내 의도와 다르게 사건 처리가 흘러갈 판이었다. 나는 경험도 짧고 아버지뻘 되는 차석에게 대꾸할 수도 없어 속이 탔다.

그 후로 안 것이지만 차석 속셈은 따로 있었다. 봐주는 대가다. 죄씨가 부탁도 하겠지만 마을일에 대한 이장의 책임감과 오지랖 넓은 마을 유지들은 가만있지 않는다. 봐주게 되면 가난한 죄씨가 아니더라도 이장이나 마을 유지가 우선 인사치레를 하게 된다. 그러면 죄씨는 빼준 사람을 은인처럼 받들게 되고 이장이나 유지는 위세를 누리게 되는 묘수가 있다.

나는 차석에게 알겠노라고 말한 후 죄씨를 잡으러 가기 위해 무거운 발을 출입문 쪽으로 내딛었다. 그때 지서장이 점심 자리가 길어져 술을 한잔했는지 눈가가 붉어져 들어왔다. 술 마시면 얼굴이 붉어진다고 낮술을 꺼렸었는데 오늘은 술을 피하기가 어려운 자리였나 보다라고 생각했다.

지천마을 이장이 헐레벌떡 지서장을 뒤따라 들어왔다. 이장은 들어오기가 바쁘게 지서장에게 죄씨 가정 사정을 대충 얘기하고, 머리까지 조아리려가며 어린아이 조르듯 지서장책상 앞에서 한번만 봐 달라 애원했다. 기분 좋게 술을 했는지 아니면 이장 체면을 봐서인지 생각해 봅시다라는 지서장 말에 나는 차석 때문에 조였던 마음이 허물어지기 시작했다.

"유 순경이 봤으니까 이장님 말씀이 맞던가."

지서장은 나를 모로 보며 물었다.

"예 사실 그대로입니다."

"이장님께서 이렇게 찾아와서 봐 달라하는데 어쩌겠소"

눈치 구단인 차석이 지서장 심중을 읽었는지 나서며 이장을 향해 거들었다. 지천마을 이장은 앞으로 죄씨가 바르게 살도록 잘 돌보겠다고 죄씨를 대신해 다짐하여 염소절도 사건은 선처 쪽으로 가닥이 잡혔다.

나는 그날 마지막 소재지 외 순찰시간에 죄씨를 만나 경각심을 더 심어주고, 촌댁에게 재차 사과시켰다. 이번 사건은 재범이 되지 않도록 계도하는 것으로 매듭을 지었다.」

"염소고기를 남겨준 그런 염소주인이 진짜 있을까? 소설에서나 가능한 얘기겠지."

"그것은 실화라니까."

나는 실화 발음에 강한 악센트를 넣어 말했다.

구도적 안전의 최소 형태가 세모꼴이다. 뒤뚱거리지 않는 카메라 거치대가 그런 꼴이다. 세모꼴 강철봉 무게중심이 빈 공간상에 있는 타악기 트라이앵글 습성을 통해 이해가 되는 사건이다. 트라이앵글은 세 꼭짓점으로 이루어진 안전에 대한 가성비(가격 대비 성능비의 준말)를 최소화시킨 구도다. 안전해 보이는 삼각이지만 무게 중심은 비어있어 공허하다. 그 공허한 중심 공간으로 강철봉은 안쪽 세 면에서 소리를 모으고 다시 내뱉는다. 공명현상과 닮았다. 강철봉 바깥 세 면에서 바로 나가는 소리와 안쪽에서 나는 공명된 소리 사이에는 간극이 벌어진다. 이 시간적 간극은 두 음파 사이에서도 음의 공간을 벌린다.

진동소리는 떠는 것이라 손을 대면 살아 있다고 느끼게 되고 색으로 말하자면 떠는 감정은 운동 상태라 빨강에 가깝다. 공명소리는 촉감에 확연히 느껴진다. 징을 치고 손바닥을 가까이 대면 벌레가 기어가는 느낌보다 더 명료하게 느껴진다. 타악기마다 또는 물건의 재질에 따라 칠 때 나는 소리 감정이 각각 다르다.

무쇠를 무쇠로 칠 때와 청동을 무쇠로 칠 때 소리가 다르다. 나무로 치면 또 다른데 나무도 박달나무로 칠 때와 오동나무로 칠 때 소리가 다르다. 징채는 헝겊을 뭉치거나 짚에 헝겊을 씌워 만들고, 북이나 꽹과리채는 재질이 나무다. 오케스트라연주는 소리가 만든 조화의 극치다. 악기에서도 북의 경우 채로 치는 면의 반대편에도 울림이 생긴다.

너와 나는 북의 양면이다. 서로 작용한다. 우리가 몸을 담은 사회는 인간의 연출에 의한 오케스트라 하모니다. 온 국민을 아픈 감정으로 몰아넣는 사건, 사고의 연속은 베토벤의 비창이다. 촌댁과 죄씨 그리고 나는 트라이앵글 세 꼭짓점에 각자 서서 한 음을 냈다.

순음.

시골 경찰의 하루는 자질구레한 사건들이 징검다리 되어 느슨하다가도 천둥번개 같은 사건이 있기는 도시와 다를 바가 없다. 초임 때 사건의 결행은 두고두고 잘잘못을 가르는데 시소 위에 놓여 기준점이 될 것 같다.

천관산 그림자를 업고 지름길로 가로질러 포장된 제방 길을 따라 고향집 쪽으로 향했다. 큰북리에 일순이를 내려주고 집으로 향할까 하다가 망설였다.

나는 해질 무렵이 다되어가서 집에 들어가는 것보다 얼른 선산에 가보고 싶었다. 선산밑을 파는 작업 중일 수도 있어서. 고조부 묘지 쪽으로 향했다. 먼발치에서 보기에도 생땅을 파낸 상처자국이 선명하게 드러났다. 순간 절토한 땅 주인에 대한 상념이 뇌리를 흔든다. 아버지께서 우리 집과 관계된 다른 집안을 말씀하실 때는 마치 담판장에 마주한 사람같이 보였다. 하필 강제출 집안 4촌 선산이 등을 대고 있다. 집이든지 논밭이든지 가깝게 있을 때 좋으면 이웃사촌이지만 싫으면 된 원수다. 멀리 갈 것 없이 남북한이 그런 관계이지 않는가?

내 기억 속에 아버지가 각인해둔 수정이 집안에 대한 모든 기억들은 도깨비탈을 쓰고 있다.

수정이 일가 묘지에는 봉분이 두 개 있었는데 어찌되었을까. 하나도 없다. 그 강씨 집안사람들은 성품이 거친데다 자손이 많은 집안

위세로 독자로 내려오는 아버지를 항시 무시하고 따돌림 했다. 자기들 식으로 경계를 정하고서 우리 산에 있는 소나무를 다짜고짜 마구 베어도 막지 못했다고 할머니가 말씀 하실 때 아버지는 늘 분에 찬 모습을 드러내셨다.

내가 초등학교 5학년쯤 여름방학 때 수정이 집에 친척 일행이 서울에서 왔다. 그 일행 중에 내 또래 여자아이가 단발머리에 설익은 박속같이 맑은 얼굴을 하고 있었다. 아이의 단발머리는 머리 아래쪽을 돌아가며 커트하여 머리가 유독 짧아 보였다. 신식유행 머리 같은 색다른 느낌으로 뇌리에 각인되었다.

내가 청년이 다되던 때 커트머리 유행이 시작되었다. 그 여자아이의 환상이 덧대어져 커트머리를 한 예쁜 여자 모습 속에서 내 눈은 더욱 더듬거렸다. 그 여자아이에 대한 생각 틈에도 낯선 감정이 쌓인 냉동고 속에 얼려둔 아버지 목소리가 놓여있다. 흘러버린 시간 속에서 지금은 얼굴을 알 수 없겠지만 궁금증은 죽지 않았다.

포클레인이 소리 지르며 파들어 올 때 안전했던 자리가 흔들렸을 거란 생각에 나는 고조부 묘를 보며 송구한 기분이 들었다. 이미 땅 깎기 작업은 8할은 끝낸 마무리 단계 같았다. 포클레인이 작업 중에 고장 났는지 엔진 뚜껑이 열려있고 사람은 안보였다.

절토면에는 크고 작은 소나무뿌리 잘린 부분에서 어떤 것은 송진으로 보이는 약간 붉은 액체가 베어 나와 있다. 피눈물 같다는 생각이 들었다. 내가 염려했던 것보다 선산은 더 큰 상처로 눈에 들어왔다. 해가 기울어지기 시작하여 내일 아침 일찍 와봐야겠다. 미안한 마음은 선산에 드리고, 쓰린 마음을 거둬 내려왔다.

지난해 8월 말에 불었던 태풍 루사가 전국을 강타할 때 이 선산 소나무는 가지가 여럿 잘려나갔다. 안타깝게도 두 그루는 목까지 잘렸는데 두 형제를 잃은 다섯 소나무 그림자만이 따라 내려와서 포장 도로면에 검게 덧칠한다.

서울로 이사 간지 몇 해 안 되어 강씨 집안 선산은 봉분을 이장해 주기로 하고 타 동네 사람에게 팔아먹었다한다. 서울로 이사 간 강씨는 선산까지 팔아먹을 정도가 되고 파묘하기 전까지 십여 겹 마른 풀에 새 풀이 난 것을 보았는데 매년 내려와 벌초할 여력도 못되었을까? 나는 그 집안 소식을 들은 다음 해 추석 성묘할 때 고조할아버지께 힘주어 주문처럼 들려주었다.

회진마을을 중심으로 내 고향 마을 북리는 회진의 북쪽 마을이라 하여 붙여졌다. 내가 태어난 작은북리는 말 그대로 본 부락 북리 보다 더 작다. 지금은 덕흥부락으로 이름이 바뀌면서 우리 마을은 덕흥2구라 부른다. 개명 이유 중에 이북으로 읽힐 수 있기 때문이었다는 말이 돌았다.

우리 마을은 새마을운동이 시작되기 전만해도 흙으로 구운 검은 기와를 입힌 집이 한 채도 없었다. 30여 채 초가마을은 마치 펄에서 캐낸 죽어 까진 색 바랜 마른 고막껍질을 엎어놓은 형상이었다. 그땐 삼신할머니가 온 동네를 간난아이 울음소리로 채워 부지런도 하더니만, 새마을운동으로 어렵게 지붕개량까지 해놓고서 이어서 살 사람이 없어졌다. 허문 집 자리를 텃밭으로 이용하는 곳이 많아 질 것이다. 저승사자가 늙은 집지기마저 거둬 가면 텅텅 빈집이 부지기수 일게다. 주인 잃은 집은 들고양이가 집주인 행세를 할 것이고 빈제비집만이 지키게 될 것이라 생각된다.

 나는 우리 집 마당까지 들어가서 차를 세웠다. 내 발을 그리워할 잘다져진 마당 흙이 밟힌다. 마당과 논수밭을 구분 짓는 석축이 만나는 자리에 잡초가 마른 뼈만 드러내고 있다. 틈마다 모닥모닥 자란 마른 풀숲이 지난 짙푸른 여름의 흔적이다. 논수밭 가에는 듬성듬성 익모초 마른줄기가 보인다. 익모초는 줄기가 사각이 져있어 식별이 쉽고 잡초 중에서 키가 크다. 요즘 외래종 잡초는 키가 큰 편이지만 토종잡초는 키가 큰 것이 그다지 많지 않다. 마당과 닿는 석축 아래는 몇 포기 소리쟁이가 자리를 잡고 있다. 소리쟁이 줄기에서 아래쪽 잎은 담배 잎처럼 넓고 크다. 씨앗이 늦게까지 달려있다. 그래서 알기 쉽다. 소리쟁이는 한 해 동안 종자를 약 6만 개 생산한다. 한번 토양 속에 씨가 박히면 무려 80여 년이나 생명력이 지속된다. 표토 층에 많은 양의 소금쟁이 종자가 깔려있다. 여러해살이 불멸의 잡초이지만 다행히 소리쟁이는 다년생 이면서도 수명이 비교적 짧다. 원뿌리가 긴 소리쟁이는 맨손으로 뽑기는 힘들어 농기구로 깊게 파내야 한다. 위쪽 성장점 부위를 잘라버리면 죽을지 몰라도 찝찝해서 뿌리 채 캐려면 곤욕스럽다. 소리쟁이뿌리는 당근뿌리와 색깔이며 비슷한 느낌이다. 습한 데에 많이 있는 들풀이지만 소가 먹지 않아 꼴 벨 때에도 지체물(지장물)이었다.

고개를 들어 시선을 옮기니 동산에 자귀나무 가지가 앙상하게 보인다. 자귀나무는 소나무 사이에 한그루가 있다. 여름 마다 옥수수 수염을 닮은 꽃이 아름다운 자태를 드러낸다. 우리 집에서 빤히 보인다. 자귀나무는 부부의 금실을 상징한다는 합혼수다. 이는 해가 지면 양쪽에 있는 잎이 서로 마주보며 말리는 것이 부부가 껴안은 것 같기 때문이다.

아버지는 동네 어른들에게 인사를 잘해야 한다면서도 수정이집 어른들에게는 절을 해서는 안된다하신 것은 변함이 없다. 생각해보면 어떤 종교에서 인격 외에 절을 하는 행위를 우상숭배로 간주하여 적극 배척하는 것과 다를 바 없다.

초등학교 4, 5학년 때쯤 한번은 여름 낮 점심때가 되어 큰샘에 물을 길러 갔다. 온 동네 사람들이 큰샘 물을 식수로 사용한다. 시원한 물맛과 충분한 물량을 가진 동네의 젖줄이다. 큰샘은 동네 가장 깊숙한 위쪽에 있다. 대나무가 촘촘히 나있는 둔덕아래 샘물이 솟는데 첫아이를 낳은 아낙의 신체처럼 건강했다. 덜렁덜렁 알루미늄 노란 주전자를 들고 큰샘 쪽으로 가고 있는데 강수정의 아버지가 앞서고 몇 걸음 뒤에 이웃집 아재가 다가오고 있었다. 나는 주전자 손잡이가 잘못이라도 된 것처럼 고개를 숙여 만지면서 딴청을 부렸다. 얼른 고개를 들어 뒤따라오는 아재에게 인사를 했다.

"영생이 저 애는 인사깔이 없어라우."

"아니 나한테는 인사를 잘 하던디 그런가?"

이웃집 아재는 반박을 했다. 나는 수정이 아버지 말에 죄짓다 들킨 사람처럼 가슴이 콩알만 해졌다.

큰샘은 두레박 없이 고개를 숙여 물을 퍼낼 수 있는 높이로 둥그런 시멘트 흄관을 묻어 만들어졌다. 지면 높이에 구멍이 뚫려있어 물이 넘치면 아래로 흘러가게 돼있다. 팔이 짧은 아이들은 물 긷기가 위험하다. 아이들이 샘에 처박히면 빠져 나올 수 없다. 아이가 빠져 죽을 뻔했다는 말을 들었다. 어른들은 아이들에게 샘가에서 놀거나 물을 긷지 말라한다.

큰샘에는 물 긷는 사람이 없었다. 몇 해 전에 큰샘 아래쪽에 당꼬를 만들어 놓았다. 당꼬는 큰샘에서 넘쳐 흘러내려온 물을 받아둔다. 당꼬에서 동네 아낙네들이 모여 빨래를 한다. 사각 형태로 되어 있는데 가장자리는 빙 둘러져 시멘트바닥으로 되어있어 여러 사람이 모여 빨래하기 좋다. 물 긷는 큰샘 보다 빨래터인 당꼬가 항시 시끄럽다. 겨울에도 당꼬 물은 얼지 않는다.

어두지라는 섬에서 이사 온 부부가 있다. 그 부부는 자식이 없는데 아주머니 목소리가 당꼬에서 제일 크다. 걸걸한 목소리로 부르는 육자배기 가락에 안 넘어간 귀가 없다.

동네에 아이들이 늘어나면서 우리 집 뒤에 있는 도랑 옆에 작은 샘을 팠다. 큰샘 보다 작은 흄관이 묻어졌다. 먹는 물은 아니지만 가물어 도랑물이 보트면(마르는 것) 동네여인들은 빨래 할 때 이 샘물을 이용한다. 홀로 사는 남자가 없는 대가족 시대라 남자가 빨래터에 나오는 경우는 없다.

시원한 물을 주전자에 가득 담아 집으로 돌아오는 길에 동네가운데 있는 동산을 지난다. 내 또래보다 어린 동네 아이들이 동산을 기어 올라가고 있다. 나는 사실 이 동산에 오르는 것을 그다지 좋아하지 않는다. 하는 수없이 아이들과 어울리다 보니까 올라간 것이지 올라가면서 미끄러질까 아랫도리가 배꼽에 당겨진다. 어감이 안 좋지만 마을사람들은 소리 나는 대로 똥산이라 부른다. 말이 동산이지 산이 아니다. 서산방조제를 막을 때 절토를 하면서 돌처럼 단단한 마사토층이 원형 그대로 남겨진 것이다. 우리 마을 동산 근처 집으로 이사 온 아주머니가 무당의 말대로 복산이라 부르자고 했다. 그러면 동네가 흥하고 그 집도 흥할 거란 말을 했다지만 결국 똥산이란 호칭이 바뀌지지 않았다.

동산 위에는 소나무가 몇 그루 있는데 뿌리가 일부 드러나 있다. 기역자로 꺾여 드러난 양쪽 뿌리를 잡고 앉으면 비행기 조종석에 앉은 기분이다. 앞은 빈 허공으로 공수훈련장 막타워 공포높이 11m와 비슷하다.

나에게 고향집 마당은 뭘까. 5월말이면 보리타작하는 발동개 통통 소리 요란하고, 10월이면 나락 훑는 홀태 윙윙 소리 컸다. 겨울이 오기 전에 콩대둥치 풀어 늦가을햇살 받으면서 도리깨 삐거덕거리는 소리 쉴 새 없었다. 마당은 식구들 먹거리 만드는 소리가 장엄했던 식재료공장 터다. 곡식 널 때 햇빛 따라 덕석을 이리저리 맞추는 큰 퍼즐판도 되고 유년시절 이까(자치기), 하루, 도치볼, 고무줄놀이, 술래잡기, 말뚝박기놀이를 할 때 이 마당은 운동장이고 놀이터였다. 마당은 우리들 어릴 적 하늘과 땅이 통해 숨 쉬는 맨땅이었다.

천관산의 힘찬 능선이 보인 고향집 마당은 천관산 정기를 받아 진취적인 기상을 심어준 모태적 장소다. 우리 집 마당은 내 무수한 발자국이 가족들 발자국과 수 만 겹 포개져 공존 사실로 지층구조에 기록되어있다. 이런 마당은 용도 이상의 의미가 깔려있다.

기울어져 가는 봄 햇살이 노곤하게 굳어진 눈꺼풀을 풀어낼 것 같다. 부모님께 인사를 드리고 선산 현재 상황과 내일 일찍 가서 일 하는 사람을 만나 보겠다는 말씀도 드렸다.

오랜만에 고향집에서 잠을 청했다. 몸은 누워있는데 생각이 일어 났다.

「서에는 공성산이 둘렀는데 문장제사 회진이라 벽해쌍전 변역년 우산낙조 목동이라」 이 고장에 구전되어 오는 노래가사에 잠재된 무의식 같은 추억들이 선명해 진다. 천관산 봉화대의 조급한 불꽃이 솟으면서 바람과 부딪히는 소리가 살아난다. 장파골 목동이 차고 있던 피리는 해녀들의 숨비소리가 섞여 흘러온 바람을 담았다가 뱉는 다.

생각은 문지방을 나가서 골목을 향한다. 이집 저집 담장과 울타리 위를 가로지르며 날아간다. 지붕위에는 올라가지 못하고 미끄러진 다. 아마 지붕 위를 올라가본 경험이 없어 그런가 보다. 친구 선인이 집 마당에서 노는 아이들 소리만 기억나고 모습은 가물가물하다. 친 구 철영이 집 뒤뜰에서는 여자아이들 소꿉놀이하는 모습이 그림자 앙금으로 겨우 보인다.

생각이 공중부양을 하니 일곱 집 출입구가 보인다. 설날에는 시루떡, 추석에는 송편에 대한 기억들이 깃나는 떡을 들고 다닌다. 무협지에서 바람같이 나는 신비스런 인형(사람의 형태)이 이동하는 장면이다. 인형의 동선은 일곱 집 출입구와 우리 집 출입구를 잇는다. 명절마다 순서만 다를 뿐 거의 같은 연결선이다. 이런 심부름은 여자아이들이 맡아한다. 나는 해본 적이 없다. 조상에게 지내는 차례 상에 올리기보다 이웃집과 나누는 순서가 우선이다. 가져온 떡은 바로 먹으면 좋다. 우리 집 떡 맛이 동네 한 바퀴 돌면 여러 맛으로 변해 돌아온다. 일곱 가지 맛으로 일곱 집은 우리 집과 먼 인척이거나 친한 집들이다. 항시 반복되니까 맛 기억은 잊었어도 누구집들인지 어렴풋이 안다. 어떤 때는 빈 그릇으로 돌아오고 빈 그릇으로 보낸 집에서는 다시 새 그릇에 듬뿍 담아온다. 마당이 작은 집에 비해 큰 집에서 보내는 그릇은 고봉이다. 당연하게 여긴다. 어떤 불만도 없다. 품앗이 할 때도 마찬가지다. 힘이 더 세거나 힘이 약해보이거나 문제되지 않는다. 농번기 때는 점심, 저녁 두 끼 식사고 하루 품이다.

두레의 정신이다. 국민교육헌장에 나오는 상부상조 단어다. 떡 생각에 포만감이 느껴지면서 스르르 잠이 들었다.

꿈속에서 초등학교 때 냇가에 갔다가 화석을 발견하였다. 박쥐같이 보이는 움직이는 모습이 드러난 동물화석을 손에 들고 살아나기를 바라는 절박한 염원으로 부르르 떨다가 잠에서 깨어났다. 고향집에서 늦은 밤 허황된 단꿈은 짚불처럼 식어가고 무의식의 빈자리는 고조할아버지 묘에 얽힌 현실이 뇌에서 접속된다. 주먹으로 이어진 자율신경이 병증으로 파르르 떤다. 나는 내일 오전동안 내 심장에 붙어 있는 박동장치를 강하게 채찍질 할 것 같다. 고조할아버지 선산 문제를 꼭 매듭짓고 올라가야한다. 다짐을 하다가 다시 잠이 들었다.

먼동이 트면서 깼다. 몸을 뒤척이다가 일어나 마당에 나오니 누운 햇살이 내 실눈에 들어온다. 심홍색에 끌려 마당가로 간다. 견치 돌 틈새 낀 낡은 호미날과 나무자루 잃은 슴베(호미날과 자루 연결 부분)에 슨 녹은 상처에서 흐르는 핏빛 색이다. 녹은 여명을 뚫고 나온 햇살과 닮은 색으로 내 눈에 담겨진다.

나는 아침밥을 먹기가 무섭게 고조부 묘지로 향했다. 가는 길에 만난 푸른 잎들 가운데 유독 메말라 보이는 줄기가 있다. 아직 땅속에서 게으르게 자고 있는 대추나무뿌리에게 일어나라고 봄 햇살이 지렛대 질을 건다.

오늘은 살아난 포클레인이 거북등에 기린 목을 하고 쉴 새 없이 저어댄다. 버켓 삽날로 생땅을 파들어 가는 동작 때마다 똥구멍에서 시커먼 쌩 방귀를 뿜으며 소리까지 요란하다. 땅이 우는 소리를 포클레인 기계음이 삼켜버린 듯하지만 버켓 삽날 끝이 쓱쓱 거리며 잡소리 속에서 땅이 허물어지는 끝 숨소리가 난다. 잔돌은 흙속에서 나와 퇴화된 눈을 가진 두더지 몸통 굴림을 흉내 낸다. 덤프트럭이 간간히 와서 등짐을 지고 나가는 것을 눈여겨보는 사람이 한 명 있

225

고, 그 옆에서 덩어리진 흙을 구둣발로 툭툭 차며 딴전을 피우는 사람은 이 일에 지극히 관심이 없어 보인다.

나는 작업 중에 끼어들며 이 작업 책임자가 누구냐고 물었다. 이 땅이 예전에는 밭이었는데 10여 년 전부터 묵정밭이 되었다. 청 작업복 차림의 남자가 나서며 지금 땅주인은 여기 없다고 했다. 남의 선산 뒤를 이렇게 파들어 가도 되느냐는 말에 귀찮다는 듯이 자신은 그냥 덤프트럭을 빌려 흙을 가져가는 것이라 대꾸했다. 굴착기사장이 알아서 작업하는 것이라며 덧붙였다. 작업 중이던 포클레인사장이 엔진을 멈추고 내려왔다,

그는 나에 대해 알고 있는 듯 형님이라 하면서 겉치레 인사를 하고 땅주인이 말해준 경계대로 할 뿐이라 했다. 나는 어렴풋이 본 듯한데 타서 검은 얼굴 때문인지 선후배 관계도 분간이 안 갔다. 그가 말하는 경계라는 것은 산과 묵정밭사이로 아무리 밭이 묵혔다지만 보는 눈 마다 알만한 정도의 경계를 말한 것이다. 그러나 아버지가 말씀하신 대로라면 소나무를 베고 경계를 먹어들어 왔다하지 않았더냐. 나는 이렇게 작업을 하려면 경계측량을 하고서 해야 하지 않겠느냐고 따지듯 말했다. 그러면서 10미터가 되게 땅을 파내려 가려면 비스듬히 사면도 만들어야지 이렇게 급경사로 파면되겠느냐고 말했다. 비오면 붕괴될 것이 뻔하다는 말과 함께 마무리 지은 것으로 보이는 파낸 한쪽을 가리켰다.

포클레인사장이 경계는 도면에 그어놓은 선인데 이정도 경사를 준 것은 도리어 산 쪽에서 이쪽으로 경계선이 온 것이라며 억지를

부렸다. 그러면서 할아버지 때 우리 땅이라서 대강 경계도 알고 있다고 말했다.

나는 이 자가 덕흥 큰부락 강씨 집안 손자로 3년 후배라는 것이 뚜렷하게 기억이 살아났다. 수년 전에 회진으로 이사 와서 중장비를 부린다는 얘기를 누군가로부터 들었다. 덧붙여 경기도 어딘가에서 살았는데 건설경기가 죽어 고향에서 묘일이나 할까하여 내려 왔다는 얘기까지 들었다. 이 후배 집에 내 또래 친척인 여자아이가 왔던 어릴 때 기억이 번뜩였다. 강씨 할아버지가 말해줘 경계를 알고 있다는 말에 뒷머리가 갑자기 뜨거워졌다.

"자네가 경계를 안다고 자네 어려서 이사 갔는데 어떻게 경계를 기억해서 알아."

나는 후배 억지에 이래서 아버지가 강씨 집 사람들에게 분개했었구나란 생각이 머리를 꽉 채웠다. 나는 아버지가 당한 것을 분풀이라도 하려는 듯 물러서지 않았다.

"후배 놈이 건방지게 눈을 후려 보며 생떼를 써. 경계측량을 해서 만약 흙을 한 삽이라도 더 팠으면 네가 다시 갔다 놔야해."

"알았다니까요 젠장."

"야 이 자식아 너 때문에 내가 서울에서 단숨에 내려왔어. 고향에 내려와서 일하려면 순리에 맞게 해야지 소리칠게 뭐있어."

"돈 벌려고 하는 짓이지만 팔아먹은 선산에서 묘 자리까지 파헤치는 나는 속이 속인 줄 아시오"

후배의 입과 내 귀 사이에 소통되는 문은 이미 잠겨 지고 눈곱만큼도 그의 말이 들어오지 못하게 나는 막아냈다. 장맛비에 파낸 곳이 붕괴되면 어떻게 할 거냐는 내 말에 그건 이 땅 새 주인이 알아서 축대를 쌓던지 할 것 아니냐며 소 발정 난 큰소리로 후배가 받아쳤다. 입으로 분을 삭이기에는 속 응어리가 너무 컸다.

급기야 나는 후배 멱살을 잡았다. 고등학교 때 유도시간에 배운 것과 하사훈련 때 유격장에서 배웠던 적 공격동작까지 내 몸속에 기억되어 있는 맨손 무기는 증조부의 응원으로 총공격을 했다. 순간 엉켜진 싸움을 옆에 있던 두 사람이 뜯어 말려 거리가 벌어졌다. 후배는 내가 경찰이라는 점을 의식해서 공격선을 정해놓고 덤비는 것 같았다. 나보다 젊다는 것에 장비일로 다져진 기운이 내 공격을 방어해서 인지 서로 상처는 없었다. 두 사람은 뒹굴면서 누런 황토색 커플 옷을 입었다.

그때 덕흥부락 패철면 이장이 다가왔다. 지나가다 길옆에서 벌어지는 싸움을 보고 이장 체면에 그냥 지나칠 수가 없어서 일게다. 이장형님이 내편을 들것이란 생각에 지원군을 만난 듯했다.

"이장형님 여기 봐보세요. 경계측량도 안하고 이렇게 급경사로 파내면 장맛비에 어장나지 않겠어요?"

이장은 붉으죽죽한 눈 가가 기울어지는 햇살을 받아 화난 인상으로 보였다.

"자네 잘 내려왔네. 이 사람들이 흙을 실어 내리려면 단도리(작업준비라는 일본어)를 잘해야지. 온 길바닥을 흙 천지로 만들어 버려 먼지가 나서 못살겠다고 마을 주민들이 아우성이네. 일하는 작자들 낮짝 한번 보려 했는데 잘 됐구먼. 덤프트럭 오야지 뉘시오?"

이상하다싶게 이장은 냅다 소리를 질러 말했다.

엉거주춤한 동작으로 청 작업복 입은 남자가 한 발짝 앞으로 나왔다. 이장형님과는 면식이 없는 듯했다,

"흙 넘치게 싣고 호루도 안 씌우고 다닌다 이건 아니제."

이장이 분에 찬 말투로 던졌다.

"시골에서 어디 호루 씌우고 다니는 흙차 찾아봤소"

죄송하다고 말하는 청 작업복 남자 옆에 서 있던 구두 신은 구경꾼 같은 사나이가 빈정거렸다.

"우리 동네 사람들 허깨비인 줄 아시오 동생이 경찰이니까 말해보소 이런 트럭 단속 안 된가. 이 사람들 형편없구먼."

이장은 말마다 가시를 드러냈다.

"뼈도 녹아 없어져 보이는 묘를 가지고 선산 어쩌고저쩌고 야단떠는 사람이나, 공기 좋은데서 흙먼지 좀 난다고 잡아먹으려하니 너무하네."

혼잣말 같이 내뱉는 구둣발 사나이의 말은 우리 집안과 원한이 없었더라면 들을 수 있다고 치겠지만. 이 상황에서 나에게 이성은 도덕시간에나 들었던 말이다. 다시 험해지는 상황이 되었다. 이장이 구둣발 사나이의 가슴을 손으로 세차게 밀었다. 이장이 나이는 먹었지만 초등학교 때부터 씨름 잘하는 장사 측에 들었다. 젊어서는 도시에 나가 목수 일을 해서 팔뚝 힘이 셀만하다. 지금도 농사일을 거뜬히 차고 나가는 것을 보나 외견상으로 봐도 골 힘이 여전해 보였

다. 상대방은 느닷없이 당해서 인지 엉덩방아를 찧으며 일격에 넘어졌다.

일어나더니 주먹을 휘둘러 그 중 하나가 이장의 눈가를 스쳤다. 얼른 옆 사람들이 끼어들어 싸움을 뜯어 말렸다. 막말과 호통이 오갔지만 더 이상 싸움은 없었던 것이 다행이다.

흙을 가져간다는 사람이 이제 작업량은 얼마 안 남았지만 내가 흙을 덜 가져가더라도 사면을 완만하게 작업하겠다고 달랬다. 후배가 분풀이로 더 우리 선산 쪽으로 파들어 오지나 않을까 내심 걱정이 되었다. 그렇다고 일이 마무리 될 때까지 지켜보고 있을 수도 없는 노릇이다. 나는 걱정 말고 가시라며 떠미는 두 사람에 의해 못이기는 척하고 물러났다.

새로 생긴 선산 절개지 때문에 남부지방에 폭우주의보를 알리는 일기예보 아나운서 말에 걱정을 하나 더 달 것 같다.

이장형님은 회진면사무소에서 계약재배한 맥주보리 수매가격 협상 때문에 다녀오는 길이라 했다. 일반물가 상승률이 반영 안 되고 전년과 같은 수매가로 결정되어 마음이 안 좋았다한다. 그래서 이장들끼리 술 한 잔 했다고 말했다. 덕흥노인회관에 볼일이 있어 윗길로 가다 싸우는 소리를 들었기도 하지만, 덤프트럭에 흙을 너무 많이 실어 날라 떨어진 흙에 마을 앞길까지 엉망이 되어 버르던 참이라 했다.

이장형님을 차에 태워 가면서 마을 일도 묻고, 가정일도 물었다. 이장은 10여 년 전에 느지막한 나이에 베트남 부인과 다문화가정을 꾸리기 시작했다. 다행히 자녀들도 잘 크고 형수님이 좋아 행복하다는 말이 듣기 좋았다. 흙 작업이 거의 끝날 쯤에 절토 현장에 한 번 가서 보겠다는 이장 말에 나는 위안을 삼았다. 내게는 이장형님에 대한 또렷한 기억이 하나있다.

내가 초등학교 3학년쯤 되었을 때다. 우리 동네에 이사 온 또래와 나를 동네 형들이 싸움을 붙였다. 나보고 해보느냐 묻고, 상대방에게도 똑같이 물었다. 같은 나이 또래에서는 멀대라는 별명이 붙은 것처럼 이사 온 아이는 키가 컸다. 나는 텃세를 믿었고 그냥 항복할 수가 없었다. 그 아이 또한 왜소한 나를 보고 백기를 들기에는 탐탁하지 않았다. 싸움이 시작되자마자 엉켜 싸웠는데 아래쪽에서 눌린 나는 벗어날 힘이 없었다. 레슬링에 가까운 싸움이다. 더 있으면 KO패가 될 판이다. 안되겠다 싶어 나는 옆에 서있는 이장형님에게 말려달라고 했다. 겨우 무승부가 된 것은 이장형님이 내말을 얼른 알아차리고 바로 떼어준 덕이다. 가까운 친척 형도 없는 나에게 동네 형들은 어려서나 지금이나 든든한 힘인 것은 변함없다.

점심을 먹고 나자 해가 기울어지기 시작했다. 집을 나와 마을길을 걸었다. 왁자지껄한 아이들과 아낙들이 삼삼오오 모여 잡담하는 모습은 더 이상 이곳에서 기대할 수 없다. 지난 무대는 다시 보여줄 수 없는 과거이고 기약할 수 없는 현실은 상실된 미래예측이다.

돌담길이다. 담장 위쪽에 사방을 향해 도도하게 앉아있는 돌. 지나가는 나를 빤히 보는 저 돌. 담장 사이에 맞추기 어려워 제일 위에 올려 진 동그란 눈알 같은 돌을 보라. 2억 년 전 중생대 쯤 지반에 관입된 불덩이가 가부좌를 틀고 있다. 우리나라 25%의 분포도에 낀 저 담장은 층층 쑥돌이다. 저 화강암은 주성분인 SiO_2(이산화규소)가 절반이나 버무려져있다. 저 돌이 반도체로 사용되는 원석이다. 사용처는 집적회로에서 트랜지스터뿐만 아니라 광범위하다. 기억장치 본원이다. 컴퓨터에선 돌 머리가 최고다. 태양광 에너지를 받아서 제일 위쪽 저 돌은 기억장치가 작동할 것이다.

임오년 여름 밤 누군가 들고 오는 달빛에 비친 피 묻은 삽을 기억해두고 있을 것이다. 고모 가슴이 찢긴 그날 잔등 쪽에서 오는 다급한 모습이 사라진 대문을 기억하고 있겠다.

고도과학기술혁명 시대는 계속 이어진다. 나는 그 돌담 위에 있는 돌들의 모습을 사진에 담았다. 유언장에 상세하게 사진에 대한 설명을 붙일 생각이다. 미리 써둘 유언장이 대대로 이어져 언젠가는 밝히라는 내용을 강조해야지. 아버지의 한 맺힌 뜻을 담아 34세손 태자학렬 유기태 름이란 말미를 써야겠다.

내 그림자가 두어 발이 될 때 나는 부모님께 인사하고 몇 가지 싸준 농산물을 차에 싣고 고향 마을을 뒤로했다. 서울로 되짚어 가기 시작했다. 내 신체조직은 고향에 화석으로 묻어둔 과거가 만들어낸 형상이다. 내가 태어난 덕흥2구라는 행정부락과 관산읍 농장부락이 이어지는 서산방조제 위를 가고 있다.

지금이야 제방을 뭉개고 차로를 넓혔지만 차로가 되기 전 서산방조제는 제방이 곧게 뻗어나가다가 중간쯤에 꺾이면서 만나는 강줄기를 절강이라 했다. 20여 년 전 바다 쪽으로 물줄기를 트면서 작은 다리가 만들어 졌다. 새 다리위에 차를 멈췄다. 우리 동네가 한눈에 들어왔다. 절강이란 지명 유래는 뭘까. 강의 마디. 새삼스레 궁금증이 일어났다. 시야가 뻥 뚫려 부끄러움을 감출 수 없어 뻔뻔해진 자유, 멀어 보이지 않는다는 안도감을 맛보려는 충동, 이 찰라 성능 좋은 망원경으로 보는 이가 없을 거라는 생각에 거리낌이 없다. 물 작대기 하나를 푸르죽죽한 검범불레 무더기에 꽂았다. 쉬 쉬이 시원하다.

앞은 수면위에 바람결 따라 뿌린 금빛 해 조각의 무대장식과 강물에 떠있는 황홀한 형용사가 눈과 심장을 달군다. 일찍이 이백이, 김삿갓이 가슴으로 봤을 강물들이 살아난다. 서산방조제 안팎이 간척지 논이어서 시야가 훤하다. 이 고장은 벼를 벤 후 늦가을에 쌀보리를 파종하여 이모작을 주로 하였는데 요즘은 맥주보리를 계약해서 재배하기 때문에 맥주보리재배 농가가 늘었다고 한다. 보리논 색깔이 진녹색과 연녹색이 사각퍼즐조합으로 맞춰진 것은 이 때문이다. 물어 볼 것 없이 진녹색은 옛정이 많은 쌀보리임에 틀림없다.

보리논 들머리에 망옷더미가 비닐고깔을 쓰고 있다. 그 고깔은 중앙 위쪽에 고딕체로 크게 슈퍼21이라 쓰여 있고, 그 아래에 21-17-17이라 더 작은 글씨로 쓰여 있다. 우측면에는 비료에 대한 여러 설명들이 적혀 있는지 빼곡히 작은 글씨가 흐릿하게 보인다. 큰 글씨가 쓰인 면 중앙에 벼이삭 그림이 그려져 있다. 벼이삭 그림은 잘 익어 고개 숙인 벼가 겸손에 대해 말하는 둥그런 입모양을 한 것이 마치 포스터 같다. 숫자는 벼가 고개 숙인 이유를 푸는 난수표 같다. 만약 벼이삭 그림이 없이 먼 거리에서 보면 비료포대인지 알기가 쉽지 않다.

바람이 세차면서 비를 뿌리면 비닐우산은 대나무살이 견디지 못한다. 이때 비닐우산은 할머니 입속에서 나온 이야기 속 도깨비 나무다리토막이 된다. 비 올 때는 바람이 눈에 보인다. 비는 바람속도에 따라 우…우 높낮이로 소리가 달라지고 내리치는 비의 각도가 달라진다. 비가 바람에 업혀 간다. 몰아친 바람이 순간순간 숨을 고르다가도 바람이 급작스레 방향을 바꾸면 순간 비닐우산은 뒤집어진다. 비닐우산은 한번 뒤집어 지면 고쳐 쓸 수가 없다.

비바람이 몰아칠 때는 우비가 최고다. 당시 농촌에서 우비는 대부분 비료포대였다. 비료를 시비하려고 포대를 곱게 뜯으면 밀가루 담을 포대로 재활용하기도하고 우비로도 쓴다. 우비로 쓸 때는 머리와 팔 부분에 맞게 구멍을 내어 상체를 넣어 조끼처럼 입는데 이것은 주로 비오는 날 전답에서 농사일 할 때 쓴다. 손이 자유롭기 때문이다. 외출할 때 쓰는 것은 비료 퍼낼 때 뜯은 쪽의 옆 한쪽을 반듯하게 자르면 된다. 자를 때는 평평한 마루위에 납작하게 펼치고서 안쪽에서 부엌칼로 쭉 밀면서 가르면 된다. 복합비료포대는 인쇄글씨도 많아 칙칙하다. 반면에 우비로 쓰기에는 요소비료포대가 포대색도 깨끗한데다가 크기도 복합포대보다 약간 커서 좋다.

내가 중학교 다닐 때 비바람이 치던 어느 날 등굣길에 임시방편으로 요소포대우비를 쓰고 갔다. 내가 가는 등굣길은 농수로를 따라 가는 좁은 아랫길이고 그 위쪽에는 산자락을 타고 도는 신작로가 있다. 내가 사는 동네에서 농수로 길로 나가다가 신작로와 가까워지면서 농수로 길과 신작로 길이 만난다. 신작로로 왔던 학생들도 두 길이 만나는 지점에서 내려와 주로 수로둑길을 이용한다. 신작로에 비해 오르내리는 것이 없어서다.

이렇게 비오는 날은 학생들이 회진에서부터 대덕중학교까지 버스요금 10원을 주고 버스를 탄다. 걷는 학생들은 큰북리 학생들 몇몇하고 우리 마을 학생들뿐일 거라는 생각으로 가고 있는데 한 무리 여학생들을 만나게 됐다. 나는 얼른 쓰고 있던 비료포대를 벗어던지고 볼을 때리는 빗방울 자극을 교실에 들어가기 전까지 감수했다. 나는 그 후로 비료포대를 우비로 등굣길에 절대 사용하지 않았다.

비료포대는 달빛에 허연색으로 보일 수 있지 않을까. 초등학교 6학년 때 혼자 귀가하면서 보았던 흰 물체는 바람에 날려 오는 비료포대였을 거란 생각이 들었다. 나는 서산방조제하면 절강이 떠오르고 절강에서 제물이 됐다는 처녀 혼이 생각영역을 맴돈다. 지금 그 혼의 진원인 절강다리 위에 서있다. 곧게 뻗어오다 꺾인 언덕의 쉼표인 절강지점에 있는 이름 없는 다리다. 절강다리는 내가 붙여본 이름이다.

저 강은 어려서부터 나를 봐온 만큼 강물에 투영된 지금의 나를 비교해줄 것 같다. 뭔가 부족하다고 허우적거리며 내달려온 내가 강물에 어떻게 비쳐져 보일까? 눈을 크게 뜨고 주시했지만 나는 흔들리는 강물에서 기대를 거둔다.

　이번 고향 행 여정에서 선조 묘에 대한 숙제가 4지선다형에서 5지선다형 문제로 더 풀기 어려워졌다. 내 안에 화석이 된 집착들을 끄집어낸다. 긴 날 동안 이어진 내 동작은 허망한 주제를 품은 춤이었을까.

　박림소가 생길 때 마을을 덮은 누런 황토물색, 마당가 견치석 틈에 꽂혀있는 녹슨 호미 색, 아버지 화를 넘겨받아 선산 절토장에서 불붙은 내 눈빛, 그리고 후배와 뒹굴 때 양복에 묻어 가방 속에 담고 온 황토색까지 여기 주황색계는 욕심의 정점인 황금의 변색이다. 강물에 반사된 내 모습은 보이지 않고 한갓 허욕의 상징인 금빛 햇살만 물결에 퍼덕인다. 물감의 삼원색인 자주, 노랑, 파랑을 섞으면 원래 색보다 명도가 낮아진 감산혼합이 되어 보인다. 빛을 물이 녹여 물감혼합으로 눈 안에 들어온다. 나는 바람이 칼춤의 힘을 빌려 물결 위에 퍼진 황금빛 해를 잘게 조각내는 장면을 깊게 응시한다.

흔들의자

이게 뭔가. 갈팡질팡 결정을 내지 못해 마음이 흔들릴 때마다 소리는 나지 않지만 진동이 크다. 마음이 들어앉은 몸, 그 속에 있는 수분을 마음이 흔들어 대면서 에너지가 소진되었는지 노곤해 진다. 흔들릴 때 높아진 마찰열에 의해 증발된 수분 탓일까 목이 탄다. 갈증신호를 무시할 수 없어 오른손이 목 속에 물을 부어준다.

요즘은 내 몸도 마음도 따로 논다. 이 둘 안에서도 패가 갈린다. 지역과 사람이 갈리고 지역은 남쪽과 북쪽으로 다시 갈리고, 사람은 노소로 갈리는 사색당파 싸움이 '재민'이란 이름으로 재현되어 벌어진다. 중심에는 잔용일이란 이름이 있다. 한때 강수정 마음을 뺏어간 것을 생각하면 이때 분풀이할 기회인데 마음이 내키지 않는다.

직권남용이란 용어가 따라붙는 건 싫다. 그렇다고 아는 것을 가지고 모른 척하는 것은 직무유기가 아닌가. 작년 추석에 과장눈치 보느라 검거실적을 올리기 위해 고향에 내려갔지만 잔용일을 보지 못했다. 보인다면 응당 공적업무의 우선순위에 따라 체포했겠지만 그때도 은근히 없기를 바랐다고 봐야 맞다.

요즘도 매달 검찰에 수사보고서를 제출하지만 못마땅하다. 왜 검찰에 수사보고서를 때에 맞춰 제출해야하는지 실효성도 없다. 잔용일에 대해 소재탐문수사보고서를 대충하는 이유가 잡아도 한편으로 마음에 걸리는 부분이 있어서 일게다. 그러나 한때는 꼭 잡아보겠다는 다짐으로 후배형사와 근 달포를 매달린 적이 있다. 결과는 콩나물뿌리같이 씹히는 재미도 없이 끝났지만 말이다. 그때 검거에 매달린 이유는 있다.

조직폭력배 소탕작전으로 조직폭력배와 전쟁을 선포한 경찰청장 의지 때문이다. 내막은 경찰청장의 가까운 친척 중에 유흥사업 이권으로 조직폭력배에 의해 죽게 된 것이 더 불을 지폈다는 풍문이다. 조직폭력배 수배자 명단 중에 잔용일도 포함되어 있다. 용일이 조직폭력에 몸을 담근 이유는 먹고 살기 위한 직업 때문이었다.

자전거포에서 그럭저럭 몇 년 때우다가 스물이 넘어 유흥주점에 일하면서부터 문제가 되기 시작했다. 처음 광주에서 유흥주점 종업원일 때 용일이 사장 눈에 들었다. 사장은 황금동 일대 술집을 몇 개 관리해 주는 바지사장이다. 유흥업소 바지사장이 대다수 그러듯이 그도 폭력조직 방림파에서 어깨로 통한 사람이다.

용일이 황금동에서 일한지 5년 되어서 유흥업소가 밀집한 황금동에서 사방파 세포조직과 방림파가 영역에 대한 세력싸움이 벌어지기 시작했다. 그때 용일이는 바지사장으로부터 상당히 인정을 받아 싸움판에 끼어들곤 했다.

크리스마스를 넘긴 이틀째 날 저녁에 사시미칼로 무장한 서방파와 알루미늄 야구방망이로 무장한 방림파간에 황금동 골목에서 패싸움이 벌어졌다. 처음에는 세력거점을 뺏기지 않으려는 방림파가 우세인 듯 하였으나 사방파 날쌘 행동대원들이 타 지역에서 몰려와 합세하면서 방림파가 밀렸다.

뒷골목에서 벌어진 싸움은 버팔로 무리가 도망가면서 새끼들을 보호하기 위해 쫓아오는 사자집단에게 뒤돌아서 공격하면 사자들이 잠깐씩 쫓기는 장면이 반복되는 것 같았다. 사자의 날카로운 이빨은 칼끝이요 버팔로의 굵직한 두 뿔은 야구방망이다.

결국 사시미칼에 의해 방림파 두목을 포함해 2명이 현장에서 피를 뒤집어쓰고 희생되었다. 뒤늦게 출동한 경찰은 공포탄만 소비했지 이미 싸움은 사방파 승으로 결판이 났다. 용일은 싸움이 벌어진 장소 일대에 대해 지리감이 밝고 관리하는 업소도 있다. 도망가다가 모퉁이를 돌아서서 얼른 자신이 관리하지는 않지만 아는 술집으로 피했다. 문을 들어서자 마담에게 인사를 받는 둥 마는 둥하고 룸으로 숨으면서 누가 찾으면 손님밖에 없다고 말하라고 했다. 흰동가리가 겁을 먹고 말미잘 숲에 숨는 것과 흡사하다.

이 업소는 룸싸롱인데 어쩌면 방석집에 더 가까운 영업형태를 하고 있다. 숨을 몇 번 크게 들이쉬었다 내쉬었다 했더니 정신이 든다.

"거기는 안 돼. 오빠 끝난 지 일주일째라 위험해. 장화… 해야

돼."

"장화는 싫더라. 비도 안 오는데. 내가 책임지면 되잖아."

"어떻게, 집에 처자식은 어쩌고 아이 안 된다니까."

조용히 숨을 죽이고 있는데 옆방에서 나는 말소리가 듬성듬성 알아듣게 들렸다.

싸움판은 사망자와 일부 중상자들만 죽은 돌처럼 남기고 바람에 솜털처럼 터진 골목을 향해 쓸려갔다. 그 싸움이후 황금동에서 밀린 방림파는 서울로 근거지를 옮겼다.

방림파는 끄나풀이 닿아 서울에서 나이트클럽 인테리어 브로커 활동을 시작했다. 새로 차리는 나이트클럽뿐만 아니라 정기적으로 나이트클럽업주를 압박해 내부수리를 하게하고, 업주와 공사업자 사이에서 커미션을 챙긴다. 주먹을 배경으로 별 투자 없이 제법 돈이 되는 사업이다. 서울로 올라가면서 바지사장은 잔용일을 끌고 갔다. 서울에서 주먹사업이 확장되자 잔용일 밑에 똘마니도 몇몇 딸렸다. 잔용일은 주머니가 두둑해지기 시작했다. 폭력성이 높아진 것에 비례해서 돈다발 높이도 올라갔다. 맨주먹에서 몽둥이로 더 높여 잭나이프 그 위에 러시아제 토카레프권총에 이르기까지 폭력도구와 방법도 급수가 있다. 조직원의 등급에 따라 폭력도구를 사용하는 것이 달라진다. 사실 권총을 사용하는 경우는 거의 없다.

방림파는 두목이 검도를 접목해 고안한 모서리 진 각목을 잘 쓴다. 목검을 쓰기도 하지만 각목을 사용할 때는 현장에서 버린다. 골목에서 싸움이 끝나면 각목을 슬래브지붕위에 던져 버리면 된다. 증거인멸에는 더할 나위 없이 각목이 좋다.

잔용일은 비장의 무기가 있다. 광주에서 골목길 패싸움이 벌어질 때 유용하게 쓰던 방법이다. 두 명이서 열 명을 퇴치하거나 골목길로 몰릴 때 쓰는 비방으로 효과는 틀림없이 보장된다. 단지 싸움과 관계없는 3자에게 피해를 준다는 것이 마음에 걸리지만, 그래도 용일은 서울에 와서 몇 번 써서 위기를 모면했다. 행동방법은 그다지 어렵지 않다.

구옥 기와지붕이 있는 집이 있어야 한다는 전제가 있다. 담치기를 해서 지붕으로 올라가거나 열려진 대문으로 들어가 대문 쪽에 장독대를 통해 지붕으로 올라간다. 지붕위에서 기왓장을 날리면 아무리 쎈 놈들도 따라붙지 못한다. 순식간에 도망가기에 바쁘다. 기왓장을 깨서 던지면 멀리 퇴치시킬 수 있다.

용일이로부터 언젠가 이렇게 싸웠다는 얘기를 들었을 때 나는 고향 마을 앞 언덕에서 보름날 밤이면 벌어지던 돌팔매질을 연상했다.

"내말을 콧등으로도 안 듣는가. 다른 경찰서는 검거실적이 일보에 올라가고 있던데 자네들은 뭐하는가. 하달된 경찰서별 검거실적 순위를 서장님한테 결재할 때 어떠신 줄 아는가? 형사과에 너무 오래 있는 직원들은 인사발령을 해야 하지 않겠느냐고 말하네. 타성에 젖은 것 아니냐고 나까지 도매금이네. 치안수요가 적어 더 실적내기 어려운 방배경찰서도 실적이 올라오데. 내가 무능력한지."

요즘 형사과장이 조회와 석회 때마다 하는 말이 귀에 따갑다.

"조직폭력배 검거계획이 실행 된지 두 달이 지났는데 동네 깡패라도 잡아들여야지 뭐냐. 유 형사 너는 잔용일 탐문수사 어떻게 됐어. 빨빨거린 조원 붙였는데 미적거리는 거여. 잡아와라. 전번에 잔용일 봤다고 국한관사장이 그러던데 오늘 가서 만나봐."

팀장은 어조를 높여 말을 했다.

잔용일은 주민등록만 응암동으로 해놓고 살지 않는다. 그래서 우범자관찰카드 정리도 내 차지다. 동사무소에 가서 말소처리를 할까 망설이다가 마음을 접기로 했다. 잔용일은 조직폭력배 소탕에 대해 길거리에 플래카드까지 내걸어 홍보하는 바람에 은신했는지 내 전화까지 안 받고 있다. 잔용일과 아는 국한관나이트클럽 사장을 만났다. 사장은 나와 용일이가 친구사이라는 것을 알고 있다.

"유 형사님 잔 사장을 본지 한 달이 넘었어요. 전화연락도 안 되네요. 나이트클럽 인테리어를 할까 해서 상의해보려는데요. 도무지 연락이 돼야지요. 잔 사장이랑 일하는 사람들은 한두 번 봤는데 잔 사장한테 무슨 일이 있나요."

"저도 마찬가지입니다. 아마 사건에 연류된 것이 있어 피한 것 같습니다."

"무슨 사건에 연류 되어 있나요. 큰 사건인가요."

나이트클럽 사장은 호기심에 가득 찬 눈으로 상체까지 내 쪽으로 기울인 바람에 책상위에 놓아둔 음료수를 마신 빈 컵이 밀리면서 바닥에 떨어져 깨졌다. 별로 손님이 없는 이른 오전시간이라 조용한

가운데 유난히 소리가 크게 홀 안을 울렸다. 몇 사람들이 앉아 있다가 일제히 우리 쪽으로 고개를 돌렸다. 가까운 자리에 앉아있던 아가씨는 두 손을 옆으로 귀쯤까지 들어 올리면서 놀란 동작을 보였다.

"요즘 조직 소탕작전이 벌어졌거든요. 이럴 때 피하는 것이 상책이지요. 세상 사람들이 다 알듯이 이현령비현령 코걸이가 귀걸이가 거는 대로겠지요."

나는 배 사장에게 잔용일이 피신해 있기를 바라는 의도된 말을 대화 속에 넣어 전달되기를 바랐다. 용일은 폭력범죄조직결성으로 잡혀도 문제지만 그가 도박에 관여된 것에 대해 나는 걱정을 많이 했다.

사기도박에 대해 강남경찰서에서 용일이를 내사한 것으로 알고 있다고 본다. 용일이가 도박으로 수배된 것이 있느냐고 나에게 전화로 물었기 때문이다. 그가 물을 때 목소리로 봐 긴장된 모습이 예견되었다. 나이트클럽을 상대로 인테리어공사에 주먹을 개입시키면서 돈을 만지게 된 후부터 도박에 손을 댄듯했다. 지난 가을에 큰 도박판에서 사기도박을 한 것에 대해 수사가 될까 우려했다. 도박판이 너무 큰데다가 형광물질 바른 목화투를 사용해서 한 사기도박이었기 때문이다. 판돈을 겨우 챙겨서 도박판을 빠져 나왔지만 상대방들이 목화투 사용에 대해 눈치 챘다는 말이 돌아서다. 돈을 잃은 상대들도 보통이 아니고, 사기도박 판돈으로 확인되면 검찰에 돈을 뺏길 것이 겁난 모양이다.

나는 몇 달 후에 목화투에 대한 사건 처리를 하게 되어 목화투 사기행각을 파악하게 되었다.

응암동 건자재대리점에서 도박판이 벌어졌다. 목화투에 대한 사용방법을 처음 제공한 타짜와 목화투에 대한 정보를 받은 사람이 긴 도박판이었다. 처음에는 판돈이 얼마 안 되고 안면이 있는 사람들끼리 차마 목화투 정보를 제공한 사람을 상대로 사기도박을 할 것이란 생각을 못했다한다.

신고자는 눈을 헤집어 특수렌즈를 파내려고 손가락을 세워 상대방 눈앞에 들이대었다. 눈을 피하자 신고자는 상대가 틀림없이 패를 식별하는 특수 렌즈를 사용했다면서 렌즈를 제거하지 못하도록 경찰이 조치해달라고 했다. 그는 병원에 가서 검사를 해보자고 강하게 주장했다.

심야시간이라 안과응급검사를 받을 수 있는 연대세브란스병원으로 갔다. 검사결과는 특수렌즈가 안구에 부착되어 있었다. 사기도박에 사용되는 목화투에는 육안으로 보이지 않는 형광물질로 그림이 없는 화투뒷면에 미리 정해둔 표식을 한다. 도박장 반경 안에 화투를 사러 갈만한 슈퍼에는 기존화투를 모두 사고 목화투로 미리 깐다. 도박하우스로 갈 때는 새 화투를 사가지고 들어가기 때문이다.

오광은 동그라미 안에 숫자를 쓰고 오끗자리 띠는 열두 달에 해당하는 숫자에 네모 테를 두른다. 이런 식으로 화투장마다 표식을 해둔다. 목화투 이후에는 신종도박기기가 진화되어 등장했다.

도박판은 발광다이오드가 설치된 테이블을 사용했다. 이 테이블에서는 일반 카드나 화투를 사용해도 바닥에 비친 문양을 식별할 수 있게 고안되어 있다. 테이블 밑에 설치된 엘이디전구가 켜지면 눈에 보이지 않는 적외선이 카드를 투과하게 된다. 천장이나 벽에 설치된 특수카메라를 통해 카드문양을 식별한다. 흡사 엑스레이 촬영과 비슷한 원리이다. 도박장 밖에서 모니터로 이 영상을 같은 편이 상대방 패를 파악해 도박하는 선수에게 지시한다. 도박하는 선수는 귓속에 아주 작아 보이지 않는 이어폰을 통해 수신한다. 베팅 금액이 올라갈 때만 눈치 못 채게 사용하는 백전백승 마술테이블을 사기도박꾼들이 만들어냈다.

목화투 소문이 도박꾼들의 귀를 한 바퀴 돌면 사라지듯 이 발광다이오드가 설치된 테이블 또한 도박판 살인사건까지 겹쳐 크게 보도를 타자 자취를 감췄다.

살인 사건에 잔용일 밑에 있는 똘마니가 끼어 있었다. 나중에 밝혀진 것이지만 잔용일에게 몽땅 돈을 잃은 타짜가 끼어 있다가 도박판이 끝나고 귀가 중에 살해당했다. 잔용일 아래 똘마니가 유력한 용의자로 수배되고, 잔용일은 살인교사범으로 용의선상에 올랐다. 두 사람 모두 피해버려 잡히지 않자 경찰은 그들을 더욱 용의자로 확신을 가지게 되었다. 도박장살인사건수사가 압축되어갈 쯤 이었다.

내가 당직근무를 하고 있는데 밤늦은 시간에 용일이로부터 전화가 걸려왔다. 술을 한잔 걸친 목소리였는데 주변에 차 소리와 잡음이 들렸다.

"도박에 손 씻었네. 그렇게 알소 개같이 벌어 정승같이 써볼 생각이었는데 생각처럼 되지 않네."

"도박으로 돈을 많이 챙겼다는 말은 들리던데 이제 안한다면 잘됐네. 자네 밑에 있는 팍이가 살인으로 수배 돼있는 것은 알 것이고 자네는 살인교사를 했다고 피해자 측에서 주장하네. 아마 자진출두를 안 하면 수배가 될 걸세."

"내가 살인하라고 시킨 적 없네. 그때는 도박에도 손을 뗀 상태였네. 자네 경찰이라고 사람 잡으려 하지 마소."

"자네 자수하소. 팍에게 살인 안 시켰다면 조사를 받아 해명하소."

"그런 소리 치우소. 전번에 감방에서 2년이나 콩밥 먹을 때도 조직폭력배라고 얽어매서 당한 거네."

"자네가 조직에 몸담고 있다는 것은 나도 아는 것인데 무슨 할 말이 있는가."

"자네가 친구라고 생각할 때도 있지만 자수하라느니 뭐하라느니 할 때는 무섭데."

다짜고짜 안부말도 없이 하는 말이지만 주변을 의식했는지 목소리는 작았다. 나는 잔용일 말을 믿지 않았다.

세월이 흐르면서 잔용일의 도박 건은 묻혀 지고, 살인교사에 대해서는 조사를 받고 무혐의 처분을 받아 나왔다. 용일은 꼬리표처럼 달고 다닌 수배자란 굴레를 벗은 후부터는 나를 대할 때도 훨씬 마음이 여유로워 보였다. 잊을만하면 하던 수배여부 알려주라는 말도 끊기고 부탁할 것이 없어서인지 연락이 뜸해졌다.

훤칠한 키에 헬스클럽에서 몸매를 다듬은 용일은 조직에서 버는 돈과 도박에서 큰판을 챙기고 나서 제법 사장 티가 났다. 어쩌면 나 같은 가난한 형사는 안중에도 없어 보였다. 폭력조직으로 형을 마치고 나서부터 폭력조직원 관리를 표면에 드러나지 않게 하는지 나이트클럽 인테리어사업도 적극적이지 않아보였다. 거의 손을 떼다시피 하고 강남에 대형 룸살롱을 운영하며 본거지인 서울 서부권에는 어쩌다 한 번씩 얼굴을 보였다.

서부권에 와도 형사과장이나 만나면서 식사한 것으로 보이고, 나에겐 연락 없이 왔다가 갔다. 그에 비해 아직도 겨우 전세방 신세를 지고 이사 다니느라 집사람 이삿짐 정리를 시킨 것이 열 번을 넘겼다. 그동안 이사했던 동선이 헷갈릴 정도다.

나는 진급을 하면서 타서 발령을 받았다. 같이 근무하게 된 직원들과 저녁 먹은 회식 끝에 뒤풀이가 이어졌다. LED조명이 번쩍거린 앵콜노래방이란 간판 밑으로 계단을 따라 내려가 안으로 들어갔다.

제일 큰 특실이라고 안내한 백합이라 써진 문을 열고 들어가자 금방 손님들이 나갔는지 입김같이 훈훈한 공기가 얼굴에 부딪혔다. 동영상반주기 위에 거치된 모니터와 반대편 벽걸이 모니터에는 '노래찾기'라 적힌 아래에 노래제목이 쭉 나와 있었다. 송창식 고래사냥 노래가 큰 글씨로 게재되어 있다. 아마 7080세대가 노래 부르고 가지 않았나하는 생각이 들었다. 카슈칠이 된 듯 광택이 난 책상 위에 펼쳐진 노래책자 위에는 무선마이크 1개가 놓여있고, 또 다른 무선마이크 1개는 책상모서리에 떨어질듯 놓여있다. 선곡 리모컨 1개와 탬버린 2개가 주황색 의자 위에 널브러져 있다. 장식이 없는 벽에는 비상조명등이 걸려있다. 돌아가는 노래방조명기구에서 색색으로 쏘는 불빛이 전체적으로 어두운 실내에 유흥을 북돋아 주는 느낌이다.

나는 파출소장이 부른 다음에 마포종점이란 노래제목을 찾아 부르면서 강제에 의해 바뀐 근무환경의 서걱거린 감정을 실었다.

"밤 깊은 마포종점 갈 곳 없는 밤 전차 비에 젖어 너도 섰고 갈 곳 없는 나도 섰다 강 건너 영등포에 불빛만 아련한데 돌아오지 않는 사람 기다린들 무엇 하나 첫사랑 떠나간 종점 마포는 서글퍼라."

앙콜 앙콜 소리를 듣고 내 18번 노래인 '고래사냥'을 부를까 생각했지만 마포종점 외 어떤 노래도 부르고 싶지 않았다.

파출소 근무환경에 얼른 적응해야했다. 신고관련 장소를 찾아가기 위해서는 생소한 지리를 빨리 익혀야한다. 전혀 안면 없이 만난 직장동료와 친하려면 같은 제복 외에도 뭔가 공감대를 형성해야한다. 나는 발령받아 부소장직책을 맡았다. 부장, 주임이라는 근거도 없는 골동품 냄새가 나는 호칭에서부터 부소장, 팀장이란 풋풋한 직급호칭이 있고, 거기에 계급호칭까지 있어 경찰호칭은 복잡하다. 순경이 대부분 계급분포를 이루고 있을 때 경찰은 순경으로 통했다. 일본 잔재인 순사에다 비속어인 짭새까지 그래서 경찰계급 호칭을 아는 사람이 국민 중에 별로 안 된다.

용일이로부터 식사하자는 연락을 받았다.

"수정이 어디서 사는지 연락 된가. 전에 광주에서 있을 때 수정이 고향인 장흥 회진포구까지 간적이 있네. 그때 수정이가 고향 마을이라며 작은북리로 가는 길을 알려줬네. 그건 수정이하고 내가 자네한테 말하지 않기로 약속해서 자네는 모를 걸세. 서울에 와서도 수정이가 궁금하고 명절 때 갈 곳도 없어 명절에 수정이가 고향집에 왔을까 해서 자네 고향 마을에 내려 간적이 있네."

오랜만에 만나하는 용일이 말에 나는 황당하고 놀란 느낌이 들어 대답을 잊고 계속 들었다.

"이제 나도 먹고 살만해져 수정이 생각이 부쩍 나서 자네한테 전부터 물어보고 싶었네. 결혼을 했을 텐데 잘 산다던가?"

"남편이 가방공장을 경기도에서 했던 것으로 알았는데 최근에 베트남으로 공장을 옮겨갔다는 소문을 들었네. 고향에 자주 가지도 못하고 어쩌다 내려가면 먼 길이라 올라오기 바쁘데. 나도 조금 궁금했으나 수정이집 어른들에게 찾아가서 물어보기도 그렇고 해서 잘 모르네. 더군다나 어디서 소문을 들었는지 수정이 관계를 집사람이 몇 번 물었는데 별거 아니라며 얼버무린 적이 있어 조심하네."

"이번에 결혼을 하려 하네. 자네가 사회를 봐줬으면 하네."

"그런가? 미리 축하하네. 사회 잘 볼지 모르겠지만 알겠네."

용일은 동문동계가 정치판을 장악하자 기세가 등등했다. 민권당 지역구청년위원장 자리를 꿰찼다. 본인이 광주에서 성장했고 전남을 어머니 고향으로 알고 있어 민권당에서 활동해야 한다고 생각했다.

사실 정치판에 지역 색이 너무 강해 마치 해태타이거즈 응원을 전남 사람들이 하는 것은 당연하다는 식이다. 정치판은 파벌을 없애자고 하면서도 파벌을 이용하는 전략을 구사하기도 한다. 용일이 청년위원장을 하게 된 것은 표 하나라도 더 모으려는 정치습성 때문이다. 나름 용일이 조직의 뒤를 봐주는 영향력 또한 정치인들의 구미를 당겼다. 이유는 간단하다. 유흥업소관련 사업이 잘되면서 돈 힘이 생겨서다. 잘 돌아가도록 정치뒷돈을 대주는데 누가 마다하겠는가. 주먹으로 뒤까지 봐줄 수 있으니 정치깡패로서 손색이 없는 조건이다.

용일은 1995년 6월 지방선거와 1996년 15대 국회의원선거를 치루면서 바빠졌다. 거리유세 때마다 로터리 중에서 사람왕래가 많은 자리를 차지하려고 한다. 자리선점과정에서 유세차량으로 자리를 잡아 미리 대기시켜 놓으면 되는데 그럴 수 없을 때는 승용차를 주차시켜 놓는다. 그럴 때 정당들이 힘겨루기가 생기게 된다. 용일은 장소확보를 맡았다.

마이크방향을 상대방 연설장소로 해서 음악소리로 상대 당 연설을 훼방 놓기도 한다. 출마 당사자가 유세를 할 때는 상대 당도 피해서 장소를 잡지만 꼭 그렇지만은 않을 때도 있다. 선거운동은 거의 전쟁 수준이다. 단지 총이냐 입이냐 하는 수단의 차이는 있지만. 지지하는 당 출마자에게는 마찬가지로 상대 당이 걸쳐놓은 장애요소를 제거해야 한다. 이와 같이 선거운동에서 폭력조직의 힘이 적당히 표시나지 않게 역할을 한다. 내놓고 폭력이 난무하던 과거 역사적인 자유당 선거 때와는 다르지만 역할은 비슷하다. 폭력을 쓸 일이 있어도 나타나게 폭력을 행사해서는 안 되는 행동 제약이 있다.

정치에서 언론의 매는 제일 아프다. 잘 못 맞으면 끝장난다. 폭력 위에 언론매체가 눈을 부릅뜨고 있으니 폭 자만 나와도 안 된다. 용일의 바운더리는 한 지역구에서만 그치지 않았다. 지방자치단체장 선거 때보다 총선 때가 더 넓어지고 대선 때는 서울에서 서북부를 차지했다. 그만큼 용일의 힘은 커졌다.

형사과장실에서 앵봉일대 등산로에서 발생하고 있는 연쇄 강간사건 검거대책회의 중일 때다. 얼굴을 내밀면 다 아는 국회의원후보자가 들어오고 뒤이어 용일이 들어왔다. 후보자를 소개시키면서 과장에게 내민 용일의 명함이 회의실 책상 위에 놓여 있다. 과장이 대수롭지 않은 명함으로 생각했는지 회의가 끝나고서도 그대로 있다. 나는 명함을 들고 나와 내 자리에 앉자마자 보았다. 여러 개의 직함과 핸드폰 연락처가 두 개 적힌 것이 인상적이었다.

"재민이 자네 과장 어떤가. 그날 보니까 우리가 야당후보여서인지 몰라도 인상이 굳어있던데. 공무원이 중립을 지켜야하는데 혹시 공무원이 여당편이라고 새자당 내놓고 지지하는 것은 아니겠지."

용일은 왔다간 이후 나에게 전화를 했다.

"아니네. 요즘 공무원이라 해서 여당이고 뭐 그런 것 아니네. 그날 우리관내 사건 중에 동일범 소행 같은데 잡지 못하고 계속 터져서 대책회의 중이라 그런 거네. 형사들에게 잡지 못하고 있다며 과장이 야단치던 중이었네."

"무슨 사건인데 그런가. 큰 살인사건이라도 터진 건가."

"자네가 정신없이 선거운동 하러 다니다 보니까 모른 것 같은데 크게 보도된 연쇄강간사건이네."

나는 사실 용일이 설치고 다니는 것이 조마조마하고 못마땅했다. 전에도 수배되어 내 입장이 난감했을 뿐만 아니라 결국 철창신세까지 지지 않았던가. 이제 가정도 꾸리고 안정된 것 같은데 정치판에 휩쓸려 무슨 사건에라도 날까봐서다. 설치다보면 상대방과 꼬이게 되고 그러면 용일이 성질에 그냥 못 넘어 갈 것이 뻔하기 때문이다.

서울에서 생활은 이사할 때 단출한 이삿짐이 말해주듯 너무 홀가분했다. 마치 거지 아빠가 자식과 함께 불난 집을 보면서 하는 말이 '저 봐라 우리는 탈집이 없으니 얼마나 좋냐 그것도 아비 덕인 줄 알아라'와 같은 모순처럼. 나는 그런 모순을 잘 안다. 최소한 자본주의 사회에서 경제력이 얼마나 큰 힘인가를 알고 있다. 죄를 지어도 유전 무죄의 힘을.

무전은 유죄다. 이 어처구니없는 논리는 가족에게 있어 가장으로서 분명한 명제다. 나는 초등학교 1학년에 입학한 자식이 집에 들어오면서 했던 말이다.

집에 데려온 친구가 안채로 들어가려하자 아냐 우리 집 여기야 하면서 담과 건물 사이 좁은 통로를 앞서서 오는 자식을 볼 때의 감정을 말이다. 나는 그때 억한 심정이 상하방이 있는 전셋집으로 이사 갈 때까지 사그라지지 않았다.

푼돈도 중요하다는 것과 물이 새는 곳을 잘 막아야 물이 고인다는 단순 논리가 가정살림에도 그대로 적용된다는 진실을 결혼 처음부터 실행하지 못한 것에 대해 자책했다. 원래 사치라고는 모르던 안사람은 이미 부자 될 소질을 갖췄다. 그런데 나는 소문난데 쫓아가서 주식투자로 망하지 않았느냐. 서울로 근무지를 옮겨 이사해서 살아보니 돈 가치가 실감났다. 이제 어떻게 해서라도 집을 사서 남부럽지 않게 살아야한다.

처음 발령받은 파출소는 변두리다. 시골에서 있을 때 읍 단위 같은 분위기다. 오가는 인구가 많다는 것과 번잡하다는 것 외는 지방에서 근무할 때와 별다르지 않다고 생각했다. 그러나 다른 한 가지가 있다. 격일제 근무를 하는데 근무를 마치고 아침에 근무교대를 하고 나면 교대로 목욕을 하러간다. 하루 동안 파출소 근무하고 나면 몰골이 안 좋아 보여 가족에게 고생스런 모습을 보이기 싫은 이유도 있다. 한번은 나이 먹은 차석이 수년 전만해도 목욕 정도는 목욕탕 주인이 서비스해 주었는데 맑게 된 것인지 매정해진 것인지 모른다는 말을 했다. 빠이라는 용어의 어원이 어디에서 왔는지는 모르지만 나눈다는 의미에서 왔을 것 같다는 말도 덧붙였다.

인간은 환경에 급히 적응하는 뇌를 갖았나 보다. 한번 두 번 반복이 되면 익숙해진다. 반복해서 익숙해지면 습관이 된다. 습관이 된 다음에는 습관을 벗어나면 항상성이 깨지는 부조화가 된다. 매번 반복된 부조리는 습관처럼 죄의식 없이 당연시된다.

마치 빨강 물감이 퍼져 물통 안에 들어있는 어떤 물건의 틈새까지 점령하듯이.

군대서 부른 '김일병 송' 가사는 이렇다. 소령 중령 대령은 짚차 도둑놈, 소위 중위 대위는 권총 도둑놈, 하사 중사 상사는 모포 도둑놈, 이병 일병 상병은 건빵 도둑놈. 이런 노래는 70, 80년대만 해도 입대하자마자 훈련소에서부터 배우게 된다. 도둑과 부조리가 당연시 되는 80년대까지 사회풍토를 대변해 준다. 우리나라는 90년대 들어서 사회부조리가 급속도로 일소되기 시작했다.

70년대까지만 해도 페추리카 3년 타면 집 한 채 산다는 말이 한국사회에 법문처럼 돌았다. 경찰 싸이카 탈 때 신는 말장화는 돈이 들어가는 돈 통이라 했다. 80년대 초까지만 해도 교통경찰에 적발되면 스티커를 발급받는 대신 현금 주는 것이 공공연한 사회생활요령이었다. 화물차기사 등 운전이 업인 사람들은 운전면허증 뒤에 오천원짜리를 함께 넣고 다녔다는 말은 스스럼없이 듣는 말이었다. 교통위반으로 잡히면 교통경찰한테 돈 주는 운전자가 스펙이 쌓인 노련한 운전사측에 들었던 시절이 있었다. 돈을 접어서 운전면허증과 함께 넣어 두었다가 단방약으로 쓴다고 했다.. 물론 뇌물공여죄가 있기 때문에 편한 방식을 쫓는 사람들은 돈 줬다고 내뱉지도 않는다. 간혹 망원카메라를 든 기자들에게 걸려 보도를 타는 경우가 있었다. 보도를 타서 경찰 옷을 벗는 경우도 있다.

교통경찰이 도로교통법 위반자를 잡으면 3초안에 판단을 한다. 훈계하고 봐줘야하는 훈방대상자인지, 아니면 원칙대로 법규를 적용해 스티커를 발부해야 할 사람인지 말이다. 사정사정하는데 적당히 격하 처리해줘도 될 사람인지 순간 식별해야한다. 원칙대로 단속 안하고 격하 처리했다고 씹는 사람도 있다. 원칙대로 단속 당한 사람이 단속하는 것을 지켜보겠다고 물고 늘어지면 단속실적 올리기 좋은 기회다.

"저 사람이 원칙대로 단속하는지를 지켜보는 사람입니다. 제가 단속 안하면 적어 가겠다하니 원칙대로 적발할 수밖에 없습니다."

"그래요"

단속경찰관 말을 듣고 의외라는 반응을 보인다. 이렇게 단속된 사람은 먼저 단속되어 지켜보는 사람에게 다가가 다짜고짜 분풀이를 한다. 3장만 그런 식으로 끊으면 성질 사나운 사람 만나게 되어 더 버티지 못하고 코를 씩씩 불고 물러난다.

고속도로에서는 늦은 밤에도 과속에 대한 함정단속을 한다. 도로가 꺾여 있는 데에 교통순찰차가 숨어 있겠다는 생각이 채 지워지기도 전에 우측깜박이를 켜고 정지해야한다. 마치 삼국지에서 복병이 있지 않다고 말하는 순간 화살이 빗발친다는 내용과 흡사하다. 늦은 밤 시간에도 단속 당한 체험을 했다는 사람이 의외로 많다.

교육계 비리도 예외였겠는가. 자식농사란 말과 자식을 통해 대리만족이라 할 만큼 우리사회의 교육열은 대단하다. 거기에 배움에 대한 어머니들의 한풀이까지 더해졌으니 오직했을까? 수십 년 거슬러 지난 과거지만 학교마다 신학기에 가정방문이 시작되면 촌지를 준비해야 말까하는 갈등은 변명할 수 없는 우리사회 학부모들의 본심이었다. 개학과 동시에 여는 학부모회의 때도 마찬가지다. 자모회는 자녀가 속한 반이나 학교의 비자금 통로였다.

등기소는 등기이전 업무처리 기간이 정해져있다. 순전 옛 행태지만 등기이전을 빨리하려면 급행료로 지불하면 그 자리에서 등기가 완료된다. 급행료란 마치 경유노선보다 직통노선이 시간과 거리를 단축시킨다는 것인데 이는 과정이 축소된 편리만큼 비용을 지불하는 이치로 보다면 할 말이 없다. 물론 전산처리 이전의 수기로 등기 원부를 작성하던 시대였을 때다.

십 수 년 전부터 시정된 폐단이었지만 건축허가를 내려면 제비용 중에 허가 연관기관에 기름 치는 비용을 설계사무실에서 감안하여 설계비에 포함시켜 산정한다. 이때는 단위가 크다. 관공서 인허가 자리는 뱃장이 큰사람들이 자리를 박고 있다. 건축인허가 관련비리가 다른 부조리에 비해 꼬리가 길게 지속되었던 이유다. 간혹 허가 건에서 기자들이 툭툭 까발려 아직도 라고 고개를 갸웃뚱하게 했지만.

아주 과거에는 전기계량기 설치에도 전기업자를 통해 신청하면 꼭 급행료가 따랐다.

퇴색된 과거사겠지만 세무공무원은 일대일이고 받은 것보다 확실한 이득을 주기 때문에 비리가 까발려지지 않는 특징이 있다. 엇비슷한 공무원 급여에 세무공무원이 집을 제일 먼저 산다는 것은 세상이 다 아는 사실이다.

재건축 토목 공사장에서는 건물잔해인 왈가닥을 걷어내고 땅파기 작업을 한다. 지금처럼 덤프트럭에 자동으로 덮는 호류(덮개)시설이 안 되어 있던 시절에는 운전자가 적재함 위에 올라가서 씌운다. 탕 띠기는 시간이 돈이다. 적재량도 돈과 직결된다. 그래서 덮개를 안 씌우고 과적을 하면 토목업자는 돈이 벌려 입 꼬리가 치켜 올라간다. 규정대로 과적이 안 되게 하려면 적재함 위로 흙이 거의 안 올라가야한다. 규정을 내세우고 단속을 하면 터파기 작업을 맡은 토목업자는 안달을 한다. 그렇다고 규정대로 운송을 하거나 위반을 해서 범칙금을 위반 족족 낸다하면 성과 대비 돈이 너무 많이 든다.

건설 진행능률을 높이기 위한 일환도 될까? 경찰에서 눈감아 주는 것은 문제이면서 쉽게 푸는 문제해결책이다. 어떤 현장이든 토목업자가 쉬운 타협방법을 택하려한다.

80년대는 건축경기가 좋고, 건축현장도 많았다. 건축현장이 시작되면 토목업자들은 파출소, 담당 교통은 기본이고 난지도 쓰레기 집하장까지 가는데 거치는 각 경찰서 교통까지 접촉하여 타협하려고 애를 썼다.

토목업자들은 토목비용에 예상 교통비용까지 산정해서 입찰금액에 넣었다하니 뭐가 먼저 문제인지 분간이 안 간다.

한번은 교통경찰을 했던 선배가 무용담을 늘어놨다. 남부지방에서 서울시내로 들어오는 길 초입에 있는 초소에서 근무할 때의 얘기라 했다. 밤 12시가 넘으면 초소 건물 출입문 옆에 돈 통을 걸어둔다. 그러면 지나가는 차들이 동전을 천원지폐로 말아 돈 통에 던지고 지나간다고 했다. 새벽에 주로 화물차가 지나가는데 야채를 실은 화물차가 같은 길을 매번 지나가 서로 손쉬운 통과의례 절차로 여겨졌다.

그 선배가 로터리에서 근무 할 때라며 한 얘기는 더 가관이다. 로터리 안전지대에 서서 호루라기를 불면 차량운전자는 자신에게 잘못하여 지적질하는 줄 알고 조급해진다. 그렇다고 로터리 특성상 흐르는 차량대오를 막을 수도 없다. 그냥 지나치기에는 뭔가 찝찝하다. 그런 사람을 위해 교통경찰 하이바를 뒤집어 놓는다. 그러면 그 하이바가 놓인 안전지대로 역시 동전에 천원지폐를 말아 던진다. 던진 것들이 대부분 맨바닥에 떨어진다. 지나가는 사람 눈 때문에 차마 돈을 경찰관이 줍기란 어렵다. 그래서 꼬마에게 돈을 줍게 하여 회수한다. 물론 대가는 꼬마에게도 있다. 교통경찰은 로터리에서 호루라기만 불면 끝난다. 6-70년대 얘기였을 것 같다.

많은 차량을 가지고 사업하는 회사도 관할 교통에게 친해지려고 손을 내밀었다.

부조리를 척결하려는 제도가 없는 것은 아니다. 지금도 마찬가지이지만 내부 감찰이 있다. 자서감찰이 있고, 상급기관에도 물론 감찰부서가 있다. 그러나 감찰은 감찰기간 위주로 활동한다. 특별감찰 활동기간이니 뭐니 하는 활동기간이 아닌 평소에는 어떻다는 말인가. 기간을 정한 감찰활동이 너무 웃음거리다.

교통초소장 체제가 있을 때이다. 전, 의경들이 교통보조 근무를 한다. 오히려 아침, 저녁 러시아워 시간에 수신호는 전, 의경들이 젊은 패기로 경찰보다 더 잘 한다. 나이든 기성경찰보다 젊은 사람이 하는 동작이 볼품이 있다. 교통외근은 밖에서 주로 근무를 하기 때문에 교통보조 전, 의경들은 식사시간마다 경찰서에 가서 식사시간에 맞추기도 어렵고 번거롭다. 그렇다고 현실적인 매식 비용도 지급되지 않았다.

매연 마시고 땡볕에 서 있거나, 찬바람 받으며 서 있으려면 잘 먹지 않고는 못 버틴다. 그래서 간간히 고기회식도 시켜 줘야한다. 교통초소장 월급에서 지출할 수 없다는 것은 당시 공직에 몸담은 사람이면 이해가 될 만하다. 휴가 때면 휴가비라도 쥐어줘야 다녀와서 근무에 힘을 낸다.

이런 경우도 있다. 경호경비나 진압부대 동원에서 경찰서 자체차량이 부족할 때가 많다. 이럴 때는 관내 운수회사에 차량지원을 부탁한다. 물론 예산배정이 없어 공짜다. 차와 운전사를 공짜로 지원해 달라한다. 그때는 무슨 동원도 그렇게 많았던지 모르겠다. 나중에는 차는 마음대로 줄 수 있지만 운전자는 대줄 수 없다고 해서 난감하기도 했다.

공공연한 에피소드이지만 모 전직 대통령의 형님이 경찰에 몸담은 것 때문인지는 모르지만 그 대통령 임기동안 경찰을 이해하는 쪽으로 우호적이었다는 말이 떠돌았다.

형사업무에서도 변사체가 발견되면 영안실에 연락한다. 병원에 딸린 장례식장이든지 아니면 개별 장례식장도 마찬가지다. 변사체는 경우에 따라서 부검을 하게 되고 검사지휘를 받게 돼있다. 병원영안실에서는 구급차가 와서 시신을 실어간다.

또한 형사들은 취급한 상해사건에서 상해진단서를 첨부하겠다고 하면 상대편에서도 상해진단서를 내게 되어 결국 쌍방이 상해 진단서를 첨부하게 된다.

큰 교통사고 현장에서는 사고차량을 정비공업사와 연계된 견인차에 인계하는데 그들이 깡통값이란 은어를 만들어 냈다.

병원영안실과 장례식장 관리자 그리고 병원 사무장들에 정비공업사 관계자들까지 이들은 자신들의 상호에 연락처가 큰 글씨로 인쇄된 경찰업무용품을 만들어 경찰기관을 들락거린다.

빨강이 관련된 검은 돈은 개인의 나쁜 발상에서 보다 사회가 조장하여 찍어낸다. 파이의 나눔 법칙 앞에서 혼자서 안 받겠다고 거부한다는 것 또한 쉽지 않다. 그래서 한물에 휩쓸린 고기라고들 말하고, 잘못되면 도매금으로 넘어간다.

칼자루를 쥔 자들은 선에 대한 보호목적으로 만든 법을 악용하여 억압으로 남의 지갑 속을 엿본다. 법 집행자들은 법의 칼날 경계선에 있을 때 처분을 시시때때로 바꿔 엿장수 맘대로 하는 것이 문제다. 칼질에 애꿎은 선혈이 묻을 수 있다.

딱새는 제 머리보다 커버린 뻐꾸기새끼 입속에 먹이를 넣었다 뺏다하는 유인작전으로 뻐꾸기새끼에게 나는 학습을 시킨다. 딱새의 철저한 모성적 본능을 이용한 뻐꾸기의 얌체육아법이다. 이때 새끼 뻐꾸기의 벌린 뻘건 입속을 보는 미운감정이다.

부조리는 철저한 빨강이다.

"유재민 씨 인가요. 서부지검입니다."

나는 뭔가 억압된 목소리라고 느꼈다.

"무슨 일 때문에 그러세요."

"저희들이 탈루된 세금관계로 세무서로부터 고발이 되어 서해유통에서 압수한 물건을 조사 중에 있습니다. 압수된 출납장부에 지출한 내용이 적혀있어 확인 차 전화했어요. 전화번호부에도 관리장이란 연락처가 있는데 관리장 맞으신가요."

"네, 네, 아마 교통 관련해서 물어 보려고 적어둔 전화번호일 것 같은데요."

"내일 근무가 아니면 한번 여기 603호 검사실로 나와 주셔야겠습니다."

"아아 알겠습니다. 내일 오후에 가겠습니다."

나는 전화를 통화한 몇 분 사이에 불안증환자가 되었다.

목소리를 아무 일이 없는 것처럼 하려해도 소리가 나오다가 턱턱 목에 걸렸다.

나는 서부지검으로부터 연락을 받아 금품을 받은 혐의로 검찰조사를 받았다. 사느냐 죽느냐 갈림길 서 있다는 생각이 온종일 머릿속에 요동친다. 조사를 마치고 나온 밤이면 많이 마시지도 못하는 술을 연거푸 먹어 배탈까지 났다.

처와 아직 어린 자식들의 존재가 나를 모질고 강하게 만들었다. 조사 중에 벌어진 억압과 회유에 넘어가서는 안 된다고 흔들리지 않게 가슴복판에 대못질을 해두었다. 흔들어 뽑으려는 자와 나는 몇 시간씩 힘 겨누기를 했다.

내가 주식투자에 망하지만 않았어도 라고 과욕에 대해 다시금 후회가 발등을 찍었다. 담겨질 것 없는 찌그러진 깡통 같은 빈칸 재산목록표가 현실이다. 집에 오는 골목에서 쪼그리고 앉아 눈물을 쏟았더니 불안이 조금 사그라졌다. 고통스런 시간이 딱 보름 지났다.

"당신 구속시켜야 정신 차릴 거야."
"저는 모릅니다. 잘못 적은 것으로 봅니다."
결국 뇌물공여자와 대면 조사를 했다. 내가 불쌍했는지 처음 본경찰이라는 말에 살았다. 사실 사장은 면식이 없었다. 뇌물죄는 공여자도 처벌을 받기 때문에 정확한 입증이 없으면 처벌하기 쉽지 않다. 공여자가 스스로 불쏘시개를 들고 화염 가까이 가는 꼴은 피할 것이기 때문이다.

내가 검찰조사를 받던 중 검찰출입기자에 의해 나와 관련된 금품수수사건을 확증된 것처럼 신문에 보도했다. 이후 검찰조사에서 밝혀지지는 않았지만 신문보도로 인해 물의 야기가 된 것이다. 검찰에서는 수사에 한계를 느껴 경찰 자체조사로 넘기고 내 사건에서 발을뺐다.

나는 경찰내부 징계위원회에 회부되었다. 단순 물의 야기가 아니라 뇌물관련 물의 야기로 중징계 대상이다. 나는 궁지에 몰려 자살한 사람들 심정을 이해하게 됐다. 체중이 쑥 빠졌다. 거울 속 나를 때려주고 싶다.

해임 징계처분장을 받았다. 머릿속이 하얗게 되었다. 가족들 볼

낯이 없었다. 징계처분 소청행정소송에 유능하다는 변호사를 소개 받았다. 변호사에게 생명줄을 걸었다.

변호사의 도움으로 행정소송에서 정직 3월 감경결정처분을 받았 다. 해임과 정직3월이라는 처분장에 쓰인 붉은 글씨색깔은 앞으로 깨끗한 공직생활을 밝히는 등불이면서 적색경고였다.

이건 시골 부모님이 모르는 비밀이다. 행정소송에서 감경결정처 분은 신의 축복이었다. 3개월이라는 고뇌의 시간이 흘렸다. 많은 시 간에 걸쳐 반성이란 글자로 나의 전신을 도포했다. 이후 직무와 연 관된 금품수수는 담을 쌓았다.

나는 내면의 빨강을 모조리 지웠다.

부조리와 관계없는 부처인 기동대를 자원하여 근무지를 옮겨 갔 다. 이후 나는 다시 형사과와 파출소를 근무하면서 예전의 구태의연 한 생각을 버렸더니 업무뿐만 아니라 전반적으로 가까이 하고 싶어 하는 동료들이 많아졌다.

억압된 북한 같은 나라도 부패돼 있고 후진사회일수록 부조리는 들끓은 다고들 한다. 선진사회에서 부조리는 어떤가. 수소2개 원자 와 산소1개 원자만으로 결합된 순수한 물에서는 물고기도 살지 못 한다는 말이 있다. 답례 차원의 고마움에 대한 밥 한 끼 먹는 것까 지 모두 부조리와 연관시켜 버린 사회를 꿈꾸기도 한다. 순수한 물 과 같아지는 것에 반박도 한다. 종이 한 장만큼 얇은 경계를 두고 있을 뿐이다. 황금잉어빵도 뒤집어 가변서 구워야 되고, 부침개 또 한 뒤집지 않고는 배기지 못한다. 한쪽에만 치우치는 것을 경계해야

한다는 빗댐이다.

　법보다 먼저 도덕을, 양심을 하고 호소하지만 결정적 손익이 드러
날 때 인간의 욕심은 철면피쪽을 택하기 쉽다. 그러기에 양심의 가
치와 도덕 가치를 붙잡아야한다고 말들이 많다.

치안 일선을 보는 편각

파출소에서 신고 받아 처리한 사건업무를 통해 만들어진 이야기 거울에 자신들의 민낯을 비춰보라. 거울 속 인물과 비교하여 보면 나는 어떤 모습으로 보일까?

아이가 태어나면 사람들은 이름을 지어 부른다. 요즘 젊은 부부는 태아에게 태명을 지어 작은 생명에게 이름을 붙여준다. 아가야라고 부르는 것보다 재미도 있고, 태내 아이와 대화가 매끄러워질 것도 같다. 건물도 당호라 하여 이름이 있듯이 즉, 이름 있는 건물이라는 말에서와 같이 없는 것보다 이름이 있다는 자체만으로도 그만큼 가치가 있게 느껴진다. 건너는 다리를 볼 때 도로보다 낮으면 배고픈 다리라는 비유적 칭호가 도처에 많았던 다리 역사가 있다. 그때는 다리 건설비용을 줄이기 위해 양편도로보다 다리를 낮출 수밖에 없었던 시대가 빚어낸 이름이다.

사람들은 상당수가 작명원칙에 맞는 이름을 갖기 원해 작명소를 찾아 가고, 지어준 이름이 인생길에 좋게 작용하기를 기대한다. 업종에 맞는 업소명이 있듯이 책 또한 전체내용을 함축적으로 나타내려는 기대 속에서 제목이 붙여진다. '괴상한 포차'라는 상호는 안주와 술을 배 속에서 믹스되는 것을 최대화 시키겠다고 내건 간판 이름이다. 평소 순찰 중에 보아도 그런대로 손님이 많은 업소다. 이 업소의 문제는 손님들끼리 자주 싸워 신고가 잦다.

장소가 좁을수록 사람들의 밀도가 높아지고 좁은 공간에서 생존경쟁이 더 강하게 표출된다고 보는 데는 이견이 없다. 아파트 경우도 주거공간이 좁은 아파트에서 싸운다는 신고가 더 많다. 물론 가정환경이 문제지만 주거공간이 비좁은 가운데서 심리적 다툼이 더한다고 보는 주장을 무시할 수만은 없다. 천장이 높은 공간에서 생활하면 이상이 높아진다는 것과 비슷한 논리다.

두 남자는 한 선배와 함께 '괴상한 포차'에서 만나 술을 마시다가 술기운이 오르자 별것도 아닌 지난 감정을 들춰내 토닥거리게 됐다. 감정이 고조되면서 서로 밀치다가 급기야 한사람이 음식 자르는 가위를 들었다. 가윗날이 상대방 오른손가락을 배어 피가 가게 바닥에 낭자했다. 사건현장은 냉온풍기가 넘어져 있고 술병이 깨진 상태로 난장판이 된 상태다. 싸움판을 상상하기에 충분한 현장모습이다.

손이 다친 환자는 119구급차로 병원에 후송하고 싸운 상대방은 파출소에 데려와 사건 전말을 조사했다. 11월 26일 아침 7시 10분경부터 사건에 매달려 결국 퇴근 시간을 1시간 넘기고 사건이 마무리

됐다. 허기가 뱃가죽에 붙어 등짝을 갉아 먹었다.

퇴근 직전에 들어오는 사건 신고는 더 힘들고 무게에 이마 주름살에 겹친다. 특히 밤샘근무하고 아침 퇴근시간에 들어오는 사건 신고는 미움증이 더한다.

그로부터 며칠 후 아침에 출근한 날이다. 아침 7시에 '괴상한 포차'에서 신고사건이 들어 왔다. 출근한 우리 팀도 사건 처리에 가세했다. 사건 정황은 손님이 담배를 업소 밖에서 피우고 들어오다가 옆 좌석에서 술을 마시던 다른 남자 손님과 눈이 마주쳤다.

"뭘 째려봐 씹…"이란 말을 들어오는 사람이 내뱉었다.

"야 안 째려 봤어"라고 앉아있는 사람이 말을 받았다.

들어오는 사람은 앉아있는 손님에게 달려들어 머리채를 잡아당기고 얼굴을 할퀴었다. 말리는 일행에게도 얼굴을 가격했다. 젊은 혈기에 그냥 맞고 참을 수가 없다고 생각했는지 일행 3명은 일제히 일어나 합세하여 두들겨 팼다. KO승을 한 3명은 조사를 받고 패자는 서구병원으로 옮겨 치료를 받게 했다.

도와주는 출근 팀이야 괜찮지만 퇴근 팀은 그날도 퇴근이 1시간이 늦어졌다. '괴상한 포차'는 이름값을 톡톡히 한다. 말 그대로 괴상한 이름 공간에 괴상한 사람들이 모인다. 또한 공간에 비해 탁자가 조밀하게 놓여있어 의자가 서로 부딪혀 싸우기 좋은 조건이다. 검은 통형태의 철재의자가 놓인 딱딱한 분위기와 밀집된 환경이 경쟁 심리를 불러일으킨다. 술이 취하면 경쟁 심리는 전투태세로 돌변한다. 모든 파출소 직원들이 이구동성으로 비좁은 공간이 문제라 하여 주인을 불러 말하기로 했다. 직영하지 않아 업주를 만나지 못해 종업원에게 말했지만 종업원이 자리를 조정할 수 없다고 했다. 하는 수 없이 19세 미만자에게 술을 팔면 영업정지라도 받게 하는 방법이 최선일 듯싶다.

이후 순찰 중에 그 업소를 주시해 보았는데 유난히도 큰 글씨로 인쇄된 '19세 미만자 절대 출입금지'란 붉은색 문구가 눈에 들어왔다. 미성년자 주류제공으로 단속도 쉽지 않을 것 같다.

이번 신고사건을 통해 이름과 환경의 중요성에 대해 새삼 실감하게 되었다. 붉은색 간판 글씨 아래를 통과하여 그 업소를 들어설 때 가축공장배설물에서 나는 냄새와 비슷하게 미미한 암모니아가스냄새가 풍겨 나왔다. 과조밀이 생성시킨 탐욕이 깔린 후덜덜한 냄새였다.

설 명절은 우리나라 최대 명절이다. 설에는 계절 때문에 음식이 상하지 않아 추석 때보다 명절음식을 많이 만들어도 되어 푸짐하게 장만한다. 예전에 설날이면 친척어른이나 이웃어른에게까지 세배를 다니고 조상에게 성묘를 했다. 우리나라 사회구조가 농업생산 위주일 때는 설날부터 정월대보름 때까지 동네마다 풍물놀이를 해서 설 명절 분위기가 보름간 이어졌다. 골목에는 색동옷을 입은 어린아이들이 몰려다니고 도시에 나간 처녀총각들이 눈부시게 옷을 빼입고 고향을 찾았다. 귀향길에는 백화수복이란 상표와 빨간 사과가 듬뿍 든 대바구니가 양손에 매달려있었다. 이제 설 차례 상을 차리지 않는 집이 삼할 이라니 세상 많이 변했다. 설 명절에는 푸짐한 차례음식에 새 옷과 세뱃돈 맛에 설이 기다려졌다. 다시 그런 설날 행복이 꿈에서라도 오런 지.

1월 30일 오후 9시 저녁근무가 시작되는 시간이다. 시골집에서는 세시풍습대로 차례를 마칠 시간이다. 서울사람들은 거의 정초인 내일 아침에 설상을 차린다. 밤 11시가 조금 넘어 순찰 중인데 갈지자 걸음으로 오는 주취자가 순찰차를 지나칠 때 개 자가 들어간 욕 섞인 말을 하면서 삿대질을 하였다. 뭐라는 욕인지도 모르지만 주취자와 시비하기도 싫어 그냥 지나쳤다.

10여 분도 안 지났는데 주취자가 길에 쓰러져 있다는 112신고였다. 신고 된 장소가 바로 조금 전에 취객이 지나던 곳이다. 옆에서 운전 중이던 동료가 그자 아닌지 모르겠다고 했는데 그 말이 맞았다.

길바닥에 쓰러진 그자 때문에 버스가 못 지나가서 남자 승객이 내려와 옆길로 끌어내고 있었다. 버스를 통과 시키고 나서 일으켰더니 겨우 일어섰다. 어디가 집이느냐고 묻는 말에 대답이 없다. 호주머니 위로 만져 봤으나 핸드폰 등 어떤 소지품도 없었다. 소주 두 병 정도 배 속에 숨기고 있다는 생각이 들뿐이다. 길가에 앉히고 한 바퀴 돌고 오면 정신이 더 들지 몰라 그렇게 하기로 하고 자리를 떴다. 크게 골목을 한 바퀴 돌고 돌아와 보니 말끔하게 사라졌다.

치안센터에 가서 잠깐 머뭇거리고 있는데 택시기사가 들어오더니 손님이 어디 가자는 말도 없고 내리지도 않아 해결해 달라했다. 확

인해보니 바로 그자였다. 다시 우리 앞에 원위치 되었다. 느닷없이 말문이 터졌는지 소리를 지르고 회집 앞에 나와 있는 주인에게 시비를 걸었다. 그때 지나가는 사람이 중국음식점에서 배달하는 사람이라고 일러주었다.

"중국만옥 철가방은 어디에 놓고 왔어요?"

이 한마디에 그자는 술기운이 확 달아났는지 고분고분해졌다. 치안센터 의자에서 조금 쉬었다가 술 깨면 가겠다고 했다. 잠시 근무 교대시간이라 주취자를 깨워 귀가하는 모습을 보고 파출소로 향했다. 다행히 비틀거리지는 않았다.

파출소 입구에 택시가 한 대 서있고 택시에서 내린 손님이 순찰차 댈 자리를 막고 서있다. 조금 비켜 달라했더니 소 새끼와 개 새끼가 나란히 가고 있는 것을 보고 부르는 욕을 지껄였다. 출입문을 열고 나오는 동료가 대꾸하지 말라했다.

대명절에 집에 못가는 것은 너나 나나 속상하기는 마찬가지인데 집에도 못가는 경찰을 보고 동네북 치듯 하는지 모르겠다.

뺨을 맞아도 금가락지 손에 맞으라 했거늘 싼 술에 절여진 입에서 나온 욕을 먹고 나면 뱉는 침이 내 얼굴에 맞는 기분이다. 모로 걷는 사람들을 만난 오늘은 명절날 집에 가지 못해 우는 소리를 듣는 날이다. 명절에 하는 근무는 도수 높은 소주 맛이다. 소주에 아픔까지 절여진 마음들을 만난다. 하고 싶은 대로 여과 안 된 본심과 마주치는 날이었다.

한낮 더위가 에어컨 팬을 힘들게 만든다. 아스팔트 바닥은 햇볕에 달궈져 따갑다. 근무 여건에 맞춰 점심식사교대가 이뤄졌다. 혼자 남게 된 나는 고독한 점심을 때웠다. 비릿한 점심메뉴에 고인 침을 길바닥에 몰래 뱉고 신발로 쓱쓱 문질러 지운다.

고개를 들고 걸어가는데 젊은 할머니 한 분이 말을 걸었다. 말끝은 어떻게 하면 좋겠느냐는 말이다. 내용을 이해하는데 물어봐야 할 부분이 있어 길어질 것 같아 파출소로 들어가시자고 했다. 할아버지 때문이냐고 했더니 그렇다는 대답이다.

국가유공자는 법도 필요 없느냐며 오른손을 치켜 올렸다. 데모대가 외칠 때 손동작을 보이는 것처럼.

"바깥분이 국가유공자세요?"

"22살에 시집와서 지금까지 남편이 두들겨 패도 참고 살았는데 국가유공자는 처나 패는 것이라요? 말을 못하는 둘째 아들 때문에 참고 살았는데 도저히 남편 때문에 더 살수가 없어 전번에는 집을 나와 버렸소. 둘째 아들 취직이 되서 밥을 해주려고 할 수없이 집에 들어왔는데 또 살림을 부수고 때려요. 잡아다가 감옥에 보내든지 손모가지 버릇 좀 고칠 수 없소?"

"할머니는 오늘도 맞았나요?"

"오늘은 안 맞았는데 이따 또 때릴지 모르겠소"

젊었을 때 남편이 사우디아라비아에 일하러 가서 번 돈을 한 푼도 안 쓰고 1년에 400만원을 모아 그 돈으로 아현동에 8평짜리 집을 샀다한다. 집이 낡아 살수가 없어서 3명이 합쳐 새로 집을 지었다했다.

재개발이 되기 전에 2억을 넘게 받고 남편이 몰래 집을 팔아먹었다고 말했다. 남편을 생각해서 남편 명의로 집을 산 것인데 자기 명의로 되어 있다고 남편 맘대로 한 것이 잘못 아니냐고 물었다. 처를 무시하고 재산을 관리하는데 불만이 많아 보였다. 내가 번 것이라는 주장이 강한 할머니에게 아주머니란 호칭을 불러 어떤 일을 했느냐고 물었다.

남편이 번 돈은 모두 저축하고 본인이 벌어 생활비를 충당했으니 바로 자신이 번 것이라는 주장이다. 그것도 그럴싸한 논리였다. 내조의 당연성이면서 내조의 가치이다. 남편이 지금 살고 있는 집을 팔려고 내놨는데 이번에도 남편 맘대로 팔려고 하여 불만이 많다는 투였다.

국가유공자라면 정부에서 돈을 받고 있지 않느냐고 물었더니 받고 있다했다. 남편이 때리거나 기물을 부수면 112에 신고하시라고 일러줬다. 그 말끝에 남편이 국가유공자라 경찰도 처벌할 수 없지 않느냐고 물었다. 국가유공자란 남편의 자존감이 부인의 뇌리를 꽁꽁 묶어 놓았다. 국가유공자라해서 처벌을 못하는 것은 아니라고 힘주어 말했다.

하여간 남편이 행패를 부리면 즉시 112번으로 신고하라고 재차 말해 주었다. 남편이 술을 많이 마시느냐고 물었더니 술을 안 먹는다는 의외의 대답을 했다. 주사가 있어 하는 행동일까라는 우려가 불식되었다.

"남편분이 사우디아라비아에 간 것은 기술이 있어서일 것 아녀
요?"

"삽질만 할 줄 알면 되는 잡부였어요."

남편을 폄훼하는 말을 서슴없이 했다. 일하고 돌아오는 길이라며
보자기형태 가방을 들고 있다. 나이를 묻자 69세라 했다. 늙어가는
입장이니 참고 살아가는 것이 어떠냐고 종용했다. 그러면서 경찰에
신고하면 처벌은 크게 안 되더라도 따끔하게 말은 해줄 수 있다고
위안을 주었다.

할머니는 국가유공자인 남편이 국가에 공을 세운 것도 없다며 국
가유공자란 말이 쏙 들어가게 해주고 싶다고 말했다. 남편으로서 한
가정의 일도 잘못하고 있는데 무슨 국가에 유공을 했겠느냐는 투였
다. 전쟁터에서 쫓겨 도망가다 넘어져 다친 것이겠지 라며 빈정거리
기도 했다. 남편에 대한 미움이 극에 달해 있다고 느껴졌다.

할머니가 나이 들면서 증가되는 남성호르몬의 힘으로 남편우위를
끌어내리려는 체질의 변화에 따른 현상과 연관되는 듯싶었다. 순찰
근무 나갈 시간이 다되어 면담을 마무리 짓고 나가려하자 할머니는
한 가지만 더 묻겠다했다.

옆집과 붙어있는 다세대 건물이 살고 있는 집인데 남편이 팬티만
입고 다녀 옆집여자들이 말을 많이 한다했다. 자기 집안이라도 창문
을 열어놓고 훤히 보인 상태에서 이상한 노출행동을 하면 경범죄로
처벌할 수 있다고 말해줬다. 남편은 자기 집인데 어떠냐며 막무가내
라 한다. 잠시 동안 애증을 모토로 한 여자의 일생 단막극을 보고

나온 기분이다. 귀가 자극을 받았는지 간지럼증이 나서 새끼손가락을 깊게 넣어 후볐다. 말을 마치고 나간 여자의 아픔이 내 가슴 한쪽에서 꿈틀댔다.

한 국가 치안의 실핏줄이 국민과 통하는 지점이 파출소 출입문이다. 그 출입문을 사이에 두고 인간들의 각자 다른 색깔들이 난무한다. 근무의 여운을 남게 하는 자는 별명 깡구, 학원운영경력에 수학강사를 했다. 공부보다는 잡기를 더 좋아하고 처는 장애인 돌봄으로일한다. 아들은 강남에서 의류매장 점장을 한다. 강남경찰서장표창및 내무부장관표창을 받았다하는데 뭔가 잘한 것이 있겠지만 확인은 안 된다. 물론 이 모든 말들이 허풍일수 있다.

그는 알코올중독으로 21세 때 입대신체검사에서부터 3년 연속 병종 맞아 고난기를 겪었다는 푸념을 했다. 덧붙이자면 학원은 춘천에서 했다한다. 외삼촌 두 분도 알코올중독자이셨다며 모두 간암으로돌아가셨다는 말에 술이 모계유전성인가 의구심이 났다.

예수님을 믿고 술을 끊은 25년 동안 결혼생활을 하고 자녀를 갖은 것은 잘한 일이라 강조했다. 모르지만 말대로라면 외갓집은 수원부자라 한다. 충무로역 GS25에서 시급 5,500원 받고 알바를 한다는것과 과거행적이 조금 안 맞지만 말이다.

그자는 파출소 출입문을 들어서자마자 '원한 맺힌 마음에 잘못 생각에 돌이킬 수없는 죄 저질러 놓고…' 들을 때마다 같으니까 18번서곡이다. 최근 3년 전부터 술을 마시기 시작했다고 말했다. 지난 10

월 4일 CU편의점에서 업무방해죄로 형사입건 되어 벌금이 나왔다. 조사를 받던 날도 형사가 차비 1,500원 줬다며 그 돈으로 막걸리를 사마시고 걸어서 집에 올 정도로 술이 원수다. 요즘은 벌금 내려고 편의점에 알바를 나간다했다. 앞전 8월 달에는 관공서 주취소란으로 여자판사에게 사정사정했더니 벌금 10만원으로 선고해줘 냈다고 했다. 큐대를 잡을 때나 대학축제 때 장기자랑하면서 마이크를 잡을 때도 손이 덜덜 떨기 시작한 것이 젊었을 때부터 지금까지 이어졌다고 말했다. 축제 때 자기에게 할애된 시간은 10분이었는데 코미디로 하버드유치원에서 구구단 외운 것을 거꾸로 했는데 인기가 하늘까지 치솟았다는 허풍이다.

"four nine thirty six

four eight thirty two

four seven twenty eight

four six twenty four

…"

어려운 4단을 맛보기라며 외웠다. 일본어로도 구구단을 거꾸로 줄줄 외울 수 있다고 말했다. 영어실력은 성문영어 예문을 외운 것이 밑천이 되었다고 말했다. 그는 딸이 알코올에 마약중독으로 잡혀가 4년 6개월 집행유예를 받았다고 스스럼없이 말했다.

본인뿐만 아니라 주변 사람들의 술에 대한 관계가 트라 우마 같이 불쾌한 별명을 듣는 기분이다.

그는 자기소개에서 빠진 것이 있다며 출생 서울 서대문구, 원적지

수원시라 덧붙였다. 전라도 태생들은 상당수가 입이 바르고, 모함을 좋아하는 서울 사람들은 예수님 믿고 깨달음을 얻었다는 알쏭달쏭한 말을 뱉었다.

그가 품고 있는 마지막 꿈은 노숙자, 전과자, 가출인과 더불어 살고 싶다는 것이다. 본인이 이 모든 것에 해당되는 몸통이면서 그냥 끼리끼리 살고 싶다는 말같이 들렸다. 가출청소년을 잘 보살피는 사회사업에 관심을 두고 있다는 말에는 빈말이라도 듣기 좋았다. 술 관련 가족사를 들으면서 좁혀진 귓구멍이 그의 꿈을 들을 때 조금 넓혀졌다.

그는 장수막걸리, 백세주라는 상표가 이름부터 사기라는 말을 뜬금없이 했다. 어제 술 취해 집 입구에서 자고 있는데 딸이 들어오다가 나가버린 후 오지 않는데 가출신고를 해야 하지 않냐고 물었다. 연락이 되는지 핸드폰부터 해보라는 말에 그러겠다고 대답했다.

통금시절에 이문동파출소에서 통행금지로 잡혀간 얘기다.

"증 내놓으세요"

경찰관이 업무상 툭 던진 말이다.

"저는 수전증밖에 없습니다."

깡구의 말에 즉심대기실에는 웃음이 긴장과 섞여 멀건 죽처럼 풀렸다고 말했다. 아들은 키가 180cm인데 박지성에 버금가게 축구를 잘하는데 본인은 아들보다 더 잘한다는 말은 주정의 연속 같다.

"(허풍쟁이 주정뱅이님) 알코올중독이 될 정도로 술을 마시게 된 이유가 뭔데요?"

내가 물었다.

"술을 이겨보려고 젊었을 때 용쓴 것이 결국 술한테 저서 그놈한 테 목덜미를 잡힌 거요. 학생들이 제발 숙제 좀 적게 내주세요라고 말하면 제 발은 네 발 이다라고 말할 때가 좋았지."

그자는 눈을 지그시 감고 말을 흐렸다. 잡담으로 한참 시간이 흘 렀다.

벽시계가 아침 일곱 시를 가리켰다.

파출소 뒤 보라빌라에서 사는 낯익은 주정뱅이 여자가 '어쩐데'라 고 말하면서 파출소로 들어왔다.

한번은 옷을 홀라당 벗고 대로에서 벌렁 누워있었던 여자다.

그 여자가 들고 있는 검은 비닐봉투에 병마개 윗부분이 두 개 나 와 보였다. 아마 흰 플라스틱이 막걸 리가 담긴 병 같아 보였다. 깡 구가 술 취한 목소리로 케네디연설문을 영어로 하니까 여자는 헤헤 웃더니 팔짱을 끼고 파출소에서 나갔다. 알코올중독이란 공통점이 천생연분도 될 수 있다는 단면을 보여줬다.

그 여자는 한번 술에 취하면 술이 깰 때까지 혀와 행동이 맞장구 친다.

오늘부터 4일간 추석연휴가 시작된다.

깡구가 오기 전에 또 마흔을 갓 넘겨 보인 여자 주취자가 찾아와 가방을 찾아달라며 무려 3시간을 괴롭혔다. 기둥서방같이 보이는 사람이 말리면서 데려가다가 팽개치고 도망가 버렸다. 내 오른 팔뚝을 엽기적인 행동으로 손톱자국을 낸 폭력형 주취자다.

연휴 추석에 기댈 곳이 없어 술에 마음을 기댄 가슴 아픈 자들에게 파출소는 씻김을 하는 장소가 되었다.

술은 레드와인뿐만 아니라 비록 맑다하여도 인체 37도 온도에서 위산과 반응하면 적색으로 변한다고 본다. 적색 행동으로 발동하는 술이기 때문이다. 지하철 입구나 술집 모퉁이에서 토사물을 볼 때 붉은색을 띤다고 느낀 모순된 경험도 있고

점심을 먹고 오후 나른한 시간을 보내고 있을 때 아주머니 한분이 파출소 문을 열고 들어왔다. 민원인은 빨강 땡땡이 무늬로 나염된 천 가방을 들고 있었다. 그 여자 나이에 잘 들고 다니지 않을 가방형태로 젊은 아가씨들이 큰 물건을 넣고 다니기에는 맞을 듯싶었다. 땡땡이 무늬가 완전히 둥글지는 않고 크기도 일정치 않았다. 어찌 보면 핏자국 이미지를 내포한 스토리텔링이 연상되는 상품 같은 느낌이 들었다. 전체적인 이미지가 분노를 암묵적으로 담고 있는 빨강과 핏방울형상이 드러난 느낌을 받았다. 아주머니는 가방을 열고 서류봉투를 꺼내 그 속에서 탄원서라고 써진 문서를 꺼내더니 내게 내밀었다.

"이렇게 써서 제출하면 됩니까. 제가 잘 몰라서 그런데요
물어서 쓰긴 썼지만요"

아주머니는 쭈뼛쭈뼛하고 기어들어가는 목소리로 이렇게 써도 되느냐고 되물었다. 나는 아주머니가 내민 서류를 봤다. 편지지에 볼펜으로 쓴 것이지만 또박또박하게 써진 것이 정성스러워 보였다. 다만 문맥이 맞지 않은 부분이 있고 정황 표현이 일부 어색하고 서툴렀다. 딱한 사연이 이어진 내용에 궁금증이 생겨 결국 문서 전체를 읽었다. 탄원서를 낼만한 상당한 이유가 되었다. 나는 내심 망설이다가 특별한 일도 없고 탄원서 사연이 딱해서 아주머니에게 여기 적힌 이순순 씨냐는 물음에 아주머니는 맞다고 대답했다.

"사정이 딱하신 것 같은데 제가 정리 좀 해드릴까요. 큰 문제는 없지만 아무래도 매끄럽게 보이면 좋을 것 같아서요."

"아이고, 감사합니다. 고마워서 어떻게요."

약간 표현이 이해 안 되는 부분은 물어가면서 나름 써내려 갔다.

「위 탄원인들은 피고 태문제 사건에 관하여 공정한 재판이 되기를 소망하여 다음과 같이 탄원합니다.

사건 경위는 이렇습니다. 탄원인 이순순의 아들 박순길은 군대복무 중 휴가를 나와 아는 사람을 만난 후 귀가 중이던 2011. 7. 31. 밤11경에 성남시 중원구 상대원동 대원사거리에서 하대원우편취급국 방향 둔촌대로 횡단보도에서 신호를 무시하고 지나던 차에 치는 교통사고를 당했습니다.

마침 교통사고현장을 지나던 응급수송단차량의 운전자가 차에 치어 피를 토하는 제 자식을 목격했습니다. 즉시 환자를 병원으로 옮겼으나 불행히도 명을 달리하고 말았습니다.

사고 후 뺑소니차량 운전자를 찾기 위해 교통사고 목격자를 찾는다는 현수막은 두 달 가량 대원사거리에 애타게 걸려있었습니다. 생때같은 아들을 잃은 부모는 가슴에 자식을 그냥 쉽게 묻을 수가 없었고 부부가 생업으로 하는 세탁소일은 손에 쉽게 잡히지 않았습니다. 왜일까요? 아들을 앞세워 눈물로 보낸 지 한 달이 지나도록 어느 누가 나타나 실수로 교통사고를 낸 것이라는 변명 같은 말 한마디 들을 수가 없었기 때문에 더 가슴이 아팠습니다.

누구든지 부주의로 아니면 피하지 못해 교통사고를 낼 수 있지만 사망에 이른 사고를 내고 도주한 것은 양심의 문제입니다.

사람들이 항시 그랬듯이 어려울 때 도움 받을 수 있으리라는 기대로 중원경찰서 뺑소니반에 온 귀를 기울였습니다. 교통사고가 난 날로부터 세 달이 지나서였습니다. 사고현장을 지나던 버스에 설치된 CCTV카메라에 사고를 내고 도주한 차량이 포착되었다는 말을 사건취급경찰관으로부터 들었습니다. 교통사고운전자에게 왜 아들이 차에 치게 되었는지 묻고 싶었습니다.

저희 부부 가슴은 교통사고를 내고 도주한 나쁜 양심에 의해 한 번 더 찢어지는 고통을 당했습니다. 왜일까요? 사고를 낸 운전자가 교통사고를 낸 사실을 인정하지 않는다는 것이었습니다. 국립과학수사연구소의 증거자료에 의하면 사고 차가 저의 아들을 바퀴로 넘고 갔다는데 사고를 낸 자가 사고 낸 사실을 몰랐다니 세상의 모든 운전자에게 물어볼까요?

버스에 설치된 카메라의 증거자료, 나타난 목격자들, 국립과학수사연구소의 입증증거에 발뺌을 더 이상 못하게 됐는지 뺑소니사건 수사대상자가 변호사를 선임했다는 말을 들었습니다. 그래서 범행사실이 입증되었구나하는 생각을 했습니다. 사망사고뺑소니운전자인 피고 태문제는 배우자가 공무원인 점으로 볼 때 힘이 있는 변호사를 선임했으리라 봅니다. 이를 방패로 구속적부심에서 사람을 치어 죽게 하고 도주한 후 사고 낸 것을 발뺌한 자가 구속사유인 증거의 인멸과 도주의 우려가 없다는 판정을 받았다면 어떤 경우가 구속의 사유가 될까요?

피고 태문제는 사고를 낸 후 사고현장에서 떨어지게 차를 주차시켜두고 사고지점으로 돌아왔습니다. 쓰러져 있는 교통사고 피해자 주변에 모여 있는 사람들에게 사고 낸 사람이 누구인지 알고 있는지를 확인했다합니다. 사고 낸 사람을 모른다고 판단했는지 어떤 구호의무도 안하고 도주한 것은 위법성을 떠나서 인간생명의 존엄성을 무시한 파렴치한 행동입니다. 현장 조치한 경찰관, 사설구급대원, 뺑소니전담담당경찰관, 사고현장목격자, 국립과학수사연구소 등의 모든 증거와 사고당시 정황에서 나타난 바와 같이 사고 낸 운전자가 구호행위를 하지 않고 도주한 것이 확실히 나타나는데도 말입니다. 사망사고를 내고서 부인한 피고는 상식적으로 증거의 인멸 및 도주의 우려가 확실한 법정구속사유가 충분한 자라고 봅니다. 그런데도 피고가 구속되지 않는 것은 판사의 법관윤리강령이 변호사의 능력에 의해 침해된 것이 아닌지 의심됩니다. 법문을 해석하는 잣대가 너무 어처구니없다고 느껴집니다. 법과 양심 그리고 도덕성까지 무시한 어떤 힘센 입김 탓일까요? 힘과 능력 있는 변호사를 선임할 수 있는 돈의 위력일까요? 요즘 천안함 사고 후 떠난 자 들에게 화랑무공훈장을 추서한 것과 비교할 때 내 자식의 억울한 주검을 보며 부모가슴이 여러 가지로 더 찢겨듭니다.

자식을 앞세워 보낸 뺑소니사건 발생 후 6개월이 지나고서야 피고가 만나자고 하여 과연 어떻게 생긴 사람이 자식을 빼앗아 가면서 뺑소니치고 발뺌을 한 것인가 궁금했습니다. 영원히 돌릴 수 없는 자식의 생명을 앗아가고, 뺑소니치고 양심을 버리다가 법정구속이 될까봐 재판 전에 합의조건을 만들기 위해서였겠지요.

2012. 7. 10. 첫 번째 재판은 어떠했을 까요? 금전의 위력으로 능력 있는 변호사의 신변보호아래 피고는 달변으로 마치 목격자가 참고인이 법정진술을 하는 것 같았습니다. 저렇게 양심 없는 자가 내 자식 명줄을 끊었다니 너무도 가슴이 터질 것만 같아 눈물만 쏟았습니다.

운전을 하다보면 과실로 사망사고를 낼 수는 있습니다. 그러나 차로 치어 죽게 하고 뺑소니친 후 사고를 부인하다 변호사를 앞세워 법정에 나왔습니다. 피고는 법을 무시하고 버린 양심을 돈으로 메우려 하는 것은 전적으로 전가족의 도덕성을 의심하게 합니다. 이상과 같은 사건은 현재 특정범죄가중처벌법등에 관한 법률위반죄로 귀지원에서 재판이 진행 중입니다.

자식의 억울한 주검을 부른 파렴치한 피고 태문제에 대해 올바른

법의 정의가 실현되길 소망합니다.

다음과 같이 탄원이유를 밝히오니 귀 법원에서는 법과 양심에 따라 공정한 판결이 이뤄지길 간절히 바랍니다.

피고 태문제는 교통사고를 낸 후 피를 토하며 쓰러져 있는 교통사고 피해자를 보고서도 어떠한 구호조치도 하지 않았습니다. 주변에 모여 있는 목격자들에게 사고운전자를 아는지 여부를 확인하고 뺑소니쳤습니다. 이는 피고 본인의 진술 및 심문 그리고 목격자의 증인심문에서 드러났습니다.

피고는 교통사고 발생 후 경찰에 교통사고 발생신고나 보험회사에 사고신고를 하지 않는 등 신고의무를 회피하고 범죄행위를 감추었던 자입니다. 뺑소니사망사고 목격자를 찾는다는 현수막을 2개월가량 피고가 상시 통행하는 교통사고현장에 걸었으나 그는 자수하지 않았습니다. 피고는 구호의무 및 교통사고신고의무를 하지 않고 도주하여 범행을 은닉한 자입니다. 양심으로 까지 두 번 죽인 비양심적인 피고는 언제든지 해외 등으로 도주의 우려가 충분히 있는 자입니다. 필리핀 작은 섬에라도 숨어버린다면 누가 그를 다시 법정에 세울 건가요. 교통사고현장을 지나던 버스에 설치된 CCTV카메라에 잡혀 경찰에서 조사한 피고의 진술내용 및 목격자의 증언에 나타난 점을 볼 때 그냥 사고 발생지점을 지나쳤습니다. 그러다가 계속운행하지 않고 차를 정차시킨 후 차에서 내려 사고현장으로 돌아왔습니다. 그래서 교통사고 현장상황을 확인했다는 것은 이미 본인이 사고를 낸 것을 알고서 한 행동입니다.

피고가 교통사고를 낸 직후 사고현장을 확인할 당시에 피를 흘리고 쓰러져있는 피해자를 구호의무를 하지 않고 도주한 것은 인간본질에 문제가 있는 것이 아닐까요? 물증에 의하면 사고차량 바퀴가 피해자의 대퇴부를 넘어갔는데도 수사진행 과정에서 사고 낸 것을 몰랐다고 끝까지 부인한 피고는 반성의 여지가 없는 자입니다.

국립과학수사연구소 등의 증거자료에 굴복한 피고는 변호사를 방패삼아 법정 피고인석에서도 반성은커녕 관련 증인들의 심문내용을 메모하는 것을 보았습니다. 사고현장을 목격한 증인들을 만나려는 등 그 간의 행위로 볼 때 증거인멸의 행동을 하고 있는 자로 즉시 법정구속을 요구합니다.

주거 또한 명확하다 할 수 없습니다. 특히 자식을 사망시키고 도주한 후 잡혀서도 교통사고 낸 사실을 부인해오던 피고입니다. 피고인석에서 재판을 마치고 밖으로 나와서 사과에 아닌 피고가 하는 변명을 피해자 부모가 듣는다는 것은 자식을 가슴에 묻는 부모로서 참을 수 없었습니다. 피고는 변호사를 통해 재판서류에서 피해자 주소를 언제든지 확인하고 찾아와 용서를 빌 수 있는데도 불구하고 주소를 몰라 찾아가지 못했다고 말하였습니다. 사고낸 후 반년이 넘을 때까지 너무 속 보이는 변명으로 피해자를 우롱하고 있습니다.

지원장님께서는 사건담당 판사를 독려하여 피고의 법정구속이 즉시 실현될 수 있도록 합당한 조치를 취해주시길 간절히 소망합니다.

변호사의 힘에 눌린 힘없이 선량한 자에게도 법 앞에서는 평등하다는 법의 정신이 본 재판에서 꼭 실현되길 소원하여 탄원합니다.

성남지원장님 귀하」

　나는 아주머니의 소원에 응원을 보테는 마음으로 끝을 맺었다. 나는 아주머니의 유난히 창백한 핏기 없는 얼굴을 본다. 푸른색 굵은 줄무늬가 사선으로 처져있는 블라우스가 얼굴을 바치고 있어서인지 안색에서 푸르스름한 깊은 바다 속을 연상케 하였다. 탄원서의 파란 소망이 빨강을 밀어내고 드러나리라 믿었다. 아주머니의 탄원내용이 사실대로라면 탄원서 속에 있는 피고와 강수정 집안사람들의 행동이 뭔가 비슷한 색깔이라고 생각되었다.

비밀의 껍질이 벗겨지다

열대야로 밤잠을 설쳤던 여름이 물러나면서 밤 기온이 잠자기에 좋아졌다. 저녁식사를 마치고 잠자리에 들려는데 전화벨이 울렸다. 아버지가 술을 드시고 전화를 하셨다. 그다지 술에 취한 목소리는 아니었다. 더운 여름 기온 때문에 병충해가 심했다는 얘기를 시작으로 한 말씀 중에 잠을 확 달아나게 하는 내용이 전화하신 이유 같았다.

"영생아 너 친구 잔용일이 말인디 요즘도 만나야?"

"용산철거민 사건이 시끄럽게 시작되더니 두 해를 넘기고서도 바쁜 일이 계속됩니다. 그래서 요즘 만나지는 못하고 있는데 연락은 취하고 있습니다. 저보다 그 친구가 항시 먼저 전화해서 소식은 압니다."

"이번 추석에 내려 올꺼냐?"

"그 동안 추석명절에 뵈려 간지도 오래되고 해서 내려가려는 생각입니다. 아이들은 학교시험 준비를 해야 한다니까 못 데리고 갈 것 같습니다. 애들 엄마하고 가겠습니다."

"아이들이 시험 때문이라면 할 수 없지만. 그 노무 시험이 뭐라고…. 영생아 용일이한테 전화해서 추석에 내려가자고 해라. 꼭 내려왔으면 한다."

"친구한테 무슨 볼일이 있으세요."

"아니다. 전에 네가 가르쳐준 전화번호로 안 내려온다면 내가 전화해보마. 전화번호는 그대로 인지 모르것다만."

"아부지 용일이는 외가가 장흥일 것이라며 장흥 얘기에 관심이 많습니다. 장흥에 내려가자하면 갈 것 같습니다."

전화가 길어질 때면 응당 강수정 집에 대한 얘기가 나왔는데 그 날 전화에서는 아무 말씀이 없으셨다. 아버지는 어머니 다리가 가끔 아프다는 말씀을 하시고 전화를 끊으셨다.

나는 왜 잔용일을 추석에 꼭 오라고 부르시는지 도무지 납득이 안 갔다.

궁금증이 날이 갈수록 더 생겨 결국 추석을 몇 날 앞두고 아버지에게 전화를 걸었다. 잔용일이를 부르는 이유를 계속해서 묻자 결국 자식이기는 부모 없다는 말이 여기서도 통했다.

아버지는 전화를 끊기 전 다짜고짜로 용일이가 고모 아들이라고 했다. 바로 전화를 해서 자세한 이야기를 들으려 했지만 다음에 내려오면 말해주겠다 하시며 전화를 끊으셨다. 너무 뜻밖의 상황에 나

는 놀라지 않을 수 없었다. 통화이후 깊게 생각을 해보았지만 인과
관계가 쉽게 떠오르지 않았다. 이런 가정에 무게를 두게 되었다. 고
모 강간사건과 연관성을 말이다.

짐을 챙겨 아파트 문을 나서려는데 어제 저녁에 붙여 놓았는지
손바닥만 한 홍보물이 출입문에 붙어있다. 딱딱한 종이 뒷면에 접착
된 자석이 붙어있어 출입문에 부착하기 쉽게 만들어 졌다. 과탐이라
쓰인 전면의 3분지1를 차지한 글자 아래에 작은 글씨로 (과학탐구)
라는 인쇄문자가 보인다. 홍보물이 정확히 보조키 구멍을 막고 있다.
이 전단지를 붙인 목적에 대해 의심이 갔다. 명절을 앞두고 마트
같은 데서 전단지를 붙였다면 이해가 가지만 뭔가 찜찜했다. 이 홍
보물을 붙여놓고 집에 있는 사람인지 고향에 가서 비워있는 집인지
알아보기 위한 장치가 아닌가하는 생각이 들었다.
전단지를 떼어내고 보조키를 확실히 잠갔다. 별관심이 가는 내용
은 아닌 듯해 떼어서 훑어보고 출입문 안으로 던졌다. 앞집은 아파
트에 공동으로 설치된 자동잠금 번호키 외 다른 보조 잠금장치 구멍
이 없다. 내가 이 아파트로 이사 와서 제일먼저 한 일은 보조키를
다는 것이었다.
전에 살던 아파트에서 처음 입주할 때 입주민 중에서 처음으로
도둑 손을 탔다. 결혼반지까지 내 주는 꼴이 된 것은 부엌외부창문
을 안 닫고 외출해서다. 물론 6층까지 가스관을 타고 올라오리라고
는 생각을 못했다. 지금 출입문자동잠금장치만으로 믿음이 안가서

보조키 역할에 기대고 있는 편이다.

방금 본 과탐 글자에 생각이 길어졌다. '과' 글자는 붉은색이고, '탐' 글자는 푸른색인데 글씨 색깔이 못마땅하다. 바쁜 마음 중인데도 틈만 나면 '탐' 자가 머릿속을 들락거렸다. 트라이앵글 재질인 스테인리스는 나름 강한 금속재질이면서 심홍색 녹도 안 슨다는 자랑을 늘어놓을만하다.

고모가 저항할 수 없게 만든 무서운 힘의 근원, 창경호 침몰사건이 인재라 단정 지어지게 한 숨어있는 욕심, 염소 도둑질을 한 아저씨의 범행 중에 뛰는 심장소리, 며느리바위 전설에서 시아버지의 심보, 잔용일이 도박기술을 익힌 목적에 깔린 내면, 유원지 바닷가를 팔아먹겠다는 공직자의 값싼 양심, 강수정의 집대들보 밑에서 범행이 계획됐을 거라 믿게 한 아버지의 분노를 일으킨 정황, 이것들은 빨강이란 색깔을 온종일 들여다보거나 빨강에 대한 색채미학을 깊게 탐독하면 빨강과 상관관계를 이해할 수 있게 될 것이다.

트라이앵글의 어디를 쳐도 동일음계 밖에 소리 나지 않는다. 가운데가 비어있어 탐에 얽힌 사건들을 담아 내다버릴 수 없는 무책임한 형태다. 고향에 갔다가 돌아오면 과탐이라 쓰인 종이를 재활용 박스에 넣어 버리면서 나눌 분 글자가 들어간 인쇄물로 재탄생되기를 빈란다. 나는 과학탐구라며 쓰인 과탐이란 약자가 과한 탐욕으로 엉뚱하게 머릿속을 한참 맴돌았다.

서해안고속도로가 완공된 2001년 12월 21일 이후부터는 남녘으로 가는 귀향차량이 분산되어 훨씬 수월해졌다. 그래도 추석전날 하행차선은 콩나물시루에 꽉 찬 콩나물 머리처럼 고속도로마다 더 이상 차머리를 밀어 넣을 공간이 없다. 차간유지와 속도가 사고대비 최적화된 상태다. 추석명절에 고향 길에 들어선 것은 딱 14년만이다. 서울에서 한달음에 갈수 있는 행담도 휴게소를 앞차들의 훼방으로 가다 서다하여 지치게 돼서야 도착했다.

휴게소 자동판매기가 덜커덩 소리를 내며 내준 사이다 맛이 더없이 시원하게 목구멍을 통과한다. 탄산이 쏘는 느낌에 밀린 차로 인해 응어리진 답답증이 가신다. 서해대교가 느린 속도 때문인지 더 길게 느껴진다. 곁눈질로 보는 잔잔한 해수면이 짜증을 풀어준다. 서해대교 상의 가로등 위에 앉아 쉬는 갈매기가 인위적인 구조물처럼 거의 하나씩 차지하고 있다.

목포에서 장흥으로 가는 도로가 넓혀진데다가 막히지도 않아 통과하는 사이에 조급한 마음이 언제 그랬느냐는 듯이 씻어져 내렸다. 강진에서 마량 쪽으로 길을 틀어 가면 관산 쪽으로 넘어가는 길을 지난다.

고향 마을 쪽으로 갈수록 기억 속 빛바랜 청색과 붉은색 깃발이 선명해진다. 고향을 떠올리면 펄럭이는 깃발에 묻은 두 가지 바람이 늘 마음에 걸린다. 이번 고향 길도 마찬가지다. 길에서 사는 길짐승은 비오는 것을 알고 새집에 사는 날짐승은 바람 부는 것을 안다는데 예민한 새들 감각에게 빨강바람을 날갯짓으로 몰아 달라할까.

관산으로 가는 새로 난 길을 가로 지르면 강진군 칠량면 명주리가 나온다. 내가 어린나이 때는 명주리 사람들이 가리재인 산길을 넘어서 대덕시장을 보러 다녔다. 그때만 해도 대덕장날은 쇠전이 열리는 큰 장이 섰다. 3일과 8일은 관산장이 서고, 2일과 7일은 장흥장이 서고, 5일과 10일은 대덕장이 선다. 5일 주기로 서는 장인데 장흥장은 토요시장으로 변모해 더 커져 성공을 했다. 토요일이 공무원들의 휴무일이 되면서부터 토요일은 자연스럽게 휴일로 자리매김 됐다. 그로 인해 장흥시장은 본 시장 날보다 토요시장이 빛을 보게 되었다.

나는 초등학교 다니던 때에 할머니 친정인 진외가에 가면서 단한 번 가리재를 넘었던 기억이 있다. 재를 넘으면서 호기심에 차있는 동생의 눈을 끌었던 것은 유난히도 많았던 맹감나무 붉은 열매였다. 맹감나무가 가르마 흔적같이 묵은 길 편에 지금도 있을까?

가리재에서 대덕 쪽으로 넘어서면 청다리저수지가 있다. 골 깊은 저수지물은 유독 푸르다. 푸른 물빛을 나눠주면 벼가 푸른색을 먹고 더 푸러진다. 벼가 다 먹었다고 입을 다물면서 황금색으로 변한다. 일제강점기시대 말기에 청다리저수지 공사가 시작되었다. 온종일 일한 품삯이 쌀 깽기(고봉이 아닌 밀대로 깎아 밀어서 담은 되) 한 되었다고 한다. 쌀을 받아오다 집에 오는 길에 허기를 달래려고 절반을 축냈다는 그때 일 나간 동네 어른의 말은 깊게 가슴을 파고들었다.

해방과 함께 공사가 중단된 지 30여 년이 지나서 청다리저수지가 완공되었다. 우리나라가 청다리저수지 공사 중 냇가 바닥을 파면서 일제 때 녹슨 공사장비가 나왔다. 그 녹 속에 맨손작업자의 피멍울이 박혀 붉은 색조가 더 검붉어 보이지 않았을까?

대구면에서 강진청자박물관 길로 들어서면 대덕으로 넘어가는 길이 연결되어있다. 막 박물관을 지나는데 도로 위를 가로지른 꿩이 도로 옆 밭으로 날아들어 간다. 나도 모르게 눈이 따라가면서 수수밭으로 숨어든 꿩이 보이지 않자 관심을 거두고 수수목에 잠깐 시선을 묶었다.

목을 치켜든 수수목이 익어 보이는 색인데 고개를 숙이지 않고 왜 하늘을 보고 있을까? 인간의 욕심대로 강제 변형시킨 것일까? 아니면 진화된 외국종일까? 익으면 곤지 찍은 처녀의 볼처럼 부끄럽다 하고, 마음으로 고개 숙여 겸허의 미덕을 보였는데 저기 보이는 수수목은 뻔뻔하다. 미국에 국빈방문하면서 200년밖에 안 되는 역사 앞에 황하문명이 고개 숙일 수 없다고 쳐든 목 같다.

토종 수수의 목은 익으면 숙여진다. 저 수수목은 거의 익어 보이는데 수수밭에 얽힌 고모의 찢긴 심정은 아랑곳없이 꼿꼿한 가해자 목을 본 듯하다. 토종에 대한 아쉬움이 가슴을 저민다. 우리 토종씨앗의 보존은 한반도에 있는 생명체 역사를 간직하고 한반도 안에서 생명체가 영원히 존재할 보편타당성을 지키는 기본이다.

"여보, 저 수수 좀 봐요."

"어? 익은 것 같은데 목이 꼿꼿이 서있네요."

아내가 의아하다는 투로 대답을 했다.

"외국종이라 그래요."

나는 대답하고 나서 토종에 대한 애착을 가지고 써둔 토종씨앗의 보존가치란 제목을 생각했다.

"전에 토종에 대한 얘기를 당신에게 해준 적이 있는데 이렇게 농촌에 와서 직접 보니까 느낌이 다를 거요"

떠오른 내용을 아내에게 대략 말해주었다.

「토종에 대한 보존 가치의 인식수준은 그 나라 국민의 질을 가름하는 척도로 통한다. 토종들의 정보는 생명체 공생을 위한 불멸의 가치이고, 자연생명력이 공존할 균형미의 완성이다. 한 지방의 풍토가 만들어낸 환경친화적인 특성을 지닌 토종에 대해 씨 뿌리는 농민이 아닐지라도 우리들에게 먹거리라는 측면에서 깊은 관심과 함께 애정을 갖게 한다. 아니다 꼭 가져야 한다.

환경 여건에 맞는 본토종이란 그 땅의 종자로서 자리를 잡은 것이니 강화순무와 돌산갓이 유명세가 붙은 토종으로서 일례다. 또한 맛으로 정평이 나있는 이천쌀도 같은 생산지역에서 나온 물로 밥을 지어야 제 맛이 난다 함은 철저한 풍토의 친화원칙을 말함이 아니겠는가? 사람은 제 땅에서 제 철에 나는 것이 입맛에 맞다고 볼 때 사람에겐 사는 지역 토종이 최고의 먹거리임에 틀림없다.

우리가 과거 농본주의 사회구조일 때 여러 토종씨앗을 병에 담아 광 안의 선반 위에 보관했다. 병 속의 씨앗을 보며 파종의 꿈으로 농한기 무료함을 달랬을 것이다.

그러나 지금은 어떤가. 사람들은 씨앗가게에서 씨앗봉지에 그려진 그럴듯한 상품그림을 보며 기대에 차 파종의 수고를 한다. 발아율이 높은 열무는 성장도 빠르고 쌈으로 먹으면 입속에 까슬까슬하게 느껴지는 풋 맛이 색다르다. 채종지에 계속 내린 비로 씨열무가 거두기도 전에 바로 싹이 나버려 씨받이에 실패한 해가 있었다. 그후 열무란 상표만 믿고 가까운 종묘상에 가서 포장씨앗을 사다가 뿌렸다. 자라면서 왠지 이상하다는 점을 발견하였다. 잎이 자라는 대로 뿌리부위가 같이 굵어졌다. 열무는 수확기까지 뿌리가 알타리무와 다르게 가늘다. 총각무처럼 먹을 수 있을까 해서 먹어보았는데 딱딱하고 맛과 식감이 아니었다. 씨앗봉투에 네덜란드산으로 표기된 것이 문제의 근거였다. 그때 문제된 네덜란드산 열무씨앗은 요리에 들어가는 '딜' '로즈마리' 등 같이 새싹 재료인 듯했는데 값을 더 받기 위해 열무씨앗으로 둔갑된 것이 아닌지 의심이 갔다. 그 후 토종 열무씨앗을 구하려고 종로에 가서 여러 종묘상을 들렸는데 대부분 채종지나 원산지가 외국산 열무종자였다.

또 한번은 밭 한편에 메주콩으로 쓰는 노란 대두를 심어 2년 연작을 했을 때다. 신기하고 어처구니없는 일이 그 콩밭에서 벌어졌다. 콩 나무는 예년같이 멀쩡한데 대두의 1/3 크기에 누런색이 아닌 거무튀튀한 콩이 열려 그냥 수확을 포기했다. 콩의 수정과정에서 있을 수는 있다지만 그때 함께 혼작한 다른 콩이나 주변 밭에도 심어놓은 콩이 없었다. 단지 우리나라의 들녘에는 온갖 자생 콩이 많아 교잡될 수도 있지만 심은 전체가 그럴 확률은 의도된 강제가 아닌 이상 힘들지 않을까?

왜 콩은 똑같은 여건에서 같은 종자를 받아 2년 연작 끝에 대두가 아닌 버릴 수밖에 없는 콩으로 바뀔 수 있을까? 이는 DNA조작에 의한 것으로 이런 씨앗이 다국적종묘회사의 저장창고마다 수두룩하다. 보급씨앗은 발아되게 하고 채종씨앗은 발아를 억제시켜 종자로 못쓰게 한다.

우리는 유전자조작이란 말과 함께 'GMO 식품이 인체에 안전한가'란 거론을 자주 들었으나 명확한 해답을 듣지 못했다. 단지 GMO 식품과 일반식품을 함께 놓고 보면 개미가 GMO식품으로는 안가고 일반식품으로만 간다는 결과가 반증할 뿐이다.

GMO 식품을 만드는 것은 포괄적으로 작물의 수확량을 높이려는 목적이지만 세분해서 보면 주된 이유의 70%가 살충작용인데 농약 살포로 인한 비용을 줄이고 병충해로부터 탈피. 유기살충약제 및 기피제로 쓰는 초목 부위는 은행나무 잎, 측백나무나 편백나무 잎, 애기똥풀 잎과 줄기, 피마자 잎, 때죽나무 열매, 마늘 줄기나 마늘, 무화과나무 잎 등을 쓴다. 이들 모두가 벌레가 먹지 못하는 독소 유전자를 갖고 있는 식물로 보고 있다. 실제 벌레가 잎을 갉아 먹지도 않고 접근도 안해서다. 나는 식물이 동물과 같이 정교한 대처능력이 있다고 본다.

일본 유기농 농부인 기무라 아키노리씨가 일궈낸 기적의 사과를 탄생시킨 것은 사과나무가 자력갱생한 것이라고 봐야 할 것 같다. 그 농부는 유기농을 실패했다는 좌절감 때문에 몇 년간의 사과밭 방치기간이 있었다. 그 과정에서 사과나무는 스스로 병충해를 이겨냈다.

배나무에 피해를 주는 붉은별무늬병은 중간 숙주가 향나무 등 측백나무과 나무다. 나는 밭 둘레에 측백나무가 심어진 밭에 배나무를 옮겨 심었다. 배나무 잎에 치명적인 붉은별무늬병이 매년 계속 발생했다. 새잎이 연녹색으로 짙어지면서 생기기 시작한 붉은 반점은 물감을 흩뿌린 듯 순식간에 모든 잎에 퍼진다. 빨강의 횡포가 눈 속으로 들어와 온몸으로 퍼진다. 그러던 중 10여년 만에 방제를 하지 않았는데 호전되기 시작했다.

어떤 해에는 배추와 무에 좁은가슴잎벌레의 공격이 심했다. 유기농 재배 20여년을 넘긴 경험으로 별의별 방법을 동원했으나 강력한 번식력에 손을 들었다. 포기한 후 가을걷이를 하면서 실망감은 약간 줄어들었다. 늦게 자란 작은 배추포기와 무가 위안이 되었다. 숭숭 뚫린 잎이 마지막 몇 겹의 잎에서는 나타나지 않았다.

배추김치와 무김치를 담갔다. 그런데 두 김치가 모두 썼다. 배추와 무는 쓴 물질을 만들어 벌레의 공격을 막았던 것이 분명했다. 그래서 농약이 없던 과거에도 초목과 작물은 천적에 의해서 아니면 최종 단계에서는 스스로 이겨냈다고 본다. 인간도 고병원균에 항체가 생기거나 면역력이 생기는 것과 비슷하다.

만약 우리가 모든 작물에 인위적으로 GMO 식품처럼 독성을 넣는다면 결과는 어떨까? 모든 작물이 독을 품고 있다면 섭생으로 인해 많은 양의 독이 인체 안으로 들어오고 독성을 분해하는 기관은 지쳐 망가지게 될 것이라는 예측이 가능하다. GMO 작물 개발자들이 욕심을 내서 더욱 효과적인 강한 독성을 넣는 다면 인류를 파멸한 자로 역사에 남을 수 있다. 농작물은 충매화와 풍매화가 대부분이다. GMO 작물을 따로 차단막을 쳐서 벌, 나비와 바람을 분리시킬수 없다. 결국 모든 농작물이 GMO화 된다고 볼 때 문제점이 불 보듯 뻔하다. 몸 크기로 보면 인간은 약삭빠르게 진화된 잡식성 동물이다. 모든 식품에서 독성이 든 것을 섭취한다면 문제가 될 가능성이 크다.

보신탕전문집에서 보신식사를 마치고 나면 살구씨를 다섯 알씩 줘서 먹었다. 음식궁합 때문에 살구씨를 먹으면 보신효과가 더 있다하면서도 주인은 행인의 독성 때문에 다섯 알만 먹으라하고 더 이상주지 않았다. 매실주를 담을 때도 매실씨 속의 독성이 우러나오는 시기인 49일을 넘지 않게 매실을 건지라고 한 것도 독성과 관계된다. 다국적종자회사가 GMO식품을 가지고 이득을 취하는 것을 보면 소비자는 돈 주고 독성실험대에 올라가는 것과 같지 않을까?

씨앗전쟁에 대해선 국민들이 정보도 관심도 부족한 실정이다. 다국적 종자회사를 갖고 있는 나라가 주요곡물의 씨앗을 유전자 조작시켜 한 종자를 연작하여 파종할 때 발아불능으로 만든다면 토종을 지키지 못한 나라는 결국 다국적 종자회사의 먹이 사슬아래 줄을 설수밖에 없는 상황이 발생하지 않겠는가?

씨앗은 보통상태로 수년 묵어두면 씨앗에 따라 차이는 있지만 발아율이 떨어지면서 결국 발아를 기대할 수 없게 된다. 부지런한 농부의 연작을 통해 토종을 지키는 것이고 토종을 아끼고 보존하는 것은 곧 우리의 먹거리를 영구적으로 확보하는 길이다. 우리 풍토에 가장 완벽하게 적응 친화된 작물이 토종이며 육종법으로 우수품종을 개발시키는 것도 토종이 보존되어야 수월할 것이다. 완전한 먹거리와 토종 간에는 건강 면에서 동치(어떤 기준에 따라 두 대상을 같은 것으로 취급할 수 있을 때 이 두 대상을 동치라함)관계이다.

1997년 IMF외환위기로 다국적기업에 인수 합병된 국내에서 손꼽던 종묘회사 중 서울종묘가 유럽 노바티스사에, 흥농종묘와 중앙종묘가 미국 제미니스에, 청원종묘는 일본 사카다종묘로 넘어가서 한국종묘시장의 70% 가량이 주인이 갈렸다. 앞으로 글로벌종묘회사가 덤핑을 통해 국산종묘회사의 목을 조여 올 수 있다. 버티지 못하고 몇 개 남은 국내 종묘회사마저 쓰러진다면, 씨앗시장을 독점한 다국적종묘회사가 종자가격횡포를 할 경우 농가들의 피해는 불 보듯 뻔하다.

다국적종묘회사는 종자보급과 농약을 같이 판매한다. 병충해에 약한 종을 보급하여 농약사용을 늘려 꿩 먹고 알 먹는 식인데 토종은 병충해에도 강하다. 개량 보급종인 마디오이보다 토종 조선오이가 진딧물에 훨씬 강한 것에서 알 수 있다.

육종법의 발달로 종자가 계량되면서 신품종 육성자에게 권리를 법적으로 보호하는 품종보호권으로 인한 종자 분쟁이 잇따를 것에 대비해서도 토종 보존은 절실하다. 미국에는 315종류 6,060여 점의 한국원산 토종종자들이 보유되어있다. 물론 갈수록 늘리고 있다. 미국 농무부 야생식물 유전자원 데이터베이스에는 우리나라 식물

1,000여 종을 채집연구 중이라 한다. 우리토종이 유전자조작 농산물에 의해 밀려날 위험성이 크다. 미국의 모든 콩 자원 중 20.3%에 해당한 한국 콩 종자가 품종 육성하는데 기여하였다. 우리나라 토종 앉은뱅이밀이 일본에서 농림10호로 육성되고 다시 멕시코에서 소노라밀을 탄생시켰다.

우리 농정역사 중 70년 연두기자회견에 박정희 전 대통령이 진짜 기적의 볍씨 통일벼를 소개한 후 정책적 강제보급으로 미곡수매량이 증가되었다. 72년도에 12.8% 증가되고 76년도에는 20% 증가된 1,043천 톤을 수매하였다. 이는 정부가 그동안 종자에 대한 계획보급을 주도해와 왔다는 점을 인식해야한다. 농림부 산하에 있는 국립종자연구소의 경우 육종가나 종자회사가 육성 출원한 식물신품종의 권리보호업무를 관장하나 토종씨앗 관리업무는 없다. 농촌진흥청 산하 농업과학기술원 안에 2002년부터 기존 유전자원과가 편성되어 있으며 여기에는 종자은행에 총 148,000여 점이 보관되어있다. 토종에 대해서는 연구실 1, 특수평가실 1, 수집탐색실 1개소에서 관리했었다.

토종의 보호를 위한 종자관리법 제정에 대해 세계가 공통으로 논의 단계다. 이는 종자가 인류공통공유라는 논리로 보면 합당하다고 말할 수 있다. 환경친화적인 발전과정을 거쳐 유전적으로 완성된 식물이 토종이다.

DNA일부를 조작한 것까지 전적으로 종자관리법의 보호를 받는다면, 발달된 다국적 유통구조를 가진 글로벌 종자회사의 힘을 현실로 볼 때 토종에 대한 자국 농민의 기득권 보호는 묘연하다. 이는 자국 농민보호관점에서 부당하며 첨단 유전자과학기술원을 보유한 나라만이 누릴 수 있어 횡포에 가깝다는 말이 더 설득력이 있을 것 같다. 토종에 대해서 보호할 수 있는 국제적 인정법이 구축되어 있어야 한다. 토종에 대해선 현재 있는 자국법만으로 라도 우선 보호되는 것이 합당하다.

우리나라에서도 2003년부터 2004년까지 토종DNA 프로파일구축을 하였다. 이것이 토종보호에 대한 과학적 근거가 된다. 전체 토종에 대해 품종보호를 받도록 정책적 뒷받침과 배려하는 정부의 지원책이 요구된다. 또한 현재 활동 중인 '한국토종연구회' 등 민간 토종보호단체의 적극적 활동을 기대하고 힘을 모아주는 범국민적인 결집도 필요하다고 본다.

외국 종묘회사들이 이문에 앞서 우리 먹거리를 걱정하리란 기대를 할 수 있겠는가? 농우바이오사 사장이 우리 씨앗인 토종을 지키기 위해 외국종자회사와 맞서 싸우는 파란생각에 우리는 응원석을 늘려야 할 것 같다.

우리 토종에 대한 무관심은 자식을 버리는 행위이고, 외국종자가 우리 토종 자리를 잠식하는 것에 대한 방관은 안방을 도둑에게 내주는 꼴이다. 」

토종의 자리가 잠식된 농촌 현주소가 비단 이 수수밭뿐이겠는가. 익어가는 수수는 토종일 때나 토종이 아닌 것으로 보이는 저 밭에 있는 종이나 똑같이 마젠타 즉 심홍색이다. 심홍색은 빨강과 파랑이 가산혼합(빛을 가하여 색을 혼합할 때, 혼합한 색이 원래의 색보다 밝아지는 혼합)을 하여 얻어지는 색이다. 심홍은 파랑과 빨강이 교잡을 하면 낳은 중간치 빛깔이다. 빨강과 파랑 깃발을 양쪽에 달고 팔랑개비처럼 힘차게 돌려서도 얻을 수 있는 색이다. 이 두 깃발색의 혼합을 통해 얻어진 심홍색은 어떤 일방에 치우치지 않는 중도의 논리와 상통한 색이라고 볼 수 있다.

심홍색은 장이모우 감독의 '붉은 수수밭'이란 영화 속 장면에서 수수밭에 피어나는 붉은 연기바람에 흡사한 색이다.

나무자루 빠진 호미나 낫이 돌담 틈바구니에 있다가 수십 년 비바람과 눈보라를 맞으면 녹아 없어진다. 이때 돌에 남겨진 심홍색은 그리움이다.

여인의 몸에서 양편 쇄골이 만난 가운데에 자리 잡고 있다가 허리를 숙이면 건들건들하는 열정적인 루비 펜던트 색이다.

관광지에 초여름 날 눈부시게 피어서 방문객의 눈을 사로잡는 꽃양귀비 벌어진 꽃잎도 비슷한 색이다.

모래놀이를 하는 아이들을 보는 과년한 처녀의 의미 있는 미소에 섞인 립스틱 색에도 있다..

울새의 가슴 털색 또한 붉은 빛이 감도는 심홍이다.

탐진강으로 모아지는 샛강에서 본 여름날 산란기를 맞은 불거지나 새미의 배지느러미에 띠는 혼인색이다. 한때 수정이를 바라보는 내 가슴팍 색이다.

빨강과 파랑이 융합된 심홍색에 내 눈은 잠시 시감각을 늘어뜨렸다가 거둔다.

컬러푸드라며 힘 있는 다국적 종묘회사가 개발한 자색고구마, 자색생강, 자색감자 등 붉은색계열 빨강이 눈앞에 그려진다. 거울에 비친 내 눈이 충혈 되어 보인다.

다국적 종묘회사가 보급한 신품종들이 대다수 병충해에 약하다는 평이 있다. 다국적 종묘회사들이 농약까지 공급한다는 상술에 가슴속에서 빨간 불꽃이 일어난다. 빨강은 종로5가에 늘어선 다국적 종묘회사들이 벌려놓은 상품을 손보는 점원의 면장갑 코팅면 색이다..

나는 치켜든 수수목에서 느낀 상념들을 끄집어내 펴보고 다시 말아둔다.

집에서 나오기 전에 화분에 물을 주면서 심어진 토종야생화에 올라온 꽃대가 떠올랐다. 유독 선명한 파랑이었다. 의도적으로 생각한 것은 아닌데 가슴속 불꽃이 파랑에 의해 꺼진다.

"역시 유기농을 고집하는 당신 생각이 최고인가 봐요"

아내는 내말에 맞장구를 쳤다.

지잿재를 넘어서자 반쯤 내려온 창문으로 훈풍에 섞여 축산공장에서 뿜는 악취가 확 들어왔다.

"얼른 창문 닫아요"

나는 대답 대신 얼른 버튼을 눌러 창문을 올렸다. 시골 맑은 공기에 섞여 따라 들어온 소 배설물냄새는 익숙한 편인 나에게도 역겨운 것이 사실이다. 소에게 풀만 먹였던 때에는 이렇게 주변공기를 압도할 만큼 지독한 냄새는 안 났다. 물론 집단사육을 해서 배설량이 많은 탓도 있겠지만 섬유질도가 낮은 비육용 사료가 거북한 악취를 유발하는 주범이다.

집단사육을 하지 않았던 때에는 마른 소똥을 모아 불을 피우면 구수한 냄새에 가깝다는 생각이 들었던 기억이 있다. 가축 분뇨에서 나오는 악취의 주범인 암모니아가스와 황화수소가스를 없애지는 못하겠지만 냄새를 확 줄이는 방법이 없을까? 일단 빨리빨리 분뇨를 치우고 미생물이 분뇨 속 유기물분해를 촉진시키는 방법을 강구하면 될 텐데, 비용이 드는 문제라 쉽지만 않은 모양이다.

소는 제 몸이 무거운 줄을 안다. 수로를 가야할 때는 조금만 빠져도 어김없이 코끝을 수면위에 대고 냄새를 맡는다. 아마 수렁은 흙냄새가 다를 수 있다. 소는 자신의 배설물을 싫어한다. 어느 정도냐하면 소똥이 있는 데는 풀이 잘 자란다. 그런데도 소똥 옆에 나있는 풀은 입을 대는 것 자체도 싫어서 피한다.

풀을 뜯을 때도 독초를 피하는데 혹시나 미나리아재비 같은 독초가 입에 들어오면 바로 뱉어 낸다. 그뿐인가. 수소는 암소를 만나면 엉덩이 가운데로 먼저 코를 들이댄다. 황소는 암소가 배란기인지 아닌지 냄새를 맡고 번식의 욕구를 끌어올린다. 배란기에 나는 암내에 반응해 콧등을 치키고 웃는 모습에서 짐작할 수 있다. 죽순껍질을 벗길 때 나는 풋풋한 죽순냄새와 콩을 볶을 때 비린내가 막 휘발되는 순간의 냄새를 혼합한 냄새 정도 일까.

요즘 인공수정으로 인해 암소나 수소 모두 번식에 대한 진화가 무시되고 있다. 분뇨냄새가 진동한 공장형 사육장에 소들이 갇혀 인간의 방식대로 되는 진화에 몸부림치며 산다. 인공수정으로 성적번식욕구마저 박탈당한 현실에 맞춰 앞으로 어떻게 진화될까? 비육용으로 사육된 저 소사육공장 안에 있는 소뿔은 채 자라지도 못하고 폐기된다. 세월이 묻어 커진 소뿔로 만든 화각장에 새로 그려진 선명한 채색은 갈수록 보기가 쉽지 않게 숨바꼭질을 건다.

　암소는 보통 뿔이 앞쪽으로 향하는 모양을 하고 있다. 경우에 따라서는 하나가 뒤쪽을 향해있어 팔랑개비 모양을 한다. 멋있는 뿔 모양은 반달외형같이 생긴 뿔이다. 수소는 대부분 뿔이 굵고 옆으로 나있다. 암소는 싸우다가 뿔이 빠지기도 한다. 머리채를 잡고 여자들끼리 싸우다가 한주먹 머리카락이 빠지는 꼴이다. 황소끼리 벌어지는 소싸움 대회에서 뿔이 빠진 소는 아직 못 봤다. 암소도 뿔이 굵고 옆으로 나있는 소가 있는데 그런 소는 성깔이 있다. 사람을 잘들이 받는 소가 성깔이 있는 소다. 어떤 소 주인은 소뿔에 붉은 천을 감아서 남의 집 소가 덤비지 못하게 하기도 한다. 가을걷이가 끝난 들판에서는 소뿔에 고삐를 감아 묶어 소가 자유롭게 걸으며 풀을 뜯도록 하는 경우도 있다.

　내가 어렸을 때 할머니는 소와 호랑이가 싸운 얘기를 들려주셨다.

　하루는 농부가 들일을 마치고 소를 몰고 집에 돌아오는 길에 호랑이를 만났다. 호랑이가 가는 길을 막아서자 주인이 소 뒤로 피하고, 소가 호랑이를 들이 받으면서 싸움이 벌어졌다. 소 주인은 겁에 질린 나머지 싸우는 틈에 집으로 도망쳤다. 싸움은 호랑이가 물러나서 끝이 났는지 집으로 돌아온 소가 방문을 부수고 방에까지 들어와서 도망친 주인에게 분풀이를 하였다고 말씀하셨다.

동영상 사이트인 유튜브에 보면 버팔로와 사자가 싸울 때 1:1에서는 버팔로가 쉽게 넘어가지 않는 장면을 볼 수 있다. 그래서 사자는 떼로 모여 먹이 사냥을 한다. 소도 마찬가지라 생각되어 어려서 들었던 할머니 얘기는 소를 과장시킨 허풍만은 아닌 듯싶다.

늦은 해가 마을을 비스듬히 비춘다. 40년 전만해도 온통 초가지붕이었던 마을이 알록달록 무늬를 입었다. 몇 집은 보급형 새마을기와에 페인트칠을 했고 대부분집들이 함석지붕에 빨강계통과 파란계통으로 색을 입혔다.

아직 가을걷이가 시작 안 되어 마당은 여느 때와 다르지 않았다. 전에 보지 못한 개 한마리가 아직 덜 커서인지 울림이 작은 소리로 짖었다. 부모님께 인사를 마치고 마당을 돌아 뒤꼍을 살피고 있는데 아버지가 뒤에서 부르셨다.

"영생아 들어와 볼래?"

평소와는 다르게 뭔가 무거운 말씀을 하실 때 하시는 어투였다. 아버지가 안방으로 앞장서 들어가시고 나는 뒤따랐다.

나란히 무릎을 맞대고 앉은 것은 오랜만이다. 사실 부자간에 얘기는 행동 중에 서서 하거나 밥상머리에서 해버린다. 아버지가 하시려는 말씀은 뭔가 심각할 것 같았다.

보름 전에 양복 입은 한 남자가 시골집에 찾아왔다는 말을 꺼내셨다.

돌아가신 유기태 씨 집이 맞느냐고 묻고 나서 그분과 어떤 관계냐고 물었다. 아들이라고 말했더니 들어가서 말씀드리겠다했다.

"편안히 앉으세요."

"저는 서울 감리교회 목사입니다. 저희 아버지 고향 마을이 문들부락입니다. 아버지는 얼마 살지 못 하실 것 같은데 돌아가시기 전에 소원이라며 이곳에 꼭 다녀오라는 말씀 때문에 왔습니다."

"목사님 문들부락은 몇 집이 아녀 그 동네 분들과 아버님과는 딱히 잘 아실만한 집이 없었던 것 같은데요?"

의외라는 듯이 아버지는 말을 받았다.

"먼저 죄송하다는 말씀을 올립니다."

목사는 아버지가 사양하는데도 큰절을 하였다. 나이는 예닐곱 살 아래로 보이지만 큰절을 받을 이유가 없어서다.

"저희 아버지가 선생님의 아버지를 돌아가시게 하였습니다."

"아니 어떻게 돌아가시게 하였다는 말이요? 어려서 일이지만 아침에 논에 가서 돌아가신 아버지를 직접 보았는디요 지금도 또렷해요. 목사님 말씀이 아버지를 죽게 했다면 살인을 했다는 것인가요? 어떻게요 물싸움 끝에 돌아가신 것인디 목사님 아버지와 무슨 물싸움을 했것어요?"

"저희 아버지의 말씀대로라면 몽둥이로 쳤다고 했습니다."

"아니 죽였다면 무슨 이유가 있어야할 것 아닙니까?"

"죽여야 한다고 생각하신 것 같습니다."

"왜 뭣 때문에."

아버지는 답답해서 급하게 이유를 되물었다.

"제 아버지가 스물 정도 젊으셨을 때 일이랍니다. 청다리라는 곳이 있지요 그곳 재에서 벌어진 살인강도사건 때문에 그랬던 것입니다."

사건은 이렇게 이어진다. 가리재를 넘어 칠량 쪽에서 사는 사람들은 대덕장을 보러 다닌다. 당시 소는 농촌의 큰 재산이었다. 노동력으로 치면 소는 실머슴 한사람 몫이다. 한나절만 소를 갔다가 써도 하루 품을 버린 것으로 쳤다. 그 만큼 소 가격이 비쌌다. 소를 팔아 큰돈을 가지고 재를 넘어가는 길은 산적이 지키고 있던 사극시대처럼 도적들이 있었다.

예나 지금이나 살인이며 강도는 인간사회에서 필연적인가보다. 조류들도 보면 잡아먹을 것이 많은 데도 꼭 남이 잡아오는 것을 뺏어먹는 놈이 있는 것과 마찬가지다. 대덕장을 중심으로 지잿재와 가리재가 있는데 가리재가 첩첩산길이다. 일제강점기인 임오년 여름 늦은 오후에 대덕장 쇠전에서 소를 팔고 가리재를 넘어가다가 봉변을 당한 살인강도사건이 발생했다. 그 사건에도 목사아버지가 끼었다는 말이다.

"가리재 살인강도사건하고 아부지하고는 상관이 없는디 왜 죽인 것이라는 거요"

"살인현장 목격자로 알고 입막음을 하기 위해 그랬다고 합니다."

할아버지는 칠량면 명주리에 있는 처가를 대덕장날이면 일찍 시장을 봐서 처가에 냉큼 다녀오곤 하셨다. 할아버지는 발이 성질보다 더 빠르다. 아마 그날도 그랬던가 보다. 문들이 북리와 같은 행정부락마을이라 할아버지와 목사 아버지와는 나이차는 있었지만 면식이 있었다. 두 명 범인 중에 한명을 안 것이 문제의 발단이었다. 고자질할 거라는 생각에 두려운 나머지 할아버지를 죽여야 완전범죄가 될 것으로 판단했던 것이다.

죽이려는 기회를 잡으려고 엿보던 중에 혼자 물대러 간 것을 포착하고 뒤따라가서 범행했다(할아버지는 가리재에서 처가인 명주리를 갔다가 넘어오는 길이었는데 대변을 보려고 길을 피해 길 아래로 내려갔다. 용변을 마치고 올라올 때는 계곡을 따라 조금 내려가다가 길로 올라와 사건 현장은 순간 피해가서 보지 못했다. 그런데 본 것으로 오해하여 완전범죄를 위해 할아버지를 죽인 것으로 추정된다).

아버지는 처음에는 말이 안 된다고 생각했는데 목사가 말한 목사 아버지가 한 행동이 딱딱 귀가 맞자 부아가 치밀었다. 치미는 부아 속에는 강제출 아버지를 살인자로 찍어둔 자신에 대한 화가 더 컸는지도 모른다.

"목사님 아버지는 돌아가시기 전에 회개하고 천당에 가려는 가 본데 이치에 맞나요? 목사니까 말해 보시오 성경대로 뉘우치면 된다고 보면 범죄하고 뉘우치면 되니까 더 범죄가 늘어나지 않겠소?"

아버지는 성경도 제대로 모르면서 생떼를 쓰다시피 분풀이를 했다. 앞에 있는 목사야 연좌제도 의미 없다고 폐지된 마당에 무슨 죄가 있겠는가. 더군다나 아버지 대신해서 용서를 빌려고 온 사람에게 너무하지 않았냐는 자책에 목소리 진폭이 출렁였다.

"하여튼 목사님 아버지가 내 아버지를 죽인 것이 사실인 거지요? 경찰하는 내 아들한테 물어봤는디 모든 범죄는 공소시효가 있다던데 잘 피해 산 것은 사실이지라?"

"아버지가 저에게 목사를 하라고 한 것도 이유가 있는 듯합니다. 이유야 어떻든 죄송하고 죽을죄를 저지른 아버지를 대신해서 사죄 드립니다. 부디 용서해주시길 부탁드립니다."

"용서를 어떻게 내가 할 문제것소. 돌아가신 아버지가 원통하지요."

"집에 먼 손님이 왔다냐."

마실가셨던 할머니가 집에 들어오시면서 하시는 말씀이다. 아버지는 목사를 일어나라 하셨다. 할머니에게까지 감정을 쏟시는 건 싫어서다. 목사는 못이긴 척하고 일어나 집에서 떠났다.

아버지는 본인 감정을 참으려는 듯 말씀을 아끼셨다.

수정이 집에 대한 편견을 우리 집 사람들이 모두 바꿔야할 텐데 상당한 혼란이 예상된다. 나는 아버지에게 어떤 질문도 할 수가 없었다.

아버지는 마당에 무수히 떨어지는 장맛비가 수문통방향으로 물길을 만들어 흐르는 모습을 떠올렸다. 지붕개량 전 초가집일 때도 처마 끝을 적신 낙수가 흘러 예외 없이 득량만으로 향한다는 진실은 예나 지금이나 변함없다. 그러나 보이지는 않지만 빗물이 땅속으로 스며들어 지하수를 채우거나 증발되기도 한다. 마당에 떨어진 물 분자를 불러 너 어디로 가느냐고 물어도 확실한 대답이 없다. 언젠가 물 분자들이 순환을 거쳐 득량만에 다다를 수 있지만 아버지는 흐르는 빗물이 수문통을 지나 득량만으로 향할 거란 단정을 너무 믿어버렸다.

아버지는 어제부터 자동펌프를 통과한 지하수 수도꼭지에 평소보다 시원하다는 생각으로 입이 자주 간다. 수도꼭지 아래에 손바닥을 대고 손바닥위에 고인 물을 마시는 방법이 아버지가 갈증이 심할 때 하시는 방식이다.

아버지는 마치 의식적인 것처럼 할아버지 묘지가 있는 영보 쪽 하늘을 자꾸 응시한다.

나는 오늘 아침에 이런 아버지 몸동작을 반복해서 봤다. 편견에 너무 오래 갇힌 아버지 모습이 갑작스럽게 풀리면서 본연이 뻥튀기 기계에서 나온 모양처럼 흐려졌다. 어떤 주장이 이데올로기적 가치의 완성판이 되어도 모두에게 정답일 수 없다는 거와 같이.

자괴감!

용일이는 추석날인 내일 내려 온다했고, 아마 서해안고속도로를 타고 올 것 같다.

용일이는 간간히 서해안고속도로를 타고 목포엘 자주 간다는 말을 했다. 그가 내려오라는 내 말에 선뜻 호응한 것은 강수정에 대한 연민이 아직도 탄 짚불 온기 같은 것이 조금은 작용했을까. 환타지 낱장 속에 있을 법한 돌발적인 생각들이 스친다.

용일은 추석차례상을 처가에서 받고 일찍 서둘러 출발했다. 용일이는 처가가 서울이라 명절날 마다 처가에서 보낼 때가 많다. 서울에서 출발할 때는 하늘이 음침하게 보였는데 서울에서 멀어질수록 가을하늘색이 드러났다. 오전시간에 막힘없이 서울을 벗어나 남쪽으로 질주했다. 아는 사람들이 있는 시골로 추석날 떠난 시골행이 고향 가는 느낌으로 다가왔다. 모자원 원장으로부터 장흥에 외가가 있다는 말을 들었지만. 외가에 대한 궁금증도 아직 풀지 못했으니 장흥은 모두 외가로서 가능성이 열려있는 셈이다. 용일은 이번 장흥행에서 해답의 실마리를 잡을 수 있기를 은근히 기대했다.

나는 수문통 소나무 아래서 잔용일로부터 네비에 2키로 남았다는 핸드폰 연락을 받고 기다리고 있다. 현실의 존재와 부재의 여백에 과거 기억들이 시야를 따라 채워진다.

음습한 해풍을 막으려 큰 바위 틈새 너머로 바다를 향해 온몸을 내밀고 허리로 버티는 철 심줄 같은 의지.

무속에 매달려 아픔을 삭이려는 사람들에게 제 몸을 내준다. 몸뚱이가 오방색 천이든 그네 줄이든 어느 것에 묶여도 흠집 없는 단단한 껍질의 자비를 가지고 있다. 별로 크지 않던 그 소나무는 어떤 사연에 마지막 밑동까지 다 주고 이제 없다. 사라진 소나무가 섰던 자리를 뚜렷한 내 기억만이 지켜주고 있다.

예나 지금이나 송도 소나무는 지잿재에서 시작된 사나운 골바람을 스킨십으로 달래려 어깨 틈을 내준 의연한 자태다. 바람 부는 날 손짓하여 우리를 불러놓고, 바람 높낮이에 따라 솔잎을 비벼 노래를 부르던 큰 소나무들만 여태껏 묵묵하다.

마을에 촘촘히 박혔던 집들은 내려와 볼 때마다 하나씩 더 빈터가 생긴다. 나간 집 형태로 관리가 안 된 집들이 을씨년스럽기까지 한다. 아이들 소리도 허리 꼿꼿한 그림자마저도 사라진 시골은 너무 빨리 고고학자들 연구 터로 사전 등록해두는 꼴이다.

수문통은 이제 제 이름값도 묻혔고, 얽힌 사연은 기록 없는 과거가 돼버렸다. 과거 실화 속 페이지에는 돛을 단 멸치선이 닿을 때면 양동이 든 사람들이 모였던 곳. 그뿐인가 민물과 바닷물이 합류하는 지점에서 사는 숭어, 전어, 깔딱, 빌똥, 쫄복(작은 복어)이 수문밖에 모였다.

던져놓은 새끼줄같이 남겨진 가는 물길마저도 실속을 들이댄 들판 관리기관의 결재 판에 의해 물길이 사라졌다. 아직 뿌리가 남겨있는 수문통 기초시설이 눈에 들어와 조금 위안이 된다. 서산방조제 둑길은 한 세대를 거슬러 올라가면 버스 차비를 절약하기 위해 행인들이 오가던 지름길이었다. 이제 찻길이 된 그 길을 타고 온 차에서 잔용일이 내렸다. 뜻밖에도 그의 와이프가 동행했다.

"이번 추석에는 딱히 갈 데도 없었는데 반갑네. 여보, 그때 우리 결혼식 때 사회를 봐준 유재민 친구여요. 아이 학교시험공부 때문에 같이 오지 못하겠다는 것을 우겨 함께 왔네."

"잘했네. 오랜만이네."

그렇다. 잔용일은 40이 다되어 늦은 나이에 결혼하고 몇 달 안 되어 아들을 낳았다는 소식을 들었다. 그 아이가 중학생이라. 세월은 자는 시간에도 지체하지 않는다는 말이 맞다. 가식적인 인사가 오갔다.

"자네 동네는 언제 봐도 좋네."

"새로 난 길이 많아져 찾아오느라고 고생이 많았겠네."

"네비 보고 와서 오는 데는 괜찮았네."

"네비가 나오기 전에는 초행길을 어떻게 찾아다녔는지 모르겠네. 이렇게 먼 길은 자율주행차가 좋겠는데 우리 죽기 전에 나오려나."

나는 중얼거리듯 말을 이어갔다. 앞으로 바다지형을 보는 해녀의 인지적 지도 같은 아날로그식 능력은 사라지면서 사람들이 어쩌면 더 바보가 되는 것이 아닐지 모르겠다.

"자네 고향동네는 시원한 들판을 내다보고 있는 것이 멋져."

고향이라서 뿐만 아니라 이 마을은 봄이면 들판에 피어나는 아지랑이에 젖어 황홀하다. 가을에는 황금들판이 보는 그대로 장관이다. 하늘 위에서 보면 큰 골드바가 찍힌 사진이다. 황금빛을 가르며 혼자 다가오는 사람이 멀리 보인다. 차차 가까워지면서 눈에 들어오는 모습이 왼쪽 팔을 배꼽 높이에 고정하다시피 들었다. 고개는 왼쪽으로 갸우뚱하다 멈춘 상태다. 왼다리는 신발바닥의 안쪽이 먼저 닳아질 동작으로 끌고 있다. 가까이 올수록 얼굴리프팅용 성형실로 왼눈썹부터 왼 입꼬리까지 너무 잡아당겨놓은 것 같이 보인다. 많이

봤던 얼굴이다. 아버지와 나이가 비슷해 보이는데 누구일까. 지팡이
라도 짚고 다녀야 안심이 될 걸음걸이로 다가왔다. 입고 있는 유난
히 흰 바지가 들판 쪽에서 걸어오는 것과 딴판으로 어울리지 않아
보인다. 가까이 왔다.

"영생이 자네 지금도 서울에서 경찰하고 있는가?"

고개를 숙이고 인사를 하면서 기억 속에 결박시켜둔 강제출이란
이름을 떠올렸다. 강제출이 어눌한 발음으로 말을 걸었다.

"네, 아재는 몸이 불편하시네요."

"몇 달 전에 논에 갔다가 이렇게 됐네."

"논에서 어쩌다가요?"

논에서 뇌출혈이나 뇌경색이라도 되어서 이런 후유증이 생겼겠다
고 짐작하며 물었다.

"이만한 것이 다행이네."

강제출이 하늘을 바라보다 다시 입을 열었다.

"벼락을 맞았네."

빗속에서 천둥번개가 칠 때 무섭다고 느꼈던 것이지만 벼락 맞았
다는 사람에게 직접 듣기는 처음이라 어리둥절했다. 삽을 왼쪽 어깨
에 매고 집에 오려는 중이었는데 삽에 벼락이 친 것이라 말했다. 마
치 중풍에 맞은 후유증과 비슷해 보였다.

"큰일 날 뻔 했네요?"

"그래서 운명은 재천이라는 말이 있지 않는가?"

"농사는 올해 풍년 같아 보이네요."

"그런 것 같네. 피해 입을 만한 태풍이 없어 풍년이네. 날씨가 습해 맬구가 생겨 농약을 해야겠는디 몸이 이러니."

"수정이 남편은 베트남에서 사업하고 있다지요?"

"그러네. 나도 이렇지만 지네 엄니 병환이 갈수록 안 좋아지고, 수정이는 추석도 되고 해서 이참에 겸사겸사해서 왔다네."

"아 그래요. 아주머니는 어디가 아프신데요?"

"간암인디 쉽지 않네. 이 사람들은 누구란가 처음 보는 얼굴 같은디…"

강제출이 뒤늦게 용일이를 뜯어보며 말꼬리를 흐렸다.

"아─ 제 친구입니다. 고모 아들도 되고요."

"그렇다면 나이가 자네하고 같은가."

"그것을 어떻게 아세요. 맞습니다."

얼떨결에 고모아들이란 말도 했다. 재민도 잔용일이 고모 아들이라는 것을 최근에 알게 되었다. 아버지가 이번 추석에 용일이를 부르라 하면서 말해줬다. 용일이가 전혀 모르는 관계사실을 재민은 흘러가는 말투로 쉽게 말해버린 것이다.

처음으로 동네 사람에게 잔용일이 고모아들이란 존재를 말했다. 용일에게 수정이 아버지라고 인사를 시켰다. 용일이 와이프도 옆에서 덩달아 인사를 했다. 잔용일과 친구부인은 고아라는 것을 감싸주려는 의도인 정도로 이해하여 고모 아들이란 말을 대수롭지 않게 생각했다. 나는 그들의 반응과 내 말에 섬뜩 속으로 놀랐다.

강제출은 내가 묻는 말에 대답을 하지 않고 고개만 끄덕거렸다.

"수정이는 집에 있습니까."

"있을 거네."

"먼저 가보세요. 제가 조금 후에 집으로 가겠습니다."

"재민이 자네친구랑 그 부인도 함께 오소."

친구 내외를 함께 오라는 말을 가면서 한 번 더 했다. 내 친구에게까지 오라는 말은 나에 대한 친절을 넘어선 것 같이 들렸다. 전에 내가 느낀 차가운 인식과는 딴판이다. 늙어 가면서 변한 것인가. 세월이 지나면서 무뎌졌지만 아버지가 말씀하신 원수 집안이라는 말은 항상 꺼림칙하게 내 속에 녹음파일로 박혀있었다. 언론에 보도된 불량품에 대한 인식처럼 꼬리표가 달려있다. 인사까지 못하게 한 아버지 말씀은 상금이 많이 걸린 스무고개 마지막 답을 말하는 짧은 중압감이 뭉친 덩어리 같았다. 조금 전에 서울 목사가 찾아왔다는 아버지의 말씀이 얼마 전에 있어 아직까지 어리둥절한 상태다.

사실 수정이를 제외한 가족과 대면은 항시 무거웠다. 지난 몇 년 전만 해도 인사를 하고나면 마치 어렸을 때 제사상에 놓을 꼬챙이에 끼어있는 곶감을 몰래 빼 먹은 불안한 기분이다. 수정이 식구들에게 인사도 못하게 하는 아버지 말씀을 따르기에는 부담이 컸었다. 동네 다른 사람들 보기에도 이상하게 여길 터이라 제대로 지키지 못했다. 이제 할아버지 사망에 대한 의문이 풀려 해방됐다.

"재민이 왜 자네를 보고 수정이 아버지는 영생이라 부르는가."

"내가 어려서부터 동네사람들이 불러온 이름이네. 사실 재민이라는 내 호적이름을 아는 마을 사람은 그다지 많지 않네. 영생이란 이름은 아마 돌 때 쯤부터 불렀다하네. 우리집안은 아버지까지 계속 독자로 내려 왔네. 그렇다고 해서 딸들을 많이 낳은 것도 아녔네. 고 모나 고모할머니 모두 한사람씩이네. 실제로 많이 낳았는데 살았던 사람 외는 모두 어린나이에 사망했네. 예로부터 호적이름 말고 동네 에서 부르는 이름을 둔 것은 명줄하고 관계가 된다하네."

"그런가."

"옛날에는 낮은 의료기술 때문에 어린나이에 죽는 사람이 많았지 않았겠는가. 이것은 반세기 넘게 독자로 손을 이어온 우리 집안에 내려오는 비방이네. 그렇다고 후손이 번성한 것은 아니지만."

지금은 홍역이 백신으로 거의 예방되지만. 옛날에는 홍역에 죽은 아이가 많았다. 어른들은 호적을 올리면 저승에서도 같은 이름으로 올라간다고 말했다. 저승사자가 동네에 와서 잡아가려는 사람을 찾 게 된다는 것이다. 그럴 때 호적이름을 부르지 않으면 동네 사람들 이 잘 몰라 물어봐도 찾기가 어렵게 된다. 이럴 때 다른 동네에 사 는 같은 이름의 사람과 운명이 바뀐다.

잔용일이 내 이름에 대해 관심이 있는 듯해서 대략 말해주었다.

"재민이 자네는 언제 내려왔는가."

"어제 밤에 왔네."

"집으로 가세. 저쪽이네."

"그러세."

대답을 하고 재민의 뒤를 용일이 부부가 따랐다.

아버지는 잔용일을 보자 반가워했다. 아이 때 보고 커서는 보지 못했지만 아버지는 고모 유희순이 말해줘 중학교 때까지는 뜸하게 한 번씩 소식을 들었다. 물론 최근 아들 재민에게도 조금씩 소식을 들었었다.

아버지를 중심으로 잔용일과 그의 처 나와 집사람이 둘러앉았다.

"수정이 아버지 몸이 상당히 안 됐던데요?"

"들에서 벼락을 맞았어. 일일구 구급차를 불렀는디 일이 꼬일라고 했는지 출동한 차가 고장이 났다. 응급조치가 늦어진 통에 그 뭔가? 고, 골든타임인가 하는 걸 놓쳐서 그렇게 됐다고 하드라."

"수정이 어머니도 몸이 안 좋다고 하던데요?"

"원래 안 좋은 일은 겹쳐 온다고 하지 않더냐?"

아버지 목소리는 걱정하는 투가 아니다. 오히려 은근히 즐기는 표정으로 더 할 말이 있는 듯 중얼거렸는데 의미전달이 안되었다.

아버지는 목소리를 가다듬은 어투로 다른 얘기를 꺼냈다. 고모는 재혼해서 독일에 살고 있다는 말을 했다. 그것은 내가 아는 사실이고 용일이가 있는 자리에서 왜 그런 말씀을 하실까 의구심이 순간 들었다. 곧, 전화로 용일이에 대해 하신말씀을 꺼내려는 것으로 알아차렸다.

"여기가 용일이 자네의 외가고 나는 외삼촌이네."

"아버님 뭣이라고요?"

내 옆에 앉아 있던 안사람이 엉덩이를 들썩하며 놀란 목소리로 물었다.

잔용일은 어떤 대꾸도 없다. 고아나 다름없는 삶을 살아온 그에게 왜 이제야 외삼촌이 나타나시고, 외사촌이 생긴 것에 대한 순간적인 충격에 어안이 벙벙해져서다. 모자원에서 나올 때까지 어머니가 한 번도 안 찾아왔다는 증오심, 어머니 얼굴을 알지 못해 느껴왔던 절망감이 불현듯 커졌다. 다른 아이들이 어머니를 보면서 좋아할 때 부러움을 느꼈던 응어리가 잊혀진듯했는데 불쑥 일어난 심사가 목을 타고 올라왔다.

"결혼식도 아직 못했는데 외삼촌이 계시니까 결혼식을 할 수 있겠어요. 저는 기뻐요. 가족이 생겨서 좋아요."

한참 침묵이 흘렀는데 잔용일 처가 침묵을 깼다.

"수정이 아버지에게 금방 가겠다고 말하지 않았는가."

부모님에게 인사치레를 거의 마쳤다 싶을 때 용일이 먼저 말을 했다.

"아버지 잠깐 동네 구경 좀 시켜주고 들어오겠습니다."

나는 아버지 앞에서는 수정이 집에 간다고 스스럼없이 말하기가 아직도 왠지 서먹했다.

수정이집 가는 길에 있는 돌담에 손을 대고 걸어가면서 울퉁불퉁한 돌들을 훑어간다. 꺼칠하면서도 피아노 건반에서 미쳐 못 느낀 감각의 확장은 뭐랄까. 기계가 다듬은 매끈한 건반보다 자연이 녹여 낸 형태와 질감은 눈을 감으면 더 선명하게 느껴진다. 마음으로 보라는 의미가 드러난다.

돌담은 수많은 여백을 바람에게 내준다. 선선한 바람이 돌담사이를 뚫고 들어와 손바닥에 닿는다. 잠깐 눈을 감는 순간 돌이 아닌

다른 뾰족하게 닿는 느낌이 스친다. 고개를 돌려보니 자루가 빠진 녹슨 호미 끝이 보인다. 형태만 겨우 남은 호미와 아래로 흘러내려 돌에 묻은 녹물 또한 심홍색이다.

호미 주인이 돌담에 숨겨두었다가 잊은 걸까. 마지막 엿장수가 마을을 떠난 후에 꽂아놓은 것일까. 빨강과 파랑을 뒤섞으면 눈에 달디 단 심홍색이다. 쇠가 녹이 슬면서 드러나는 색이다. 나는 그 색감과 호미에 내재된 수수께끼에 마음을 뺏긴다.

바람 한 점 없는 날 잔잔한 수면 위를 차고 오른 물고기를 보는 색다른 기분이다. 돌담은 덩그러니 남아있는 집을 늙은 주인과 함께 지키고 있다.

마을의 아픈 역사와 소소한 얘기까지 알고 있는 돌담에 꽃 화석 같은 돌옷이 촘촘히 덮여있다. 회색 돌꽃 사이로 검푸른 색을 한 오리발바닥 만큼 크기로 퍼져 있는 색다른 돌옷 모양도 듬성듬성 보인다.

둥근 돌 틈을 통과한 바람소리가 공명된 클래식 선율 같이 들린다. 고샅길이 추억을 끈끈이주걱마냥 쑥쑥 내민다. 걸음이 몇 번이고 잡히려하다가 도망친다. 내 다리와 용일이 뒷모습 사이가 자꾸만 벌어진다. 엄지발가락에 힘을 주어 다가간다. 이 동네가 아늑하게 느껴지는 고향 같은 곳이라고 잔용일은 말했다.

강수정 집이 보인다. 어려서 봤던 흙담 쳐진 담장이 없어졌다. 중년 여자가 마당에서 놓여있는 물건에 허리를 굽혔다 폈다하는 모습이 눈에 들어왔다. 점포정리 중인 것처럼 뭔가 마당이 어수선하다.

마당 구석 휠체어에 앉아있는 분이 수정이 어머니인 듯싶다.

　가까이 갈수록 중년 여자가 된 수정이는 흙 마당과 어울리지 않은 모습이다. 살 오른 흰 목에는 큼지막한 녹청색보석이 중심에 박혀있는 진주목걸이가 감겨있다. 물먹은 댓잎색 비슷해 보이는 가운데 보석은 아마존에서 나지 않는 데도 아마조나이트란 이름이 붙어있다.

　햇빛에 반사된 붉은색 루비 귀걸이가 먼저 아는 체를 했다.

유년시절 고향에 대한 기억들을 들춰보는 것은 현재의 고단함을 넘어서려는 몸부림이다. 추억을 더듬는 의식의 발걸음은 더 나은 미래를 꿈꾸는 시작이며 행복을 누릴 수 있는 조짐이다.

리얼리티로 철저하게 위장된 에피소드가 얼개조합으로 픽션구조물이 되도록 충실하게 쌓았다. 뉘까지 섞인 잡스런 비빔밥에 혀가 못마땅해 할 것이란 갈등을 의도했다.

표현의 완성단계까지 자음과 모음의 조합을 놓고 생각의 날을 세우는데 손끝이 저려온 시간들이 이제 해방되었다. 일상을 풀고 소설 속 고향에 가고 싶다.

인터넷정보 지식백과에서 보면 포괄적 예술행위란 인간에게 유익을 전제로 가치부여를 한다는 명제에 대해 나는 분명 찬성한다. 예술의 범주에 들어있는 문학 또한 세상에 공헌해야한다는 의미에 거부감이 없다. 최소한 이 책을 읽고 있는 독자들에게도 필자의 생각은 동등하다는 전제로 썼다.

에피소드 하나하나에 억셈과 순함이라는 양 갈래 대립구도 중 어느 하나라는 것은 짐작되리라 본다. 몸통에서 벗어난 에피소드를 두고 생뚱맞다는 불만이 있을 수 있다. 그러나 고속도로 쉼터가 목적지를 줄여주는 장치는 아니지만 가치에 대해 이해하는 것과 같이 관념 틀 밖을 한 발짝 내민 의도정도로 이해되기를 기대한다.

다시 말하지만 이 소설은 리얼리티로 포장된 픽션 양념을 가지고 비벼 낸 이야기비빔밥이다. 맛이 너무 자극적이어서 입맛에 거슬린다는 말이 나올까 두려우면서 한편 그 말에 돌아서 웃을 것이다. 소설 같지 않다는 자극적인 맛에 대한 혹평까지도 사랑한다는 관심으로 내 속에서 의미부여를 하겠다.

주고 싶은 정보를 몇 가지 선정하여 세심하게 확장하여 호소한 것이 또 하나 이 소설의 특징이다. 그러나 이 에피소드 또한 관행농과 유기농, 자연친화적인 토종지킴들과 영리목적인 종자회사, 자연경관을 지켜 지속 가능한 사회를 꿈꾸는 자들이 있는 것에 반해, 개발이득에 눈이 먼 자들과 부화뇌동한 공직자들의 관계를 엮은 것이다. 이 두 층간의 동떨어진 거리감과 뚜렷한 이분법적 갈등구조를 눈여겨봐주길 바란다. 빨강과 파랑이라는 두 색깔의 특징을 보는 눈으로.

동양의 음양론, 서양의 이분법에 해당될만한 짓거리들을 주어모아 섞어봤다. 원래 세상은 처음 생성될 때나 지금이나 혼돈의 쳇바퀴 안에 있거늘, 소설도 이런 세상 속에 존재하는 것 아니냐? 음과 양이란 큰 줄기를 잡아 올려 털어봐라. 결속이 느슨한 것들이 떨어진다. 힘을 주어 계속 털면 더 많이 떨어진다. 여기서 떨어진 것들을 모아 소설이란 퓨전요리의 식재료들로 썼다. 양극 같은 두 부류의 에피소드를 통해 상반된 문제점을 생각해 보고 지혜 찾기 놀이의 기회가 됐으면 한다.

심홍색은 빨강과 파랑이 가산혼합(빛을 가하여 색을 혼합할 때, 혼합한 색이 원래의 색보다 밝아지는 혼합)을 하여 얻어지는 색이다. 빨강과 파랑 깃발을 양쪽에 달고 팔랑개비처럼 힘차게 돌려서도 얻을 수 있는 색이다. 이 두 깃발색의 혼합을 통해 얻어진 심홍색은 어떤 일방에 치우치지 않는 중도의 논리와 상통한 색이라고 볼 수 있다.

초목의 반응뿐만 아니라 자연현상들까지 생명현상의 이유로 존재한다는 인식아래 모든 사물에 접근했다. 세상만사에 생명의식을 바탕에 깔고 현미경화 시킨 잣대로 간혹 들이대 봤다.

'고향근처에 왔다는 것을 보리논 고랑에 자리 잡은 뚝새풀이 살랑바람에 비벼내는 풀 냄새로 앞서 신호해주고, 봄물을 빨아올린 기공에서 뿜는 새싹의 날숨소리가 알려준다.'

본문 중에 이런 대목이 일례다.

도시에서 성장하고 생활하다보면 자연을 체험할 기회가 적었을 텐데 이런 사람들에게는 앞 예문이 어렵게 느껴질 수 있다. 기회로 삼아 이 소설 속에서 자연감각의 촉수길이를 늘려보길 바란다.

내면에 숨겨둔 사실을 뒤집어 파서 햇빛을 쏘이는 자전적 리얼리티가 아니냐는 질문을 한다면 픽션이란 이야기책이 소설이 아니냐고 반문할 것이다. 어떤 소설재료들은 당시 사회의 곪은 부분을 들추고 있다. 환부를 덮는 것보다 도려내기위해 수술대 위에 놓고 수술을 집도하는 의사의 행위를 응원하는 대다수 세상의 힘을 믿기 때문이다. 고름이 살 안 된다는 속담의 의미를 사람들은 다 알고 있다.

구도적 안전의 최소 형태가 세모꼴이다. 뒤뚱거리지 않는 카메라 거치대가 그런 꼴이다. 세모꼴 강철봉의 무게중심이 빈 공간상에 있는 트라이 앵글 타악기의 습성을 통해 이해가 될 것이다. 트라이앵글은 세 꼭짓점으로 이루어진 안전에 대한 가성비를 최소화시킨 구도다. 트라이앵글은 안전해 보이는 삼각이지만 무게중심은 빈곳에 있어 공허하다. 그 공허한 중심공간으로 강철봉은 안쪽 세 면에서 소리를 모으고, 다시 내뱉는다. 공명현상과 닮았다. 강철봉 바깥 세 면에서 바로 퍼지는 소리와 안쪽에서 나는 공명된 소리 사이에는 시간적 간극이 벌어진다. 이 시간적 간극은 두 음파 사이에 거리를 형성하여 음의 공간을 벌린다.

빨강과 파랑이 겹치거나, 트라이앵글이 안쪽에서 나는 공명소리와 바깥진동에서 일어나는 소리가 버물리면 중도라는 융합이 이뤄진다. 여기에 초점을 맞추고 있다. 즉, 편향되지 않는 중간치의 가치에 대해 말꼬리를 잡고 이어간다.

독려해주신 한만수 교수님께 허리를 깊이 숙여 고마움을 표한다. 청맥 회원들 앞길에 파랑이 선명해 질 것이라 믿는다.

가볍게 읽길 바란다. 그리고 책 읽는 가운데 행복의 꿈이 일어나도록 지렛대질을 하고 싶다.

2017년 고욤나무 잎이 가을 색을 입어가는 날에
북한산자락 우거에서
김영석

김영석

이 소설의 주 배경인 전남 장흥에서 태어났다.
조대부고를 거쳐 2017년 경희사이버대 미디어문예창작학과 4학년에 재학 중이다.
2008년『부자 되는 땅 행복한 집 찾기』저작물이 문화체육관광부 우수학술도서로
선정되었다. <월간 천관>에 「일본의 와구문화에 딸려온 얘기」 등 30회를 기고하
여 게재되었다. 제8회 공무원미술대전에 특선하는 등 미적 역량을 키워왔다. 남산
한옥마을 한가위축제 등에 창시한 직필서를 시연하는 등 예술적 공감을 넓혀왔다.
환경연합 활동과 도시농부를 20년이 넘게 체험하면서 친자연적인 사고가 배었다.
자연친화적인 삶과 경찰관 재직을 통해 이 소설의 경험적 소스를 얻었다.

빨강, 파랑 혹은 트라이앵글

초판 1쇄 발행 2017년 11월 24일

지 은 이 김영석
펴 낸 이 최종숙
펴 낸 곳 글누림출판사

책임편집 이태곤
편   집 문선희 권분옥 박윤정 홍혜정
디 자 인 안혜진 홍성권 최기윤
마 케 팅 박태훈 안현진 이승혜

주 소 서울시 서초구 동광로46길 6-6(반포4동 577-25) 문창빌딩 2층(우 06589)
전 화 02-3409-2055(대표), 2058(영업), 2060(편집)
팩 스 02-3409-2059
전자메일 nurim3888@hanmail.net
홈페이지 www.geulnurim.co.kr
블로그 blog.naver.com/geulnurim
북트레블러 post.naver.com/geulnurim
등록번호 제303-2005-000038호(2005.10.5)

정 가 15,000원
ISBN 978-89-6327-460-7 03810

＊이 도서의 국립중앙도서관 출판예정도서목록(CIP)은 서지정보유통지원시스템 홈페이지(http://seoji.nl.go.kr)와
국가자료공동목록시스템(http://www.nl.go.kr/kolisnet)에서 이용하실 수 있습니다.(CIP제어번호: CIP2017029438)